民间文化视域下的哈代小说研究

滕爱云 著

南开大学出版社

天 津

图书在版编目(CIP)数据

民间文化视域下的哈代小说研究 / 滕爱云著.—天津:南开大学出版社,2016.11
ISBN 978-7-310-05262-2

Ⅰ.①民… Ⅱ.①滕… Ⅲ.①哈代(Hardy,Thomas 1840—1928)—小说研究 Ⅳ.①I561.074

中国版本图书馆 CIP 数据核字(2016)第 280936 号

南开大学出版社出版发行
出版人:刘立松
地址:天津市南开区卫津路 94 号　　邮政编码:300071
营销部电话:(022)23508339　23500755
营销部传真:(022)23508542　　邮购部电话:(022)23502200
＊
唐山新苑印务有限公司印刷
全国各地新华书店经销
＊
2016 年 11 月第 1 版　　2016 年 11 月第 1 次印刷
210×148 毫米　32 开本　6.875 印张　1 插页　156 千字
定价:29.00 元

如遇图书印装质量问题,请与本社营销部联系调换,电话:(022)23507125

此专著为天津市 2015 年哲学社会科学规划课题成果

项目号：TJWW15－013

序

　　滕爱云的《民间文化视域下的哈代小说研究》一书即将出版，这是她十余年来研究的成果，向她表示祝贺。

　　哈代作为英国的经典作家，有关他的研究著述可以用汗牛充栋来形容了，因此，要找到一个新的研究的突破口并不容易。实际上，这也是许多年轻研究工作者面临的一个共同问题。为了解决这个问题，部分年轻人对最新的理论与方法都是趋之若鹜，如饥似渴地扑向那些时髦的概念、学说，一旦拿到了某种新奇的武器，就开始张牙舞爪，急欲找一个对象试一试这种武器的威力。我曾经打过一个比方，这就好比一个外科医生，因为刚买了一把新手术刀，就急着抓住一个病人试试刀是否锋利、灵巧，而不管这个病人得的是什么病，你没病我也要给你割出病来。所以，这样的研究效果可想而知。真正好的运用理论的方式是把理论融入到研究者的思维中去，或者说通过对武器的掌握让自己拥有治疗各种病症的丰富的处理方法，逢山开路，遇水架桥，让理论化于无形。我常常举的一个例子是，古龙的小说《多情剑客无情剑》中有一个人叫上官金虹，号称拥有天下第一兵器"龙凤双环"，但当小李飞刀与之对峙时却发现他手中根本没有什么龙凤双环，十分诧异。于是上官金虹解释道："我手中虽无环，心中却有环。"也就是说，有形的武器被他化为了无形的武器，这是常人所无法抵达的一种境界。然而，这还不是最高的境界，当时躲在一旁观战的天机老人对自己的孙女说：这就是上官金虹的局限,"心中有环"说明虽然武器由有形化为无形,但说到底你心中还是有对"环"的执着;而最高的境界是"手中无环,心中也无环"。当然,最后这位上官金虹败给了小李飞刀,后者虽然用的是有形的武器,但这个武器却是与他的身体融为一体的,而且没有人见过这把飞刀,因为见过的人都消失了,当然也包括上官金虹。我举这个例子就是要说明,你脑子里如果总想着怎样使用你的新奇武器,而不是想着怎样解决研究对象的问题,那么失败就是必然的了。小李飞刀的胜利,缘于他从来不考虑怎样使用他的飞刀,而是仅考虑怎样战胜面前的对手。当然,修炼到完全不考虑技术问题的境界,也是需要一个艰难过程的,并非唾手可得。这也是为什么研究文学要经过相对漫长的准备过程的原因,它除了要有丰富的生命体验、大量的阅读准备之外,还要完善自己的方法论体系。

其实当你选定了一个研究对象时——当然这个对象的选定也应基于你的兴趣或特别感受,而不是命题作文——应当思考两个方面的问题:一是你在对象身上感受到了什么;二是基于这个感受,你要思考这个对象对你而言,它的意义是什么。研究不是从理论开始的,而是从接触文本开始的。很多年轻人还没有好好读作品,就先忙着给对象贴标签,然后把它往各种时髦理论框架里套,这都是舍本逐末的做法。如果我们学过阐释学理论就知道,理解总是受"前理解"的影响,简单说就是受到别人的理解的干预,因此,我们就无法直面现象,因为我们自己无法还原"现象",我们本身就是一个被"污染"的理解主体。从这个意义上说,我们的批评行为应当尽量避免这种"污染",先以"现象"的纯度进入文本,也许只有这样,才可能发现对象的"真相"——也就是我所说的"自我感受"。有了这样的感受,下一步就是要思考你获得的这个感受的意义是什么,也就是说,要把这个感受上升到理论归纳和价值定位的层面上来加以解析。或者也可以说,那个感受就是你在对象中发现的"症候",接下来就是要说明这个"症候"形成的原因以及如何解决这个"症候",而当你提出了令人信服的解决方案时,你的创新性研究就完成了。

应当说,滕爱云的哈代研究就是以这种方式完成的。

如果我们习惯了阅读英国文学,那么我们接触到哈代作品的时候会有什么感受?当我们带着满脑子维多利亚时代的繁华、五光十色的都市景象等从维多利亚文学中获得的印象,进入哈代的世界时,就会发现,哈代总是写他的乡下,乡下的姑娘、乡下的牧师、乡下的小业主,以及乡下的狂欢场景、乡下的古老习俗等。这个"乡下",哈代把它命名为"威塞克斯"。在这个威塞克斯中,城市姑娘的"房中天使"的温柔贤淑、贵族小姐的矫揉造作、城市青年的优雅、城市老爷的雍容,都不见了,代之而现的是坚韧泼辣的村姑小姐、粗鲁而迷信的乡下汉子等。这一切对我们来说,构成了一个此前未曾体验过的新奇的世界。其实,当我们感受到这些的时候,"威塞克斯"已经成为一个"症候",因为它不同于我们习惯的对英国文学的一般性理解,超出了我们已有的理解限度,从而成为一个需要解决的问题。当然,接下来就是要思考在哈代的笔下,这个威塞克斯对于我们而言,到底有什么意义。要知道,所谓阅读的意义,在很大的程度上是阅读者(批评者)的自我建构,也就是说,我们面对的文本对于我们的意义或价值是什么。滕爱云对这一问题的思考,正是其研究框架的基础。

她的研究成果的几个核心部分,针对的也正是她在阅读文本过程中发现的几个"症候":首先,英国自 18 世纪以来,由于其国力的上升和都市化程度的提高,其文学的整体倾向是独白式的,尤其是 19 世纪中后期的作品,都市叙事占据了主导地位;但哈代的作品却建构了一个乡村叙事模式,并借助于民间文化的颠覆性结构体现出整体的狂欢化特征。第二,都市化缩小了人与人之间的空间距离,但却加剧了人与人之间的利益争夺,哈代之前的英国文学对这一现象已经充分敏感,但如何解除这种人际关系的紧张状态,身在都市中的人却无法参悟;而哈代却试图在威塞克斯的背景之下建立一个田园牧歌式的世界,即,他在20世纪即将到来的时候,试图实践法国人卢梭的社会理想,构建一个基于原初自然法则的生态景观。第三,作为现代性的先发国家,英国到19世纪已经发展出一种强大的理性主义文化,这种文化在它的文学形态中也得到了充分的显现;然而到了哈代这里,这种现代理性结构让位于民间神秘主义文化,一种万物有灵的精神充溢在威塞克斯的整个空间之中。第四,哈代的小说体现出一种整体的民间文学色彩,这在维多利亚时代的都市文学形态背景下显得格外突出,民谣、传奇、悬疑,这些都呈现出一股强大的回归民间文化的张力。

从对这些"症候"的发现中我们可以看到,研究者建构起了她的基本批评视角——威塞克斯民间文化。这里实际上涉及文学的功能问题。在维多利亚时代,英国的民间文化显然处在被遮蔽的状态,而文学叙事的一个基本功能就是"抗拒遗忘",或者说"恢复记忆"。在社会现实中被消隐的,在文学中被唤醒,其目的是构成对现实的反省与抗衡。那么,这也就关系到一个总体的问题,即什么是"进步"。自启蒙运动以来,人类社会的进步就被定义为技术的发展、财富的增值、都市化程度的提升等物质总量的膨胀,但这种进步却往往伴随着某种巨大的悲剧性退步。就大英帝国而言,在维多利亚时代耀眼繁荣的背后,在社会的整体独白叙事背后,却隐藏着技术控制加剧、精神旗帜陨落等末日叙事。霍克海默和阿多诺在《启蒙辩证法》一书中宣称:"我们并不怀疑，社会中的自由与启蒙思想是密不可分的。但是，我们认为，我们同样也清楚地认识到，启蒙思想的概念本身已经包含着今天随处可见的倒退的萌芽。""今天，人性的堕落与社会的进步是联系在一起的。经济生产力的提高，一方面为世界变得更加公正奠定了基础，另一方面又让机器和掌握机器的社会集团对其他人群享有绝对的支配权。在经济权力部门面前，个人变得一钱不值。社会对自然的暴力达到了前所未有的程度。"历史的诡计就在于，资产阶级的启蒙理想走向了自己的反面。那么，我们面对这种境况，应该如何建立一种新的话语来制衡这种悖谬性堕落呢？哈代的小说给了我们答案：恢复民间记忆。这也是滕爱云这本书的根本宗旨所在。在该书的整体论述中，处处都透露出对哈代的当代文化建构意义的思考，这种思考既是对哈代小说叙事的实质的揭示，也是作者本人对自我内心世界的一种建构。我想好的研究就应当是这样的吧。

滕爱云当年从南京大学获得硕士学位，后来到天津大学任教，其间她在职随我攻读博士学位。那时她一边承担繁重的学业，一边在学校担任本科生的教学任务，同时还要照顾家庭和孩子，这些都让她承受着巨大的压力。但好在她具备良好的身体与心理素质，顺利完成了学业，还具备了较为成熟的独立研究能力，这也保证了她的哈代研究从硕士到博士，再到后来承担各类科研项目，一步一步拓展和深入，终于在这一领域为自己争得了一定的发言权。我也相信她会在未来的工作和学术道路上取得更好的成就。

王志耕

2016 年 8 月于南开大学

目　录

绪　论

　　哈代是英国文学的经典作家，批评家从各种不同角度对他进行了丰富的阐释和解读。在对哈代的众多研究中，有很多文章致力于探讨哈代小说的乡土色彩和地域特征，因为这是哈代小说典型的艺术形态。笔者对此问题也十分感兴趣，但翻阅很多资料后发现围绕这个论题所做的研究往往只是停留在对小说乡土形态的表面描述上，没能对小说的诗学原则进行深刻阐释。鉴于哈代和威塞克斯的密切关系，笔者受到文化批评的启发，试图把哈代小说置于威塞克斯民间文化的语境中进行观照，探讨两者之间的关系，以揭示乡土形态潜藏的文化意义。这便是本书的目的和任务。

　　在探讨哈代小说和威塞克斯民间文化的关系时，为避免混淆，首先要对威塞克斯进行界定，以明确本书的研究范围和内容。"威塞克斯"这一名称在哈代威塞克斯小说未出现之前，指的是中世纪的古威塞克斯王国。后来哈代因小说中描写的地域和古威塞克斯王国存在同一性，便以这一名称命名其作品统一的地理背景，称他的小说为"威塞克斯小说"。在这个意义上，威塞克斯成为哈代构筑的文学世界。本书探讨哈代小说和威塞克斯民间文化的关系时，不是阐释哈代小说中所描述的威塞克斯民间文化的特征；而是要把哈代小说置于现实的威塞克斯地区民间文化的语境中进行观照，以剖析哈代的诗学原则是如何在现实威塞克斯地区的民间文化语境下生成的。因此，本书中的威塞克斯是真实的地域名称，而不是哈代创作的文学世界。"它包括六个郡：伯克郡、威尔特郡、萨姆塞特郡、汉普郡、多塞特郡和德文郡。其中主要以哈代的故乡多塞特郡为重心。"①由此，本书的主要内容也就是探讨这六个郡的民间文化是如何对哈代小说的诗学原则发生作用的。

　　既然是探讨民间文化语境中哈代小说的诗学建构，那么整体研究当然要建立在威塞克斯民间文化的基础上进行。书中涉及的威塞克斯民间文化的实证材料，除了具体文献资料外，还包括哈代小说中所提供的丰富的民间文化材料。哈代在小说中对威塞克斯民间文化进行了形象描述，以故乡多塞特及周围地区为原型构造的威塞克斯，虽然是个半真实半虚构的世界，但在对威塞克斯民间文化的描述上是真实的。据 F. B. 平内教授对哈代创作背景的考察，哈代对威塞克斯民间文化的描述是建立在考证基础上的。"哈代对多塞特古迹、遗风和远古历史的知识来自于哈琛的四卷本著作《多塞特郡的历史和古迹、古风》，对于最近的历史、风俗，哈代主要依靠自己对多塞特的实地调查，通过这种调查来描述威塞克斯的日常生活和风俗传统。"②哈代自己也一再申明："我书中的民俗描写都是真实的传统习俗，不是我的发明。我在创作中总是真实表现当地的思想观念和风俗习惯。"③因为与现实十分相似，所以哈代的读者常常到英国西南部的威塞克斯地区去寻找小说的印迹。他们发现了哈代小说和现实的对应：小说中的地点在现实中都真实

---

①　Hermann Lea, "Introduction", *Thomas Hardy's Wessex*, London: Macmillan Press, 1925.

②　F. B. Pinion, *A Hardy Companion: A guide to the works of Thomas Hardy and their background*, London: Macmillan Press, 1968, p. 130.

③　F. B. Pinion, *A Hardy Companion: A guide to the works of Thomas Hardy and their background*, London: Macmillan Press, 1968, p. 131.

存在，只不过名称不同；小说中的地理风貌完全是现实的真实描写；小说中的古老村庄、古代遗迹以及建筑物等都可以在现实中找到；小说中的丰富民俗是对当地民俗的真实记载等。为证明威塞克斯文学世界的真实性，哈代还特意绘制了一幅威塞克斯的地图。鉴于威塞克斯文学世界的这种特点，笔者认为我们可以从哈代的小说文本中获得很多关于威塞克斯民间文化的真实材料，再加上收集到的英国西南部威塞克斯地区民间文化的实证材料，这样就为整个研究建构了比较丰富的材料基础。总之，本书的研究是在威塞克斯地区民间文化的实证材料基础上进行的，以此为基础，探讨该文化语境如何对哈代小说的诗学形态产生作用，以此揭示哈代小说的文化意义。

第一节　哈代小说研究综述

哈代作为经典作家，对他的研究可谓汗牛充栋，为了充分说明本书研究的价值和意义，在正式论述开始之前，让我们先对之前的哈代研究做一简要的回顾。

一、国内哈代小说研究

综观国内的哈代小说研究，成果繁多，但总体来看，多集中在以下几个方面。

1. 探讨哈代小说的悲剧主题和悲剧意识

对于哈代小说悲剧意识的内涵，大多论者认为主要包括命运悲剧、社会悲剧和生命悲剧，如于冬云的《论哈代小说的悲剧意识》。这是对哈代悲剧意识的共时研究，一些学者还从历时的角度来研究哈代小说的悲剧主题。如聂珍钊在《托马斯·哈代小说研究》中指出，哈代小说的悲剧主题可以分为三个发展阶段：第一个阶段描写宗法制农村社会的美好和不断出现的矛盾冲突；第二个阶段描写这个社会由于资本主义的入侵而毁灭的悲剧性过程；第三个阶段描写宗法制农村社会的毁灭和农民阶级的消亡给破产的威塞克斯农民带来的悲剧性后果。

2. 探讨哈代的宗教观

哈代的宗教思想比较复杂，研究者对此问题的探讨仍存在分歧。对其分析，大多论者是从哈代的创作历程来看哈代宗教思想的变化的。最初研究者对哈代宗教思想的研究十分简单，他们只是从哈代小说中鲜明的反宗教表现入手，认为哈代宗教思想经历了虔诚信仰—怀疑—激烈批判的过程，最终哈代彻底地背离了上帝和宗教。近几年对此论题的研究呈现出逐渐深化的趋势，论者更多注意到哈代小说表现出的对宗教的矛盾。他一方面塑造了鲜明的反宗教的人物形象；另一方面又认同基督教的道德价值，在威塞克斯居民身上展现了基督教坚韧、仁爱的精神。针对这样的现象，学界出现了两种不同的观点。其中大部分研究者认为，虽然哈代受达尔文进化论的影响，表现出对宗教的怀疑和讽刺，但哈代心中仍无法摆脱基督教对他的影响，失去和远离上帝之后，哈代的精神无所皈依，他仍向往着以神为中心的终极价值。持这一论点的如祖晓梅的《哈代和上帝之死》。马弦的《论托马斯·哈代的宗教思想》在此论点的基础上，深刻探讨了哈代宗教思想的变化与他的心灵发展轨迹。他认为，哈代一生对于基督教的信仰、怀疑、反叛和反思始终是交织在一起的，他的宗教思想始终处于一个复杂、矛盾和变化的过程中。[①]还有另一种与此截然相反的观点，认为虽

---

① 马弦. 论托马斯·哈代的宗教思想. 载于《外国文学评论》2003 年第 4 期，第 115 页.

然哈代小说中表现出了和基督教相似的价值取向，但那并不是宗教的体现，而是一种世俗基督精神。如郝涂根的《世俗基督精神：哈代人道主义宗教观的内核——兼与马弦商榷》。

3. 探讨哈代小说的现代性

哈代是一位跨世纪的作家，进入 20 世纪后，他的思想受到现代观念的冲击，特别关注失去信仰的现代人的生存状况，因此其小说中体现出现代精神和现代特质。大多研究者通过对生命个体生存境遇的揭示来分析其中存在的现代主义因素。如颜学军在《论哈代悲剧小说的现代主题》中指出，哈代小说着意表现了"现代文明给人的心灵带来的巨大创痛"，"现代主义文学的基本主题——寻找自我实现、精神隔膜、理想幻灭是哈代悲剧小说的基调"[1]。周秀敏的《哈代悲剧小说的现代精神》一文认为，这种精神集中体现在对传统价值观念的批判以及对异化的描写上。邱维平在《分裂的威塞克斯——论托马斯·哈代悲剧小说的审美现代性》中指出，"在现代性的发展过程中，审美现代性以非理性和生命感性为价值核心，成为启蒙现代性的对立因素。哈代小说通过对'非平衡人物'的描绘和对异教精神的追求，表现出强烈的审美现代性"[2]。还有论者不但分析了哈代小说中思想的现代性，还从艺术层面探讨这种现代特质。如李鹏的《哈代悲剧小说中的现代主义质素》一文认为，叙事视角的多样化与意识流小说有联系。

4. 对哈代小说女性形象的解读

在哈代的人物画廊里，女性的魅力远远超过了男性，女性

① 颜学军. 论哈代悲剧小说的现代主题. 载于《四川外国语学院学报》2001 年第 2 期，第 41 页.

② 邱维平. 分裂的威塞克斯——论托马斯·哈代悲剧小说的审美现代性. 载于《南京师范大学文学院学报》2004 年第 4 期，第 65 页.

成为小说的主人公。她们个性独特、情感丰富，寻求独立自由，体现出鲜明的女性意识。女性成为哈代小说中重要的研究对象。有研究者把女性形象分为三种：肉欲型、灵与肉型、灵性人物。这种分析只是单纯对人物进行解读。哈代小说中女性最突出的特点是她们的独立自主精神，因此大多数论者以女性主义的方法来阐释这些特征。王瑞的《男权传统中的女性意识——评哈代的小说〈远离尘嚣〉》一文认为，《远离尘嚣》中的巴丝谢芭"对抗着男权传统对女性自我存在、自我需求、自我表达的干涉和压制"①。这类文章研究的核心是揭示哈代小说中的女性如何通过自我的生活选择和追求实现对男权传统的颠覆。一些研究者注意到哈代女性观的复杂性，在文章中深入分析其中隐含的男权阴影。如王桂琴的《哈代的女性观透析》分析了哈代五部著名小说中的女性人物形象，指出"尽管哈代是一位女性的同情者和道德宽容者，但由于他自己性别立场的限制，其作品中仍然存在着传统的男权文化观念和价值取向"②。

5. 研究艺术形式和艺术手法

研究者从多元角度给予哈代小说艺术上立体的研究。

小说结构的研究。一直以来，评论界达成了这样的共识：哈代小说具有戏剧的结构特征。对此进行系统论述的是 2002 年华中师范大学郭萍的硕士论文《哈代小说的戏剧特征》。文章分四个部分进行探讨："第一部分讨论的是小说中的戏剧式冲突；第二部分考察的是小说中的戏剧式激变、戏剧式悬念和

---

① 王瑞. 男权传统中的女性意识——评哈代的小说《远离尘嚣》. 载于《齐齐哈尔大学学报》2002 年第 1 期，第 82 页.

② 王桂琴. 哈代的女性观透析. 载于《襄樊学院学报》2003 年第 1 期，第 66 页.

戏剧式巧合；第三部分探讨的是小说中的戏剧式描写和戏剧式对话；第四部分分析的是小说的戏剧式结构。"除了对小说戏剧特征的分析，还有不少研究者探讨小说的叙事特征，包括分析小说的重复结构和循环艺术、时空结构等。其中，张群的《独特的"方阵舞"别样的"巧合"——论哈代小说的叙事结构》较有创新。文章认为，哈代采用前人未曾用过的手法构筑小说。这种结构实质上是一种类似于"方阵舞"形式的奇异结构，即主人公、人物地位等交叉换位，经过一番曲折重新复位，从而演绎出悲剧故事。小说结构的另一个重要特点是小说的故事性，这在短篇小说中十分典型。

原型研究。用神话原型批评的方法对小说中的人物、景物和一些意象进行文化学上的研究。较有代表性的是马弦的几篇文章，如《裘德的〈圣经〉人物原型析论》一文认为，裘德是《圣经》人物参孙、耶稣和约伯的变形再现。另一篇《苔丝悲剧形象的"圣经"解构》剖析了苔丝与《圣经》神话中的人物、情节、背景、意象和典故等多方面的对应关系。

6. 对哈代地域特征的研究

哈代历来以乡土作家著称。其作品中的乡土色彩，已成为哈代评论界的共识。综观国内的专著和研究文章，对哈代小说的地域特征、乡土精神进行论述的在哈代的整个小说研究中相对较少。大多数论著只关注于对哈代小说的整体和具体作品的研究，对哈代小说中的乡土特征虽也有涉及，但往往只是简单提及和介绍，缺乏深入的分析。研究此论题的文章，据王桂琴在《1980—2004年国内哈代研究论文统计分析》中的考察，在整个哈代研究中只占不到3％。其中大多数文章只对哈代小说的异域风情和地方色彩进行了表面描述。最有分量的研究成果是陈庆勋的《论哈代的乡土精神》。在这篇文章里，作者主

要描述了威塞克斯形成的过程以及威塞克斯之于哈代精神的重
要意义，它是哈代的精神家园。文末提出乡土精神除了表现在
小说的思想内容上，还具体表现在语言文体、人物塑造和情节
结构等小说的形式上。

二、国外哈代小说研究

国外的哈代小说研究更加成熟，纵览哈代研究史，著述和
评论可谓卷帙浩繁。

哈代研究的最早的评论集是莱昂内尔·约翰逊在 1894 年
发表的《托马斯·哈代的艺术》，约翰逊对哈代的艺术和思想
进行了全面探讨。此后，有关哈代的研究专著时有出现。真正
确立了哈代在 20 世纪英国文坛重要地位的是弗吉尼亚·伍尔
夫的《托马斯·哈代的小说》（1928）和劳伦斯的《托马斯·
哈代研究》（1936）。这两位在现代英国文坛上影响巨大、富有
独创性的作家对哈代表现出极大的兴趣，并给予了高度的赞
赏。伍尔夫注意到哈代小说中女性形象的独特性，认为她们身
上有一种野性的力量。劳伦斯欣赏哈代，主要是因为哈代的作
品具有一股自然、强烈的感情力量，而这种自然的力量也正是
劳伦斯在创作中表达和弘扬的。

伍尔夫、劳伦斯之后，研究哈代的专著、论文越来越多。
评论家们从不同角度，对哈代小说进行了丰富的阐释，主要集
中在以下几个方面：一是思想阐释；二是现实阐释；三是现代
阐释。

第一方面，对哈代思想的研究，研究者关注最多的是哈代
小说的悲剧意识。最初西方评论家认为这种悲剧意识的形成，
很大程度上是因为哈代受到叔本华悲观哲学思想的影响。如帕
特里克·布雷布鲁克的《哈代及其哲学》（1928）认为，哈代

在叔本华"生命意志"的影响下，建构了以"内在意志"为中心的悲观哲学，这是哈代哲学思想的核心。同时，有不少论文集中论述哈代和叔本华的关系。后来的研究者对此问题的研究开拓了新的思路，他们把哈代和其他作家的悲剧意识进行比较分析，如简尼特的论著《维多利亚小说中的悲剧：乔治·艾略特、托马斯·哈代和亨利·詹姆斯小说中的悲剧意识和悲剧观念》认为，哈代小说中的悲剧才是符合古希腊悲剧内涵的真正意义上的悲剧。在对哈代思想的研究中，其宗教思想也备受关注。研究者从不同方面探讨了哈代复杂的宗教观念。有的认为哈代是一个虔诚的基督教徒，如詹德兹的《托马斯·哈代和教堂》；有的认为哈代小说表现了他对宗教的反叛，如托马斯·汉兹的《哈代：被迷惑的传教士——哈代的宗教经历对小说的影响》等。对哈代思想研究的第三个角度，是探讨哈代和达尔文进化论的关系。很多研究成果阐释了哈代小说中表现出的进化论观念。

　　第二方面，对哈代的现实阐释，主要探讨哈代小说的现实主义特征。很多研究者用社会和历史批评的方法，阐释哈代小说对社会状况的真实反映。他们认为哈代小说不但描述了传统社会，而且还敏锐地揭示了20世纪社会的现代特征。如 F. B. 平内的《哈代小说和它们产生的背景》与他主编的《托马斯·哈代与现代社会》，以及戴维·劳拉的《哈代晚期小说中的现代痛苦感》。由此可以看出，研究者更加关注哈代小说对人类现代生存状况的揭示。在对哈代现实特征的研究中，有的批评家注意到哈代小说和批判现实主义创作形态的差异，如小说对人自然本能的描写，他们对其进行了现实主义阐释。他们认为哈代小说表现出自然主义的特点，如威廉姆·纽顿的《哈代和自然主义者：生理学的应用》。另外，还有研究者对哈代的建筑艺术和文学创作关系进行研究，如格瑞的《托马斯·哈代：艺术家和思想家》，书中阐释了哈代小说在形式上的建筑特征。

在对哈代的现实阐释中，还有一个非常重要的角度，那就是哈代和威塞克斯的关系以及相关的研究。威塞克斯是哈代构筑出来的文学世界。自从哈代在《远离尘嚣》的序言中提到"威塞克斯"这个词，众多研究者就把哈代和威塞克斯放到了一起。因此，研究哈代和威塞克斯的关系也就成为一个必然的论题。关于此论题的专著，据笔者掌握的材料，主要有：赫尔曼·里的《托马斯·哈代的威塞克斯》，这本论著是对哈代小说中描述的威塞克斯世界中的客观环境进行实证考察，寻找小说的原型。戴斯蒙德·豪肯斯的论著《哈代的威塞克斯》，主要考察哈代小说中描述的威塞克斯在当下生活中的变化。西蒙·盖垂勒的《托马斯·哈代的威塞克斯视角》，主要探讨威塞克斯文学世界在哈代创作中的形成及变化。约翰·罗伯特的《从哈代到约克纳帕塔法》，书中把"威塞克斯"和福克纳的"约克纳帕塔法"进行了比较研究，认为威塞克斯是哈代的精神家园，在他的小说中，威塞克斯寄托的是哈代对田园生活的留恋。派特的论著《哈代小说的地理特征：威塞克斯和乡土小说》，从地理的角度比较分析了乡土小说中，不同作家笔下威塞克斯的不同形态。除此之外，和此论题相关的成果大多集中于对哈代小说乡土特征的研究，如玛瑞恩的《哈代小说中的民间文化》、瑞斯的《哈代小说中的民俗》等。这些文章多是学位论文，内容主要是对哈代小说具体民俗的描述和分析，探讨民俗在哈代小说中的功能。

第三方面，对哈代的现代阐释，主要指研究者针对其小说中体现出的现代性，用 20 世纪新的批评方法所做的研究。有的研究者用女性主义理论解读哈代小说，认为哈代小说对女性性格的刻画和女性心理的深层揭示，表现出颠覆男权、建构独立自足个体意识的女性观念。如摩根的《哈代小说中的女性和性》，认为哈代对女性形象的塑造实现了女性的性独立。在女性的独立中，性是非常重要的角度。有的研究者以弗洛伊德的精神分析来考察哈代的作品，如罗斯迈锐·萨姆纳的《心理小说家托马斯·哈代》着重分析了哈代小说人物的心理状态，指出哈代小说的中心是对人的心理问题的深入探讨。在哈代看来，个人与社会是对立的，文明社会使人的"肉与灵"的发展失去平衡，造成人的精神分裂。因此，哈代谴责社会对人性正常发展的束缚。在这里，哈代与弗洛伊德是一致的。

综观国内外的哈代小说研究，探讨哈代小说和威塞克斯民间文化关系的相关成果，只是分析和解读了哈代小说中描述的威塞克斯民间文化形态，如其中的民俗、方言、独特的地域风情和地貌特征等，论述主要集中在民间文化的外在表现形式上。这些研究没有揭示哈代小说的诗学是如何在英国西南部威塞克斯地区的民间文化语境中生成的，没有提供对威塞克斯地区民间文化结构和哈代创作关系的阐释。因此在这样的研究背景下，本书采用文化批评的方法，深入发掘哈代小说诗学形态的深层民间文化意义，并揭示出民间文化结构在哈代小说诗学建构中的作用和功能。

第二节　哈代和威塞克斯民间文化

"个体生活的历史首先是适应由他的社区代代相传下来的生活模式和标准。从他出生之时起，他生于其中的风俗就在塑造着他的经验和行为。到他能说话时，他就成了自己文化的小小创造物。而当他长大成人并能参与这种文化的活动时，其文化的习惯就是他的习惯，其文化的信仰就是他的信仰，其文化的不可能性亦就是他的不可能性。"① 威塞克斯民间文化作为哈代成长的文化语境，对他思想观念的生成起着非常重要的作用。

哈代 1840 年出生在古老的威塞克斯，在他的青少年时代，"虽然整个英国已经由于工业革命的推动进入了资本主义阶段，但是在哈代的出生地多塞特郡以及附近的一些地区，传统的农村社会还没有受到外来的资产阶级文明的冲击，古老的秩序依然存在"②。多塞特郡的封闭状态直到 1857 年火车通到多塞特郡③才稍有改变，之前威塞克斯民间文化尚未受到现代文明的冲击。"当时的威塞克斯和中世纪、伊丽莎白时代相比变化很少。人们依然无知蒙昧，相信巫术。"④ 哈代 "23 岁之前几乎没有离开过故乡多塞特郡"⑤，他出生的博克汉普顿村是一个传统的古老村落。"他家的茅舍位于石南灌木荒地的边缘，因而使他和许多动物结为伴侣。"⑥ 在这样的环境中，他亲身体验了具有宗法制特点的农村生活，受到威塞克斯民间文化很大影响。这种影响一方面体现在民俗上。在哈代的童年和少年时

① 本尼迪克特. 文化模式. 何锡章、黄欢译. 北京：华夏出版社，1987 年版，第 2 页.

② F. B. Pinion, *A Hardy Companion: A guide to the works of Thomas Hardy and their background*, London: Macmillan Press, 1968, p. 152.

③ Ralph Pite, *Hardy's Geography: Wessex and the Regional Novel*, London: Macmillan Press, 2002, p. 39.

④ 聂珍钊. 托马斯·哈代小说研究：悲戚而刚毅的艺术家. 武汉：华中师范大学出版社，1992 年版，第 22—23 页.

⑤ Michael Millgate, *Thomas Hardy: His career as a novelist*, London: Macmillan Press, 1994, p. 17.

⑥ 吉丁斯. 哈代. 殷礼明译. 台北：名人出版社，1980 年版，第 14 页.

代，乡间有很多节庆活动和传统风俗。哈代对此很感兴趣，经常参加这些活动，其传记中记载了他参加圣诞节庆祝、制造苹果酒、参加乡间舞会等活动的经历①。在这些活动中，哈代感受到威塞克斯乡间自由、本真、和谐的生活。除此之外，哈代对威塞克斯的古老习俗也十分感兴趣，如迷信传统，"对于哈代来说，它们具有不同寻常的吸引力"②。哈代在小说中描写了很多威塞克斯的迷信习俗。这些古老的习俗中承载着威塞克斯传统的世界观和人生信仰，潜移默化地对哈代的思想建构产生影响。威塞克斯民间文化的影响另一方面体现在民间口头传统上。"哈代经常听祖辈人讲一些过去的传说、民间故事、奇闻轶事和古老风俗等"③，还听他母亲、外祖母和比他年纪大的人唱一些流传下来的民间歌谣。从他们那里，哈代不但获得了远古威塞克斯的民间记忆，与此同时还感受到民间故事、民间歌谣等民间口头文学叙事的巨大魅力。哈代常常被其中的神秘和传奇色彩深深吸引。除上述两方面之外，威塞克斯民间文化的其他构成还潜移默化地对哈代产生影响。威塞克斯土生居民的传统观念和生活习惯潜在地影响着哈代的人生观念和生活方式的选择。

　　民间文化就是这样对哈代产生影响的，与此同时，哈代也在这样的威塞克斯民间文化语境中创作了自己的小说。威塞克斯民间文化的民间习俗、民间伦理、民间信仰、民间文学等文化构成从不同方面建构了哈代小说的乡土诗学。民间习俗建构

---

①　Florence Emily Hardy, *The life of Thomas Hardy* 1840—1928, London: Macmillan Press, 1962, p. 64.

②　F. B. Pinion, *A Hardy Companion: A guide to the works of Thomas Hardy and their background*, London: Macmillan Press, 1968, p. 134.

③　Desmond Hawkins, *Hardy's Wessex*, London: Macmillan Press, 1983, p. 18.

了哈代小说威塞克斯的狂欢特征；民间伦理建构了哈代小说的理想伦理观；民间信仰建构了哈代小说的命运观念和哥特风格；民间文学以其民间修辞建构了哈代小说的民谣隐喻叙事和传奇叙事。

第一章　民间习俗与哈代小说的狂欢特征

民间习俗是民间文化最鲜明的外在表现形态，这里的民间习俗指的是民间风俗和民间生活习惯。民间习俗和哈代小说狂欢特征的关系比较复杂，哈代小说的狂欢形态并不是在民间习俗的单一影响下形成的。这种诗学形态的形成和他的生活经历有很大关系。哈代从小生活在威塞克斯，那里的民间生活培养了他平等和自由的意识，后来到了大城市，那里的生活则给他以束缚和压抑的感觉。这样的生活经历，使哈代在创作中更多受到民间习俗中平等和自由精神的影响，在小说中描述了充满狂欢精神的威塞克斯民间文化。这成为哈代小说狂欢特征的鲜明体现。

第一节　狂欢表现形态

一、独特的艺术表现形态——狂欢

哈代小说因其对威塞克斯文化的阐释而独具魅力。威塞克斯作为远离主流的边缘的农村世界，其文化较少受到主流文化的影响和制约，因而具有相对独立的主体自足性。就其性质而言，它是一种非主流的民间文化，具有独特的文化构成和文化形态，其文化内涵在本质上形成与主流文化的对抗。

巴赫金是民间文化的深入研究者，他在其论著中阐述了民间文化的实质精神。他认为民间文化起源于古代的狂欢节。在狂欢节上，人们暂时摆脱了日常官方生活的所有道德规范、价值观念，暂时取消一切等级关系、特权、规范和禁令，完全按人的本性活动，"它们显示的完全是另一种，强调非官方、非教会、非国家的看待世界、人与人的关系的观点；他们似乎在整个官方世界的彼岸建立了第二个世界和第二种生活"①。随着时代的发展，狂欢节式的庆典节日越来越少，虽然狂欢节在形式上慢慢消逝，但古代狂欢节中形成的狂欢节的世界感受却保留下来。在狂欢式的世界中，"首先取消的是等级制，以及与它有关的各种形态的畏惧、恭敬、仰慕、礼貌等等，亦即由于人们不平等的社会地位等（包括年龄差异）所造成的一切现象。人们相互间的任何距离，都不再存在；起作用的倒是狂欢式的一种特殊的范畴，即人们之间随便而又亲昵的接触"②。"在狂欢中，人与人之间形成了一种新型的相互关系……这种关系同非狂欢式生活中强大的社会等级关系恰恰相反。人的行为、姿态、语言，从在非狂欢式生活里完全左右着人们一切的种种等级地位（阶层、官衔、年龄、财产状况）中解放出来，因而从非狂欢式的普通生活的逻辑来看，变得像插科打诨而不得体。"③狂欢式的这一范畴，代表着人们自由而又平等的交往，这是狂欢式的世界感受中非常重要的一点。这种纯粹的现实存在的平等关系，只存在于古代狂欢节广场上的非常短暂的庆典时间内。在狂欢节时代消逝之后，保留在人们心中的是一

---

① 巴赫金. 巴赫金全集第六卷：拉伯雷研究. 李兆林、夏忠宪译. 石家庄：河北教育出版社，1998 年版，第 6 页.
② 巴赫金. 巴赫金全集第五卷：诗学与访谈. 白春仁、顾亚铃译. 石家庄：河北教育出版社，1998 年版，第 161 页.
③ 巴赫金. 巴赫金全集第五卷：诗学与访谈. 白春仁、顾亚铃译. 石家庄：河北教育出版社，1998 年版，第 162 页.

种对自由平等人际关系的感受和渴望。这种狂欢式的世界感受更多地存在于反叛等级制的民间文化中，民间文化成为它主要的载体。"在一定程度上说，民间文化的第二种生活、第二个世界是作为对日常生活，即非狂欢节生活的戏仿，是作为'颠倒的世界'而建立的。"① 民间文化包含的是狂欢节的文化精神，是对官方话语和官方文化的颠覆，但"在否定的同时还有再生和更新"。"一般来说，赤裸裸的否定是与民间文化完全格格不入的。"② 巴赫金在阐释民间文化的时候，提出一个非常重要的观点，他认为狂欢式的世界感受的核心是"交替与变更的精神、死亡与新生的精神"③，"狂欢式里所有的象征物无不如此，它们总是在自身中包孕着否定的（死亡的）前景，或者相反。诞生孕育着死亡，死亡孕育着新的诞生"④。民间文化并不是对官方文化的单纯否定，其更深刻的意义是在颠覆官方世界的一切等级、规范、道德的同时，给人们的生活提供一种新的范式。威塞克斯民间文化体现出来的就是这种狂欢式的世界感受，即狂欢的精神：自由与平等、交替与变更。狂欢成为哈代小说的独特表现形态。

　　同样描述英国农村民间生活的乔治·艾略特和哈代都处于维多利亚时代，因为作品题材的相似性，最初哈代的小说面世时，还曾经被认为是艾略特的作品。哈代描写的是英国西南部

---

　　① 巴赫金. 巴赫金全集第六卷：拉伯雷研究. 李兆林、夏忠宪译. 石家庄：河北教育出版社，1998 年版，第 13 页.

　　② 巴赫金. 巴赫金全集第六卷：拉伯雷研究. 李兆林、夏忠宪译. 石家庄：河北教育出版社，1998 年版，第 13 页.

　　③ 巴赫金. 巴赫金全集第五卷：诗学与访谈. 白春仁、顾亚铃译. 石家庄：河北教育出版社，1998 年版，第 163 页.

　　④ 巴赫金. 巴赫金全集第五卷：诗学与访谈. 白春仁、顾亚铃译. 石家庄：河北教育出版社，1998 年版，第 164 页.

的乡村，乔治·艾略特描述的是英国中部的农村。两位作家的
作品虽然描述的地域不同，表现的主题不同，但都展现了英国
农村远古的民间文化。乔治·艾略特对未受工业文明浸染的农
村乡间生活的描写主要体现在她早期的作品中，主要有《弗洛
斯河上的磨坊》《亚当·比德》和《织工马南传》。这些早期作
品都源自乔治·艾略特对英国乡村生活的亲身体验，描写了在
宗法制社会下的最后一批自耕农的生活。在这些小说中，艾略
特用大量的篇幅描绘乡村的风光和生活习俗，歌颂英国农民在
宗法制社会中的恬静和愉悦，表达了她对田园生活的向往和她
对宗法制社会的留恋。《弗洛斯河上的磨坊》写的是英国乡村
一个磨坊主人一家的事情，背景是偏僻的圣奥格镇。《织工马
南传》中的拉维罗和《亚当·比德》中的干草坡都是未受工业
革命污染的乡村。"拉维罗是一个古代回音萦绕未散，而新时
代的声音尚未侵袭的乡村。"① 神话和迷信是生活在这个地区
的人们赖以解决自己不幸的方式。乔治·艾略特早期的作品和
哈代小说一样描绘了一个充满诗意的田园社会，与此同时展现
了工业文明和乡村文化的冲突。她和哈代一样，面对乡村社会
逐渐瓦解的命运，流露出惋惜和留恋的感情。艾略特也是站在
乡村民间文化的角度去批判工业文明的。

　　既然同样是对英国乡村民间文化的展现，无疑两位作家的
作品具有相似的文化特征。宗教是两位作家作品中的重要主
题。在哈代和艾略特的小说中，都存在着对主流官方文化的反
叛。在他们的作品中，这种反叛最鲜明地体现在对主流信
仰——基督教的激烈批判和否定上。哈代小说中存在大量借人

---

　　① 乔治·艾略特. 织工马南传. 曹庸译. 杭州：浙江人民出版社，1982年
版，第4页.

物之口直接攻击基督教的言论，而且小说还表现出对异教精神的赞美和肯定。乔治·艾略特的小说对基督教神学（英国的主流信仰——国教派）也进行了直接的批判，认为基督教只是僵死的形式，只要求人们严格遵从教会的形式和教义，根本不去关注人们的感情和心灵。《织工马南传》中通过马南的遭遇揭示了基督教的荒谬。马南本是一个虔诚的信徒，生活在灯笼广场，那里人们非常重视宗教的仪式，教友们每个礼拜天都到教堂去祈祷。他们的思想深处都渗透着宗教信仰的形式，他们绝不会运用思考来区别形式和感情。当马南被他的"好友"威廉冤枉偷了教会银钱时，教友们不是靠思考与分析来判断事情的真伪，而是借助祈祷与抽签。结果，害人者成了上帝的使者和宗教道德制裁的执行者。乔治·艾略特在批判基督教的同时，并不是否定所有的宗教信仰，她弘扬的是一种"以人为本"的人性宗教，这种宗教信仰是关注人的感情和精神的，能给苦难中的人们以精神救赎，而不是一些僵死的形式和教义。如《亚当·比德》中以汀娜为代表的宗教。在小说中，乔治·艾略特虽然对以汀娜为代表的卫斯理宗充满赞美，认为那才是真正的宗教信仰，但并不代表艾略特就是卫斯理宗的虔诚教徒。在这里，她只是借助汀娜所代表的卫斯理宗教派中的合乎人性的方面来阐释自己的信仰观念：以人为本和以爱为核心的基本宗教思想——上帝就是爱。从表面看来，似乎哈代和乔治·艾略特在描述民间农村世界的信仰时，都表现出了民间文化的狂欢特征，即颠覆单一的主流意识，展现当地居民的多元信仰；但深入分析会发现，其实乔治·艾略特的作品是不具有狂欢特征的。

乔治·艾略特的小说中存在不同的信仰。以《亚当·比德》中的干草坡村为例，有信教者和不信教者；同样是信教者，信仰的派别不同，其中有主流的英国国教，还有批判英国国教圣公会的以汀娜为代表的卫斯理宗。小说中，艾略特以卫斯理宗来反叛主流的英国国教，认为英国国教背离了宗教的主旨，遵从和信仰的只是其形式。她的小说解构了单一的国教信仰，似乎展现了主流信仰被消解后，民间世界多元信仰的狂欢。但在表面的多元意识并存的世界里，有一个潜在的单一信仰——"以人为本"的宗教信仰，在汀娜的感召下，几乎所有的人都成为卫斯理宗的信徒，尽管很少有人通过宗教仪式加入卫斯理宗，但实际上所有的人在内心里都成为这一教派的真正信徒，因为所有人面对苦难的时候都需要它的精神安慰和救赎。艾略特小说在颠覆了主流国教信仰后，形成了暂时和表面的信仰狂欢假象；其实在表面的多元融合之下，表现的是以汀娜为代表的一元信仰，并没有形成解构主流信仰后多元信仰形式自由、平等、和谐并存的狂欢形态。宗教和道德是艾略特小说的核心主题，由此可见，在思想主题表现上，她的小说是不具有狂欢特征的。

在哈代小说中，也表现了居民的多元信仰。苔丝所代表的是威塞克斯居民的原始信仰，他们持多神论。教堂代表的是主流的基督教，与此同时表现了异教精神。哈代小说对基督教进行了质疑和激烈批判，他站在关注生命个体和谐生存的立场上质疑上帝的社会公正。哈代反叛基督教的同时，展现了威塞克斯世界多元的信仰意识，这些多元意识和谐并存于同一个世界里，不存在同化和统一，不像艾略特的小说体现的是多元之下的聚合。哈代要表现的不是哪种信仰能够救赎人类，而是关注于生命个体和谐的生存处境。不管每一个生命个体的信仰如何，只要他所坚持的信仰能使他的灵魂和谐就行。哈代小说的狂欢是一种和谐的多元融合，而不是像艾略特小说中所表现的只是表面的多元信仰。从哈代和艾略特小说的这一重要主题的对照分析中，我们可以看出同样描述了英国乡村民间文化特征，但两人的作品却各有特点。乔治·艾略特的小说体现了对官方文化主流信仰的消解，在表面的多元信仰之下最终有一个同一的旨归。而哈代的小说则表现了多元的和谐融合，狂欢特征成为哈代小说主题思想表达的独特形态。

在两位作家作品的具体细节中，我们也可以发现狂欢是哈代小说的独有特征。在农村民间文化中，庆祝活动是最带有狂欢色彩的。在对最具狂欢节性质的节日宴席的描写上，乔治·艾略特和哈代的表现形态不同。在乔治·艾略特的小说《亚当·比德》中，用了几章来描写亚塔尔举行冠礼的 21 岁生日宴会，其中包括宴席、游艺活动和舞会。虽然看起来像一个巨大的狂欢广场，两个教区的所有人不分等级都被请来参加宴会，但这里的人们在吃饭时按照等级就座，不同阶层的人坐在不同的席位上。亚当本来应该坐在工人那一桌，和他的母亲、弟弟坐在一起，但因为马上要担任亚塔尔庄园的经理而被请到了农场主那一席。宴席中人们之间的等级关系非但没有得到消解，反而得到了强化。而节日宴席的突出的大吃大喝的特征在乔治·艾略特的描述下也得到了人为的强制克制。为了防止大家在当天那样可以与"自由跟放荡和不守规矩混为一谈的"[①]场合为所欲为，亚塔尔特意事先"嘱咐卡孙和亚当·比德还有另外几位可靠的朋友，请他们掌握酒棚里送出荞麦酒的数目"[②]。乔治·艾略特对宴席的描写完全遵照文明社会的规则，

---

① 乔治·艾略特. 亚当·比德. 张毕来译. 贵阳：贵州人民出版社，1987年版，第 311 页.

② 乔治·艾略特. 亚当·比德. 张毕来译. 贵阳：贵州人民出版社，1987年版，第 312 页.

只能称为官方的节日。巴赫金指出，在官方节日中，等级差别特别突出地显示出来，人们参加官方节日活动，必须按照自己的称号、官衔、功勋穿戴齐全，按照相应的级别各就各位，这样的节日使不平等神圣化。与此相反，在狂欢节上大家一律是平等、自由的，支配一切的是人们不拘形迹地自由接触的特殊形式，即人们之间随便而又亲昵地进行接触。在类似狂欢节的像宴席这样的场景描写中，乔治·艾略特采取了理性的文明叙述，由此可见，她的作品虽然描述的是农村民间文化，却不具有民间文化的狂欢特征。

　　而在哈代的小说中，对威塞克斯世界的节日、宴会和舞会的描写是充满狂欢精神的。《远离尘嚣》中的剪羊毛盛宴和收获酒，描写的是农场主和雇工同坐一席开怀畅饮的场面。《还乡》中的圣诞节，地位高的姚伯太太邀请荒原上的所有人到她家里一起庆祝，大家不分等级，一起聊天喝酒。这些场景成为狂欢的广场，解构了日常不可逾越的等级、财产、职位、家庭和年龄差异的屏障，人们平等自由地相处和交往。由此可见，同样是对英国农村民间文化的描写，两位作家的作品却体现出不同的特征。哈代小说对民间文化的展现具有狂欢特征的独特形态。

二、狂欢表现形态成因

　　哈代小说狂欢的表现形态与哈代的生活经历和威塞克斯民间习俗对他的影响有关。

　　哈代生活的英国西南部的农村，就当地居民的生活状况而言，是十分艰难困苦的，"在哈代出生的 7 年前，那里发生过大规模的暴动，人们的生活艰难，失业、低工资、恶劣的住房条件是当时工人们的普遍状况"①。这样的生活构成了当地居民生活的主体。但哈代小说中描写的英国西南部乡村如果没有工业文明的入侵，则俨然是一个理想的乌托邦，这里充满了田园的诗意与和谐。无疑，哈代是从他自己的视角来描述威塞克斯世界的，而他赋予威塞克斯世界的理想色彩，和威塞克斯民间文化对哈代的影响有密切关系。因为哈代从小身体虚弱，大部分时间都是在家里度过的。哈代的父亲是建筑师，属于当地的上层人群，所以他看到的往往是家庭内部的和谐和繁荣，而对于外部阴郁的环境则很少留意。他最感兴趣的是农村多姿多彩的风俗，特别是节日的庆祝活动。对哈代而言，"农村生活很大程度上就是参与唱诗班、演奏音乐和一些节日庆祝活动"②。据《哈代传》记载，哈代对圣诞前夕唱诗班表演的习俗非常感兴趣。书中详细描述了圣诞节前夕人们的狂欢活动，在哈代祖父的时代，哈代的祖父成为整个活动的组织者，他邀请许多乡下人、普通的老百姓到家里来，把他们组成一个庞大的唱诗班，在这些人大吃大喝之后，带着他们在圣诞前夜到许多的地方去演出，直到第二天黎明。这种活动给哈代留下了深刻的印象。与此同时，《哈代传》中还叙述了哈代如何参加酿造苹果酒、如何参加乡村舞会等。威塞克斯世界这种丰富的民间习俗给哈代的小说创作带来很大的影响。从这些富有狂欢特征的民间习俗中，哈代感受到一种充满活力的、自由平等的狂欢精神。在哈代离开家乡来到城市，最初的猎奇心理过去之后，哈代陷入对故乡的思念，故乡的生活是自由自在的。而在

---

① Desmond Hawkins, *Hardy's Wessex*, London: Macmillan Press, 1983, p. 22.

② Florence Emily Hardy, *The Life of Thomas Hardy* 1840－1928, London: Macmillan Press, 1962, p. 32.

城里，却必须遵守一些规则，"像他这样的作家不得不去参加一些商业活动、宴会和俱乐部"①。此时，在哈代心里更加留恋乡村生活。这种留恋和向往源于习俗的狂欢精神对他的吸引。对哈代而言，农村生活在很大程度上是习俗的世界。他向往那种农村民间生活的自由、平等与和谐，认为"以城市生活为主体的工业文明是压抑、没有生命力的"②，而民间的农村生活则是自由开放、充满活力的。民间习俗的狂欢精神使哈代在小说中建构了威塞克斯世界的理想形态。

哈代认为，"英国西南部是一个神奇的浪漫世界，这里的居民有特殊的趣味、特别的说话方式和生活方式"③。威塞克斯具有独特的自足文化特征，这里存在许多古老的习俗和传统的节庆活动，这里的居民依然按远古的宗法观念生活。尽管他也意识到远古的未受工业文明浸染的农村生活也有阴暗的一面，"在威塞克斯外表的宁静下有暴力和野蛮……威塞克斯居民生活艰难，常与饥饿相伴"④；但"哈代小说对威塞克斯的描述是从一个边缘的视角进行的"⑤，小说中，"对乡下居民的活动的描述，只描述了一些节日和宴会，整个现实的生活背景、经济状况被忽略了"⑥。他把远古的威塞克斯描述成一个带有乌托邦色彩的、理想的、自由平等的和谐世界，而这个和

---

① Florence Emily Hardy, *The Life of Thomas Hardy* 1840－1928, London: Macmillan Press, 1962, p. 104.

② Florence Emily Hardy, *The Life of Thomas Hardy* 1840－1928, London: Macmillan Press, 1962, p. 64.

③ Desmond Hawkins, *Hardy's Wessex*, London: Macmillan Press, p. 11.

④ Desmond Hawkins, *Hardy's Wessex*, London: Macmillan Press, p. 21.

⑤ Roger Ebbatson, *Hardy: The margin of the unexpressed*, Sheffield: Sheffield Academic Press, 1993, p. 136.

⑥ Roger Ebbatson, *Hardy: The margin of the unexpressed*, Sheffield: Sheffield Academic Press, 1993, p. 142.

谐世界中的悲剧因素则完全是由工业文明的入侵造成的。哈代在威塞克斯世界中寄托他的民间狂欢生活理想，表达自由与平等，他"通过愚人和小丑的效果、狂欢的声音，让读者把视线从对农民日常艰难的物质生活的关注转移到另一边"①，由此去体会威塞克斯民间文化的狂欢精神。

第二节　哈代的民间狂欢生活理想

哈代的威塞克斯世界是与工业文明相对立的民间世界，是狂欢式的世界。在威塞克斯中哈代借用这一空间颠覆等级、规范和秩序，表达自己的民间狂欢理想。巴赫金指出，"狂欢式——是没有舞台、不分演员和观众的一种游艺。在狂欢中所有的人都是积极的参加者，所有的人都参与狂欢戏的演出。人们不是消极地看狂欢，严格地说也不是在演戏，而是生活在狂欢之中，按照狂欢式的规律在过活，只要这规律还起作用。换言之，人们过着狂欢式的生活。而狂欢式的生活，是脱离了常轨的生活，在某种程度上是'翻了个的生活'，是'反面的生活'"②。狂欢式的生活对于官方以"绝对真理"姿态出现的社会思想意识，对于固定的、不可动摇的等级制度，对于教会"神圣"不可触犯的教义，具有一种颠覆的作用。巴赫金深刻地指出，"国王加冕与脱冕仪式的基础，是狂欢式的世界感受的核心所在，这个核心便是交替与变更的精神、死亡与新生的

---

①　Roger Ebbatson, *Hardy: The margin of the unexpressed*, Sheffield: Sheffield Academic Press, 1993, p. 142.
②　巴赫金. 巴赫金全集第五卷: 诗学与访谈. 白春仁、顾亚铃译. 石家庄: 河北教育出版社, 1998 年版, 第 161 页.

精神。狂欢节是毁坏一切和更新一切的时代才有的节日"①。
狂欢节的世界感受"与一切现成的、完成性的东西相敌对，与
一切妄想具有不可动摇和永恒性的东西相敌对，为了表现自
己，它所要求的是动态的和变易的、闪烁不定、变幻无常的形
式"②。狂欢式世界在颠覆解构了原有世界的同时，建构了一
个充满生命活力的，万事万物都处于开放、对话状态的和谐世
界。在这个世界中，作为巴赫金最关心的"人作为一个存在者
在存在中的存在状态"实现了和谐。

　　哈代描述的未受工业文明浸染的威塞克斯就是这样一个
"狂欢式的世界"。在那个田园社会中，以绝对姿态出现的基督
教信仰被颠覆，等级秩序被解构，建构了生命个体生存的和谐
世界：实现了人与人交往的和谐、生命个体生存方式的和谐、
人与自然的和谐。这个世界是一个充满活力的、自由开放的未
完成的世界，表达着哈代在威塞克斯世界中寄托的和谐民间狂
欢生活理想。

一、颠覆的意义

　　1. 颠覆基督教

　　在主流的官方文化中，基督教是西方道德规范、价值体系
的基础和标准，人们在信仰基督教的同时，也要遵守基督教的
教义，受到基督教的压抑和束缚。哈代小说中表现出对基督教
的反叛，把人们从基督教的束缚下解放出来。

　　小说对基督教颠覆的最直接表现是直接通过人物对基督教

────────────

　　① 巴赫金. 巴赫金全集第五卷：诗学与访谈. 白春仁、顾亚铃译. 石家庄：
河北教育出版社，1998 年版，第 163 页.

　　② 巴赫金. 巴赫金全集第六卷：拉伯雷研究. 李兆林、夏忠宪译. 石家庄：
河北教育出版社，1998 年版，第 13 页.

进行批判。如《无名的裘德》中的淑，她从来不相信基督教，十分喜欢异教的神像，认为"不论什么东西，都比那种没完没结的教堂'玩意儿'好"，"最反宗教的，而同时可又是最有道德的"[①]。她还把《圣经》拆解了，认为《圣经》的诗歌里面明明表现的是人的欢乐之爱、自然之爱，但却让宗教的抽象话给涂饰起来了。淑在否定基督教的同时，所遵从的是自然的规律。就如她在小说中一再表明的她的生活既不遵从社会的规律，也不遵从道德（基督教赋予的价值观）的规律，她遵从的是自然的规律。淑的生活方式体现着作者哈代自然、和谐的生活理念。小说除了通过人物直接表现对基督教的反叛外，还通过一些细节和话语表现对基督教的嘲讽。当苔丝被亚雷强暴时，上帝对纯洁的苔丝置之不理，作者对上帝发出了谴责："哪儿是她一心信仰、庇护世人的上帝呢？"[②] 亚雷从最初放荡的花花公子竟然变成了布道的牧师，这本身就是对基督教的一个莫大的嘲讽和否定。

哈代小说还通过对异教精神的表现和赞美，颠覆基督教信仰。这主要体现在一些人物身上。"哈代对维多利亚时代的颠覆深刻地体现在对人本能行为和渴望的肯定上。"[③] 哈代突破当时他所生活时代的维多利亚道德观念，在作品中大胆、真实而又坦率地描写了人的各种生命欲求，这一点无疑是与基督教教义截然相悖的。小说《还乡》的女主人公游苔莎的魅力就在于她身上的异教精神。在哈代的笔下，游苔莎是奥林匹斯山上

　　① 哈代. 无名的裘德. 张谷若译. 北京：人民文学出版社，1989 年版，第 96 页.

　　② 哈代. 德伯家的苔丝. 张谷若译. 北京：人民文学出版社，1984 年版，第 112 页.

　　③ John Rabbetts, *From Hardy to Faulkner*：*Wessex to Yoknapatawpha*, London：Macmillan Press, 1989, p. 129.

的女神，"她那种天性，她那种本能，都很适于作一个堪作模范的女神；换一种说法，也就是她那种天性和本能，不大能做一个堪作模范的女人"①。据希腊神话的记载，希腊诸神全都感情强烈，由着性子任意喜怒爱恶，并无标准，嫉妒仇恨也和人一样，那完全是异教精神的产物。在游苔莎生活的时代，基督教文明规范一切，做一个女人，就得敬上帝、守贞操，成为贤妻良母。游苔莎体现的是对基督教文明的反叛。哈代对其外表的描写更像描绘一个吉卜赛女郎，更多侧重于女性的妩媚、强烈的生命欲求、对爱情的渴求与欲望，"把人家迷得神魂颠倒，这就是她最大的愿望。对于她，爱情就是唯一的兴奋剂，能够把她的岁月里那种使人瘦损的烦恼寂寥驱走赶掉。她所渴望得到的，好像不是什么个别的具体情人，而是叫做热烈爱情的抽象意念。""想要不论什么地方，只要能够作到，就伸手把爱情攫取，至于能继续一年，继续一月，或者继续一时一刻，全都不顾。"② 这种强烈的生命欲求，否定了基督教对性欲的谴责和压抑。《卡斯特桥市长》中的露赛坦也是一个具有强烈感情的人，这可从她写给亨察尔的一封封情书中看出来。《德伯家的苔丝》中的主人公苔丝是一个非常有光彩的人物。苔丝之所以吸引人，就是因为她的纯真与自然。她没有受到现代文明的教化，人性所有的一切本能都在她身上得到自然的发展，哈代表现了苔丝的本能的欲求。当她被亚雷奸污、经受了磨难之后，她"都老觉出来，富有希望的生命，仍旧在她心里热烈地搏动"③，"尚未消耗的青春，经过暂时的压制，又重新涌出

---

① 哈代. 还乡. 张谷若译. 北京：人民文学出版社，1991 年版，第 94 页.
② 哈代. 还乡. 张谷若译. 北京：人民文学出版社，1991 年版，第 101 页.
③ 哈代. 德伯家的苔丝. 张谷若译. 北京：人民文学出版社，1984 年版，第 151 页.

涨起，并且还带来了希望和无法制止、寻找快乐的本能"①。
"那种设法寻找快乐的趋向，本是自然发生、不能抵抗、普遍
存在的，本是灌注入由最高到最低的一切生命的；这种趋向，
现在到底是把苔丝制伏了。"② 这种寻找快乐的本能是人本性
中的自然力量，但在基督教中却遭到了压抑，基督教要求人们
克制所有的生命欲求。哈代对苔丝自然本能的描写无疑是对基
督教的反叛，但哈代的这种反叛不是简单地对基督教加以否
定，他批判基督教压制人性的同时，弘扬的是人自然、和谐的
生活方式。苔丝的这种寻求快乐的本能，主要表现在哈代对苔
丝情欲的描写上，苔丝面对安玑对自己的热烈追求，最后还是
本能主宰了一切，在一块送牛奶回来的路上，苔丝答应了安玑
的请求。如小说中所描述的："一切有生之物，都有一种'寻
求快乐的本性'，那是一种伟大的力量，凡是血肉之躯都要受
它的支配，好像毫无办法的海草，都要跟着潮水的涨落而摆动
一般，这种力量，不是焚膏继晷写成的那种议论社会道德的空
洞文章所能管得了的。"③ 小说除了对苔丝本能的描述，还对
她的外貌进行了感性的描写，表现的是自然的美与魅力，这在
信仰基督教的人看来是大不敬的。安玑中午从家里回来后，看
到了刚睡醒的苔丝"正打呵欠，因此，她那副嘴的内部，全都
让他看见了，红赤赤的，好像蟒蛇的嘴一般。她把一只胳膊高
高地伸在云鬟上面，因此胳膊没叫太阳晒黑了那一部分，也叫
他看见了，柔嫩光滑，好像缎子。她的脸睡得红红的，眼皮也

---

① 哈代. 德伯家的苔丝. 张谷若译. 北京：人民文学出版社，1984 年版，第 153 页.

② 哈代. 德伯家的苔丝. 张谷若译. 北京：人民文学出版社，1984 年版，第 158 页.

③ 哈代. 德伯家的苔丝. 张谷若译. 北京：人民文学出版社，1984 年版，第 288 页.

惺忪地覆在瞳仁上面。她的本性，往四面流溢，向身外喷放。"① 对苔丝感官的描写更显女性的力与美。

　　哈代对基督教的激烈批判更主要体现在对以基督教婚姻价值取向为标准的婚姻两性道德的质疑和否定方面，以《无名的裘德》最为典型。它通过描述裘德和淑的爱情和婚姻，试图建立一种理想的和谐两性关系，解构基督教禁欲主义的性道德。小说开始先叙述了裘德和艾拉白拉的婚姻，他们的婚姻是因性而结合的，性欲占了很大的比重。他们之间由于精神世界的不同而无法进行心灵的交流，是一种粗俗的肉体之爱。裘德和淑的爱情最初是一种纯粹的空灵之爱，排除了一切肉体的因素，这种看似禁欲的爱情，并不是对基督教两性道德的遵守，表现的却是淑对社会上粗俗的性欲之爱的恐惧。他们之间不是柏拉图式的精神恋爱，而是"雪莱式的爱情"，是心灵、精神共通产生的灵与肉和谐的理想爱情，这样的爱情是对基督教禁欲主义的颠覆。对基督教最大的反叛表现在裘德和淑的同居生活上，两人同居但不结婚，违反了基督教的两性道德，但裘德和淑一直坚守着这种他们认为最自然、和谐的生活方式。在他们看来，人一旦进入婚姻，那种强制的契约便会把爱情的诗情画意消灭干净；现代的婚姻制度只会导致美好爱情的解体，理想的爱情、婚姻只在古老的威塞克斯存在。就如艾德林太太所言："这个年头，结婚简直和殡葬一样。到今年秋天，我跟我那一口子结婚五十五年了！从那个时候以后，年头可就越来越糟了。"②

　　① 哈代. 德伯家的苔丝. 张谷若译. 北京：人民文学出版社，1984 年版，第 256 页.

　　② 哈代. 无名的裘德. 张谷若译. 北京：人民文学出版社，1989 年版，第419 页.

在威塞克斯的古老世界中，当地的原始居民是根本不信仰基督教的。如《还乡》中，爱敦荒原的居民按照古老的方式生活。虽然荒原上也有教堂和牧师，但对于他们而言，他们宁愿相信祖辈留下来的带有迷信色彩的生活经验，也不信仰基督教。"在爱敦荒原上，除了结婚和出殡，上教堂是很少见的。"① 基督教对于他们来说，非常陌生。在作品中，常常会听到这样的话，如阑特大爷说的"俺今年一年，压根就连一回教堂也没去过"；赫飞说的"俺有三年没迈教堂的门坎了，俺一到礼拜就困得迷迷糊糊；道儿又远得不得了；就是你去啦，上天堂也是难上难"②。甚至在他们心中，教堂不但不能给他们带来好运，还会惹来祸事，如赫飞所说："多会儿爱敦的人上教堂，多会儿教堂里就出事儿。"③ 在小说中还有一个对基督教具有反讽意味的细节，苏珊在教堂里做礼拜，在牧师让大家跪下祈祷的庄严肃穆时刻，竟然堂而皇之地实施着迷信的做法——用针把游苔莎的膀子扎出了血，她认为游苔莎是女巫，施巫术让她的儿子害病，按照乡下人的迷信看法，扎女巫让她出血，她的邪术就可以化解。这样一个情境无疑表现了对基督教的否定和嘲笑，嘲笑中颠覆了荒原上的基督教信仰。作为群体人物出现的威塞克斯居民对基督教的怀疑和陌生同样体现在小说《远离尘嚣》《卡斯特桥市长》和《德伯家的苔丝》中。《德伯家的苔丝》中描写了在威塞克斯土生土长的苔丝对基督教的认识："但是我也许还不大知道主究竟是怎么一回事

---

① 哈代. 还乡. 张谷若译. 北京：人民文学出版社，1991 年版，第 127 页.
② 哈代. 还乡. 张谷若译. 北京：人民文学出版社，1991 年版，第 28 页.
③ 哈代. 还乡. 张谷若译. 北京：人民文学出版社，1991 年版，第 247 页.

哪。"① 和苔丝一样的人们，"那些以户外大自然的形体和力量做主要伙伴的女人们，心里保持的，多半是她们邈远的祖宗所有的那种异教幻想，很少是后世教给她们的那种系统化了的宗教"②。虽然苔丝和其他的女工遵守世俗，按时做礼拜，但"她们的信仰，根本是对自然的崇拜，她们分明并没有真正皈依教会宣传的上帝"③。

哈代在小说中表现了对基督教的嘲讽、怀疑和否定，在他所描述的古老的威塞克斯世界中，人们的生活没有受到基督教的压抑和束缚，他们突破了官方文化的一切规范、道德和禁律，自由地享受着生命的解放和自由，这样的一种生活方式让人们体验到的正是狂欢式的世界感受。这在游苔莎的身上得到集中体现，哈代对游苔莎的生命本能欲望的欣赏与肯定，表现的就是摆脱基督教束缚的生命个体自然生命力的极端张扬。当古老的威塞克斯慢慢被现代社会和文明所吞噬、异化的时候，在古老的威塞克斯长大的裘德和淑用自己的言语捍卫着、坚守着民间文化平等、自由、和谐的精神。

2. 颠覆等级、秩序

在工业文明代表的官方文化中，人与人之间存在着严格的等级限制，人与人之间的交往必须遵从等级和界限。人们的日常生活被各种各样的规范、价值和观念所束缚。而在狂欢式的世界中，"首先取消的是等级制，以及与它有关的各种形态的畏惧、恭敬、仰慕、礼貌等等，亦即由于人们不平等的社会地

---

① 哈代. 德伯家的苔丝. 张谷若译. 北京：人民文学出版社，1984 年版，第 159 页.

② 哈代. 德伯家的苔丝. 张谷若译. 北京：人民文学出版社，1984 年版，第 249 页.

③ 哈代. 德伯家的苔丝. 张谷若译. 北京：人民文学出版社，1984 年版，第 249 页.

位等（包括年龄差异）所造成的一切现象。人们相互间的任何距离，都不再存在；起作用的倒是狂欢式的一种特殊的范畴，即人们之间随便而又亲昵的接触"①。"在狂欢中，人与人之间形成了一种新型的相互关系……这种关系同非狂欢式生活中强大的社会等级关系恰恰相反。人的行为、姿态、语言，从在非狂欢式生活里完全左右着人们一切的种种等级地位（阶层、官衔、年龄、财产状况）中解放出来，因而从非狂欢式的普通生活的逻辑来看，变得像插科打诨而不得体。"②"狂欢式"这一范畴，代表着人们自由而又平等的交往，这是狂欢式的世界感受中非常重要的一点。

　　哈代的小说中就展现了这样一个狂欢式的世界，作品中的人物从种种等级地位中解放出来，人与人之间形成相对于官方文化来说更为自由、平等的新型关系。因为哈代出身于略高于威塞克斯农民的比较富裕的阶层（哈代的父亲是一个小有成就的建筑师），所以他在进行创作的时候，更多地把目光放在那些和自己地位相同的人物身上，他们虽然并不是很有钱，但都小有产业，足够在那个相对封闭、落后的世界舒适地生活，在经济状况上明显优越于本地的居民。除了哈代本人的因素之外，他把属于这一阶层的人作为自己小说的主人公，也是情节的需要，因为这些人往往接受过一些教育，受到现代思想的影响，这样在他们身上必然形成一种现代文明与农村文明的冲突和矛盾，使他们的生活和命运充满张力，对他们的描述会使情节更富于戏剧性。鉴于以上两个方面的原因，哈代其实在最初

---

　　① 巴赫金. 巴赫金全集第五卷：诗学与访谈. 白春仁、顾亚铃译. 石家庄：河北教育出版社，1998 年版，第 161 页.

　　② 巴赫金. 巴赫金全集第五卷：诗学与访谈. 白春仁、顾亚铃译. 石家庄：河北教育出版社，1998 年版，第 162 页.

进行构思的时候，潜意识当中已经有了鲜明的等级界限，这种等级意识是他后来离开故乡之后，现代都市的生活给予他的。但到了真正的创作当中，哈代在描述自己故乡人们之间的关系的时候，又沉浸在了对故乡生活的回忆中，真实地展现了故乡人的生活状态。无疑，在那样一个田园式的民间世界中，相对于等级森严的官方社会来说，人们之间的交往是自由而又平等的。

如《还乡》中的主要人物是在出身、经济和文化上相对于本地居民比较优越的小业主们，比如姚伯太太一家：姚伯太太、儿子克林、侄女朵荪，姚伯太太是一位副牧师的女儿，儿子克林在巴黎做珠宝生意；斐伊舰长一家：斐伊舰长年轻时曾经非常风光，外甥女游苔莎的父亲是一个很好的音乐师，他们一直住在蓓口，舰长老了以后才搬来爱敦荒原；韦狄是一个接受过高等教育的工程师，静女店的老板；文恩是牛奶厂厂主的儿子，后来因为爱情失意才做起了红土的生意，成了地位低微的红土贩子。小说主要的情节都在这些人物之间展开。除了这些人物之外，在《还乡》中还设置了一些背景性的人物，如费韦、赛姆、克锐、查雷、阐特大爷等，这些人是荒原上地地道道、本本分分的居民，他们生活贫困，没有受过任何的教育。哈代理想的狂欢式人际关系主要就体现在这两个不同阶层之间随便而又亲昵的接触与交往中。在小说的叙述中，我们丝毫感觉不到严格的等级界限，韦狄和朵荪结婚的时候，荒原上一群居民到静女店闹婚，向主人韦狄要酒喝，韦狄屈尊俯就地招待，称这些人为"街坊们"，这一称呼无疑消弭了他们在地位上的差距。克林回家后过圣诞节，姚伯太太邀请荒原上的居民们到她家里共进晚餐，其中一人这样说："她请的都是平常的街坊和工人，并没分界限，请他们好好吃一顿晚餐什么的就是了。她自己和她儿子亲自伺候这些人。"① 在这个圣诞节上，游苔莎和荒原上的居民一起到克林家表演幕布剧。大家在一起喝酒、唱歌、跳舞，丝毫没有等级的界限，地位较高的人采取一种俯就的态度和荒原上的居民亲切而又平等地接触和交往。除了节日的狂欢外，在日常的生活中，爱敦荒原上的人们不管地位的高低也是这样亲昵地交往着。游苔莎欣然接受一个本地居民的邀请去参加舞会，和荒原居民在一起跳舞；克林愉快地和赫飞在一起砍常青棘；韦狄和克锐在一起赌博等。

《还乡》中的平等人际关系建立在差距并不大的阶层之间。在哈代的小说中，农场主和卑微的雇工之间也实现了平等交往。如在《远离尘嚣》中，农场主与伙计之间没有明确的等级界限，农场主博尔德伍德给做伙计的奥克送信，巴丝谢芭在庆祝剪羊毛的聚会上给农场的工人们唱歌，而且在日常的生活中，工人们有时还可以和他们的女主人开开玩笑。特罗伊虽然出身高贵，但他和工人们之间也是一种非常亲昵的关系。他会和工人们在一起喝酒、和他们开玩笑，所有的这些细节无疑都显示了韦瑟伯利农场依然保持着古老、质朴的人与人之间的和谐、平等关系。在和爱敦荒原、韦瑟伯利农场完全不同的小城里，《卡斯特桥市长》中被民间的宗法观念影响的亨察尔虽然身为市长，却依然保持着和市民、雇工之间的亲昵平等关系。典型的表现是小说对亨察尔和雇工阿倍尔关系的描写。从表面上看，似乎亨察尔对待爱睡懒觉的阿倍尔太残忍，但从小说的具体语境以及小说后面介绍的"亨察尔去年一个冬天都拿煤和鼻烟供给阿倍尔的老母亲"② 这个背景，我们感到的不是亨察

---

① 哈代. 还乡. 张谷若译. 北京：人民文学出版社，1991 年版，第 185 页.
② 哈代. 卡斯特桥市长. 侍桁译. 上海：上海译文出版社，2002 年版，第 107 页.

尔作为一个高高在上的老板残暴地对待地位卑微的工人，而是觉得在这里亨察尔不像一个老板，更像一个严厉管教儿子的父亲，他们之间没有任何的等级距离，反倒是一种十分亲昵的关系。

哈代早期的小说中除了描述这两个不同阶层之间平等的交往之外，还存在其他的狂欢式的因素体现人们之间的亲昵的接触，这发生在一个阶层之内，即小说中的那一大群威塞克斯居民。在他们之间不存在地位上的差异，他们的等级地位体现在年龄上。在《还乡》中年龄最大的是阚特大爷，但其他人和阚特大爷的对话完全平等，没有因为年龄的关系，改变阚特大爷和其他人之间的平等关系。当阚特大爷夸自己没有不能行的事时，遭到了其他小伙子的嘲笑。在他们的谈话中，没有权威，每个人都可以就一件事情发表自己的意见，是一种平等的对话。《远离尘嚣》中麦芽作坊里的沃伦大爷也是如此，虽然他年纪很大，有着丰富的人生阅历，但在麦芽作坊里，大家无论年纪大小都进行着平等的交流和对话。

随着哈代小说悲剧风格的不断发展，从《卡斯特桥市长》之后，虽然小说故事发生的地点仍然在威塞克斯，但此时的威塞克斯已不再是古老、质朴的世界，慢慢地威塞克斯的田园生活变得越来越遥远，现代社会开始占据小说的主体空间，威塞克斯从主体走向了边缘。威塞克斯的边缘化意味着它所代表的充满生命力的民间文化遭到了主体官方文明的压抑。虽然被边缘化，但威塞克斯民间文化仍然在言说，这种言说通过从小在这个世界长大的人来进行。具体表现为这些人身上存在的本性与现代文明之间的激烈冲突，他们身上的本性无疑是威塞克斯文化赋予的。虽然小说建构情节的空间主体性质发生了变化，但小说表现的主题和精神并没有变，非但没变，而且通过民间文化与现代文明的冲突得到了深化。在这种冲突的张力中，通过两者之间的对照，更激烈地批判了现代文明的等级界限对人本性的压抑和遏制，从更深层次表达了民间文化对等级制的颠覆，古老、质朴的民间世界才是人类真正的生命和心灵家园。小说《林地居民》中展现的辛托克已经不再是一个人们平等、自由交往的世界，这里人们的交往受到身份、等级、地位的限制。辛托克府邸的女主人查曼德夫人的傲慢、高高凌驾于当地居民之上的姿态显示着她身份的高贵，她从不和当地居民有任何的来往。"她对这个村子里的乡下佬压根就不感兴趣"，"她几乎从来没有离开过她那高高在上的生活，屈尊到教区的一般老百姓当中去过"。① 唯一一个受到邀请的是格雷丝，这是因为格雷丝接受过很好的教育，受到现代文明的熏陶，但是格雷丝在查曼德夫人的面前也只是她请来的陪她消遣的女伴而已。就是这样的一个邀请却让木材商人麦尔布礼感到十分自豪和骄傲。土生土长的麦尔布礼受到现代官方文明等级观念的浸染，他的内心已经发生了变化，辛托克的生活不再让他感到愉快，而是让他觉得厌倦和无可奈何，因此他一年要花很多钱让女儿去大城市接受教育，为的就是将来好让女儿过一种体面的上等人的生活。所以当他听到出身名门的医生菲茨比尔斯对女儿的求婚时，麦尔布礼惊喜异常："她能使有这么好的职业并且出身于这么令人尊敬的古老家族的男人倾心于她，这是她的荣誉呀。那个打猎的家伙（基尔斯）简直想不到他的念头有多么荒唐！娶她吧，先生，您是大受欢迎的。"② 麦尔布礼完全成了

---

① 哈代. 林地居民. 邹海伦译. 贵阳：贵州人民出版社，1988 年版，第 49 页.

② 哈代. 林地居民. 邹海伦译. 贵阳：贵州人民出版社，1988 年版，第 205 页.

等级的奴隶，宁愿违背自己的良心拒绝基尔斯，也要把女儿嫁给身份高贵的菲茨比尔斯。格雷丝所接受的教育和在大城市的见闻与经历，使她也选择了身份优越的菲茨比尔斯，为自己成为一个有教养的男人的妻子感到自豪。古老的威塞克斯世界中的平等观念被现代社会的等级制彻底地瓦解了，这种等级观念造成了主人公基尔斯和格雷丝两人的悲剧。最终格雷丝和麦尔布礼深深感悟到只有古老的辛托克的生活方式才能给人的心灵带来宁静与安详。虽然小说中的辛托克充满了等级意识，但小说最终的结局无疑是对这种等级制的颠覆和否定。小说中还有一个人物体现了民间文化对等级秩序的瓦解。菲茨比尔斯本出身于名门望族，一直在大城市生活，只是一时新奇才来到偏僻的辛托克。以前他一直遵守着城市生活的方式，有着浓厚的等级意识。但到了辛托克之后，他慢慢地受到环境的影响，民间文化消解了他心中严格的等级界限，颠覆了他心中的等级制。小说中这样来描述菲茨比尔斯对格雷丝的感情："如果医生处在别的环境里，那么仅仅是一发现那位楚楚动人的格雷丝竟然姓麦尔布礼，竟然是出自这么一个木材商的家庭，就足以使他即使不是把她抛到脑后，至少也会改变他对她感兴趣的性质了。他将不会再把她的形象视为珍宝铭记心间，而是要把她作为一个玩偶加以玩弄了。"[①] 但是身处在这样的环境中，他的心灵不再狭隘，渐渐发现格雷丝丰富、高尚的心灵世界。他改变了自己以前的想法，决定娶格雷丝为妻，是辛托克瓦解了菲茨比尔斯的等级意识。《德伯家的苔丝》也有一个与他相似的人物——安玑。克莱一家特别是他的两个哥哥一直在城市工作

---

① 哈代. 林地居民. 邹海伦译. 贵阳：贵州人民出版社，1988 年版，第165 页.

和求学，受到现代官方文明的很大影响，在他们的言谈中时时地表现出对乡下人的轻蔑。唯独安玑例外，他之所以能从现代社会的桎梏中挣脱出来，也是受到大自然的影响：大自然让他选择了充满生命力的生活方式，改变了他对人与人之间关系的看法，让他的思想不再狭隘，让他不顾自己和苔丝的身份差异，毅然坚决地选苔丝做自己的妻子。这种民间生活环境对安玑的改变，体现了威塞克斯世界对现代官方文化等级秩序的解构。

相比较而言，似乎《无名的裘德》与哈代其他几部"性格与环境小说"有很大的不同。《无名的裘德》已经没有了以往作品中的田园气氛，古老、质朴的威塞克斯世界已经不存在了，虽然小说情节发生的地点还在威塞克斯，但此时的威塞克斯是一个已经完全被现代文明吞噬掉的威塞克斯。在这里看到的是它的了无生气、凄凉、孤独和寂寥，以往陪伴在它身边、理解它的那一群人已经消失了。我们在作品中看到的不是农村和乡下佬，而是城市和平民。在这个被现代文明所异化的世界中，社会的一切都遵循着现代官方文化的规范运转。这里存在严格的等级秩序，裘德从小向往的基督寺学院的大门对他永远是关闭的，因为那些学校的大门只向身份高贵的、有钱的人开放，可怜的裘德一辈子只能在社会的底层挣扎。他从小生活的环境使他曾经相信，一切都是平等的，所以他不顾一切来到基督寺学院实现自己求学的愿望，但很快社会的等级秩序便和他的这种民间世界平等的观念发生激烈的冲突，冲突给裘德的心灵带来极大的痛苦。民间文化的平等观念通过裘德和淑两个人物与社会做斗争的过程表现出来。

哈代的六部"性格与环境小说"不管描写的是淳朴的威塞克斯世界还是已经被现代文明异化的威塞克斯，都在阐释着属于古老、质朴的威塞克斯的平等与自由的精神，以及人与人之间平等、和谐的关系。小说通过一些具体的人物、情节、细节表达着对等级制的颠覆。小说颠覆了自然的——由人的年龄、辈分形成的，和社会的——由人的经济、学识、出身形成的一切等级秩序；打破了一切封闭的壁垒，开创了一个活跃的、充满生命力的、自由对话交流的开放性的空间。在这里，人与人抛弃了一切外在的禁锢和束缚，本真、自然的人性得到和谐的发展，这样的一种生活方式给人类未来的生活带来无限的生命力。

二、颠覆的再生——和谐

巴赫金在阐释民间文化的时候，提出一个非常重要的观点，他认为狂欢式的世界感受的核心是"交替与变更的精神、死亡与新生的精神"①，"狂欢式里所有的象征物无不如此，它们总是在自身中包孕着否定的（死亡的）前景，或者相反。诞生孕育着死亡，死亡孕育着新的诞生"②。民间文化并不是对官方文化的单纯否定，其更深刻的意义是在颠覆官方世界的一切等级、规范、道德的同时，又给人们的生活提供了一种充满生命力的崭新的生活方式和状态，而这样的一种方式正是千百年来人们一直在寻求的理想的生活境界——和谐。

和谐的内涵是多元的、丰富的，西方较早对此概念进行阐释的是古希腊的哲学家。在他们的论著中赋予这一概念以基本、核心的含义。在柏拉图的哲学中虽然并没有提出"和谐"

---

①　巴赫金. 巴赫金全集第五卷：诗学与访谈. 白春仁、顾亚铃译. 石家庄：河北教育出版社，1998 年版，第 163 页.

②　巴赫金. 巴赫金全集第五卷：诗学与访谈. 白春仁、顾亚铃译. 石家庄：河北教育出版社，1998 年版，第 164 页.

这一名词，但他在阐释政治等各方面观点时，表达的正是古希腊的和谐观念。他认为音乐"必须是能够表现勇敢而又和谐的生活的"① 才被允许。一个理想的城邦，应该是"正义"的。他认为，"正义就在于人人都做自己的工作而不要做一个多管闲事的人：当商人、辅助者和卫国者各做自己的工作而不干涉别的阶级的工作时，整个城邦就是正义的"②。柏拉图是在用"正义"这一名词阐释和谐的含义，每个人、每件事物都履行自己的职责和义务、遵守自己的地位，整个状态也就是和谐的了。和谐是与冲突、矛盾、斗争格格不入的。亚里士多德在他阐述伦理学时，提出了著名的"中庸之道"的学说。他认为"每种德行都是两个极端中的中道，而每个极端都是一种罪恶"③。他的"中庸之道"的学说，表达的是一种适度的思想。和柏拉图一样，他认为任何事物都有它自己的界限，不能超越界限，要守着自己的中道，一旦超越就会引起冲突和斗争，进而产生罪恶。亚里士多德关于适度、中庸的思想，其目的就是要实现人们生活的和谐。和谐成为古希腊哲人思想中的核心观念，也成为古希腊的文化精神。从古希腊哲学家对和谐观念的表述来看，他们崇尚和追求的是人生存的一种和谐的状态，具体表现为人自身理性与感性的和谐以及人与外在环境的有机协调。而要达到这种和谐的生存状态，生命个体必须采取适度、理性、克制的生存态度。这种适度与克制并不是指要压抑人的本能和欲望，而是要让人们自然地享受生命的欢乐，只是人们

----

　　① 罗素. 西方哲学史. 何兆武、李约瑟译. 北京：商务印书馆，1997 年版，第 150 页.

　　② 罗素. 西方哲学史. 何兆武、李约瑟译. 北京：商务印书馆，1997 年版，第 153 页.

　　③ 罗素. 西方哲学史. 何兆武、李约瑟译. 北京：商务印书馆，1997 年版，第 226 页.

不应该成为本能和欲望的奴隶。和谐的生活是人们在适度地享受日常生活快乐的基础上，实现人与外在环境的协调、和谐，基于人类本性的自然、本真的生活。只有生命个体坚守理性、适度的生存态度，才能达到个体的理性与感性以及个体与社会、个体与自然的和谐。

哈代小说在颠覆官方文化的同时，所弘扬的正是这样一种和谐的生活方式，把人类从基督教的压抑下解放出来，让人们自然地享受日常生活的快乐，在此基础上实现人与外界环境的和谐。"哈代留恋故乡生活的一个很重要的方面就是乡村生活的简单与和谐。"① 我们从哈代的小说中可以看到他通过不同的人物、情节对和谐观念的表达。其中既包含对理性生活的人达到的和谐生活境界的认同和赞美，又包括对与环境疏离的生命个体对和谐生活的不懈追求的肯定。通过这两个方面，哈代阐释了生命个体和谐的生活方式。除此之外，哈代在小说中还对这种具体的人类生活语境的和谐进行了超越和升华，更深刻地表达了自古以来人类一直在追求的最高境界——人与自然的和谐。

1. 生命个体和谐的生活方式

哈代小说展现了现代文明入侵后对农村的破坏，但我们要注意的是"哈代小说创作的视角不是展现农村社会的变化，其中心是塑造被剥夺以前和谐生活的、被边缘化的农民"②。哈代留恋、回忆、向往、渴望的是威塞克斯的和谐生活方式，通过对古老威塞克斯的描绘来表达自己的民间狂欢生活理想。威

---

① John Rabbetts, *From Hardy to Faulkner：Wessex to Yoknapatawpha*, London：Macmillan Press，1989，p. 17.

② John Rabbetts, *From Hardy to Faulkner：Wessex to Yoknapatawpha*, London：Macmillan Press，1989，p. 22.

塞克斯世界颠覆了官方文化的一切规范、束缚、压抑和等级秩序，给人们提供了一种充满生命力的和谐生活。他在小说中展现的生命个体的自然、和谐的生活状态，典型地体现在质朴的威塞克斯居民身上。虽然在哈代的笔下这些人物并没有鲜明的个性特征，他们只是作为一个群体而存在，为作品提供一个人物性的背景，但他们的自由、快乐，他们和谐的生活却是哈代一直魂牵梦绕、无法忘怀、追求渴望的。哈代通过自己的创作，在小说中展现了本真、自然、和谐生活的力与美。在《还乡》中爱敦荒原那样一个平等自由的生活环境中，人们生活在狂欢式的世界里，不必受等级地位和基督教的压抑与束缚，自由快乐地挥洒着人性的自由，彰显着生命的活力。祖祖辈辈生活在爱敦荒原的居民过着和谐的生活，如小说中的那些群体人物，克锐、阚特大爷、赛姆、费韦等，他们每天在爱敦荒原上劳作着，闲暇的时候跳跳舞，在一块儿聊聊天，每个人都自得其乐，他们生活得很满足、惬意，虽然经济上很贫困，但他们内心却充满了宁静与安详。《远离尘嚣》中韦瑟伯利农场上的工人们过的也是这样的生活。他们鄙视那些整天生活在规范、束缚中的文明人，认为人应该适当地宣泄和满足一下自己的本能欲望，"时不时地说两句习以为常的冒失话对情绪高涨的人来说是一种娱乐"，"连大自然也总是不时地要发火的，否则她就算不上是大自然了，大叫大喊是生活的一种需要"。[①] 他们认为只有这样的生活才是真正的人生。《德伯家的苔丝》中作为群体人物出现的纯瑞脊的那一帮乡下人也是这样的生活状态。他们平常上工，每礼拜六晚上完了工，跑到附近的村镇围

---

① 哈代. 远离尘嚣. 陈亦君、曾胡译. 石家庄：花山文艺出版社，1982 年版，第 66 页.

场堡，"在那待到半夜一两点钟再回来，然后礼拜日睡一整天觉，把镇上卖给他们那种名为啤酒、实是奇怪混合物所给他们的消化不良作用，在睡乡里消灭了：这就是他们最大的快乐"①。在围场堡他们又喝酒、又跳舞，虽然跳舞的场所极其简陋，但舞场上的他们似乎已忘却一切，每个人都在这种狂欢中享受着生命的快乐。

对于小说中的群体人物，哈代描述了他们相似的生活状态，即自然、本真、和谐的生活。我们在前面已经对和谐的内涵做了界定，除了享受日常生活的快乐外，还要采取理性的生活态度，也只有适度、理性的生活才能实现人与社会环境的和谐。但从小说的描述来看，我们更多感受到的是他们自然本能的释放和宣泄，似乎他们在生活中根本没有一种理性、适度的生活态度，而是肆意地放纵自己的欲望。虽然小说中对他们每天的劳作几乎没着任何笔墨，但根据小说的介绍，我们能了解他们每天的生活状态，大部分时间是在做工，只是完工之后，他们聚在一起聊聊天、喝喝酒、跳跳舞，享受生活的欢乐，他们并没有成为本能和欲望的奴隶。为了集中展现威塞克斯本地居民的和谐生活，哈代在小说中着重塑造了几个本地居民的形象。《远离尘嚣》中的主要人物奥克，他一直生活在威塞克斯，"尽管在必要的时候，他也能像生来就是如此的城里人那样果断地行事或思想，然而，他特有的道德、身体和精神的力量却寓于沉静之中，通常很少或根本不依赖于冲动"②。奥克是一个理性生活的人，他从来不会陷入某种极端。他爱上巴丝谢

① 哈代. 德伯家的苔丝. 张谷若译. 北京：人民文学出版社，1984 年版，第 95 页.

② 哈代. 远离尘嚣. 陈亦君、曾胡译. 石家庄：花山文艺出版社，1982 年版，第 10 页.

芭，便勇敢地向她表白，当他追求巴丝谢芭不成的时候，没有强求。虽然一直陪伴在巴丝谢芭的身边，但奥克清醒地认识到自己的身份与巴丝谢芭的差距，只是兢兢业业地做着自己的本职工作。最终当他意识到巴丝谢芭不可能选择自己的时候，便想离开。他对巴丝谢芭的追求既表现了他本真、自然的生活，又反映了其理性的生活态度。因此，奥克自己的内心是和谐的，没有冲突、矛盾与斗争。奥克的和谐正与小说中追求巴丝谢芭的另一男子形成鲜明的对照。博尔德伍德在未认识巴丝谢芭以前，把自己的感情完全埋藏起来，任何女子都不能使他的心灵有所触动，他极端地压抑自己的情感；在被巴丝谢芭的一张瓦伦丁卡片唤醒之后，博尔德伍德又陷入情感的另一个极端——感情一发不可收拾，对巴丝谢芭陷入痴迷状态，成为情感的奴隶。博尔德伍德的这种偏执的性格注定他永远也不可能达到自我的和谐，没有自我的和谐做基础，更无法实现他与外界环境的协调，注定他的一生是个悲剧。通过小说中对这两个持截然不同的生活观念的人物的对照和作者所安排的人物不同的结局以及作者对两个人不同的态度，我们可以看出哈代弘扬的是和谐的观念，这种观念是威塞克斯世界的精神，也是它的生命力所在。《还乡》中的文恩也是这样的一个例子。文恩一直喜欢朵荪，但朵荪喜欢的是韦狄，文恩的表白被朵荪拒绝。朵荪结婚之后，文恩做着自己的红土生意，虽然他总是在朵荪困难的时候帮助她，但文恩没有任何自私的目的，他只想朵荪过得幸福。文恩没有沉浸在对朵荪的爱中不能自拔，而是像奥克一样清醒地认识到自己的位置，理性地生活着，最后他的结局无疑体现了哈代对生活在爱敦荒原居民生活方式的肯定。《林地居民》中的基尔斯与玛蒂可以说是土生土长的威塞克斯居民的典型代表。他们从小就生活在辛托克，没有受到现代文明的影响，没有接受过现代社会的教育，他们的性格是故乡的环境赋予的。故乡给了两人深沉、理智的性格和坚韧的品格，这集中表现在两人的爱情上。基尔斯爱上了格雷丝，但格雷丝却选择了菲茨比尔斯，虽然基尔斯知道爱情无望，但一直在内心深处保持着对格雷丝的爱，直至为她失去了生命。在他的情感困境中，我们不但看到了基尔斯的坚韧，也看到他理智的生活态度和自然、和谐的生活方式。面对爱情的失败，基尔斯并没有一味沉迷于这种情感中不能自拔，他带着这份情感，积极、理智地生活，"他具有那种在困境中不仅保持自己的判断力，而且保持自己的情感的能力"①。玛蒂和基尔斯有着相同的性情，她自始至终爱着基尔斯，但看到基尔斯喜欢的并不是自己，因此从来没有表白过。从她的情感经历中，我们可以看到玛蒂的理性与自我克制。两人都自然地发展自己的感情，但在享受爱情的过程中又都持理智的态度。这就是威塞克斯居民世界中生命个体自然、和谐的生活方式的典型体现。

就哈代的这些群体人物而言，他们和谐的生活除了体现为自然地享受日常生活的欢乐，由理性、适度的生活态度达到自身的和谐外，更重要的还表现为他们在威塞克斯世界这个大语境中的和谐状态。作为威塞克斯的本地居民，他们非常习惯这里的寂寥、偏僻、简单和质朴，没有异乡人的痛苦和矛盾，颠覆了一切等级秩序，人与人之间平等、自由地交往着，人与人、人与环境之间形成一种有机协调的关系。如《卡斯特桥市长》中对卡斯特桥人们整个生活状态的描述，展现了一个古老、质朴、平和的世界。人们之间的和谐程度从卡斯特桥市做

---

① 哈代. 林地居民. 邹海伦译. 贵阳：贵州人民出版社，1988 年版，第 41 页.

买卖的方式中就能体现出来，"他们在这古老的街道里，不用语言而用另外的方式来做买卖"，"在这里，面孔、手臂、帽子、手杖和身体，全跟舌头一样地在说话"①。人与人之间的距离被极大地缩短，他们的交流不必通过语言，各种各样的表情和动作就能表明意义。《林地居民》中基尔斯与辛托克的一切事物十分和谐，他熟悉交易市场，熟悉这里的树木、花草、各种小动物，他与一切有生命的东西有着心灵的感应。哈代对故乡所留恋的正是居民们各个方面都和谐的生活状态。

哈代的小说中除了展现威塞克斯居民自然、和谐的生活之外，为了更充分地表达和谐的观念，他在作品中还通过一些无法在自身达到和谐、自我充满张力和冲突的人对和谐生活状态的追寻，来表现和谐的力与美。每个人都试图找到自己和谐的生活情境，达到内心的平静与安详。

《还乡》中的游苔莎是一个一直在寻求和谐心灵状态的人。她的魅力与光辉就在于哈代对她的描述，使她超越了世俗。她的情感欲望、对爱情的渴求、对大都市豪华生活的向往，虽然在哈代的笔下将其渲染得无比强烈，但我们从游苔莎身上感受到的不是厌恶，而是一种欣赏。哈代对其生命本能和欲望的描写，展现的是游苔莎自然的生活状态、人性的本真与魅力。我们可拿这部小说中另一个与其相似的人物来作比较。韦狄和游苔莎都想离开荒原，都有离开荒原的强烈愿望，但两个人的精神世界却大相径庭。游苔莎是一个个性独特的女子，她的灵魂是"火焰的颜色"②，她对生活有着热烈的激情，可是命运却把她抛到了一个寂寥的荒原上，所以她的性情与环境之间就形

---

① 哈代. 卡斯特桥市长. 侍桁译. 上海：上海译文出版社，2002 年版，第 63 页.

② 哈代. 还乡. 张谷若译. 北京：人民文学出版社，1991 年版，第 95 页.

成了一种矛盾。她无比渴求爱情，并不是因为她的不可遏制的本能情欲，而是她要通过热烈的爱情来排遣自己的孤独，满足自己热烈的、需要激情的心灵，她只为实现心灵的和谐。她要离开荒原并不是因为她是一个爱慕虚荣的女人，要到大都市去享受豪华、舒适的生活，实际上，物质的好坏对她并不重要。她曾经对克林说她只要住在巴黎郊外的小房子里就满足了，她到那只是要给自己需要热烈生活的心灵找到一个适合它的生活环境，寻求心灵的和谐与平静。如果是为了大城市的舒适生活，小说最后也不会安排游苔莎投水自尽的结局。根据小说的情节叙述，显然游苔莎是自杀而死。游苔莎意识到虽然可以跟着韦狄离开荒原，可那样将会使自己沦为韦狄的情妇，丧失人格的独立，更不可能实现一直以来追求的和谐生活。哈代欣赏游苔莎不是肯定她的强烈欲望，而是赞赏她寻求和谐生活的抗争精神。游苔莎不是一个情欲型人物，她是一个关注于精神世界、超越世俗的异教女神。哈代通过游苔莎这一人物要表现的是她的原始生命力，她对更高的和谐心灵状态的渴望与追求，阐释的是一种一直萦绕在哈代思想中的和谐观念。相比较而言，对于小说中另一个要逃离荒原的人物韦狄，我们可以看到哈代对游苔莎和韦狄的态度截然不同，哈代对韦狄持强烈的批判态度，他是一个耽于本能欲望的人，离开荒原就是要享受生活的豪华和舒适，最后为了满足自己占有游苔莎的欲望溺水而死。无疑，韦狄极端的生命本能欲望是与哈代的和谐观念相悖的。

《无名的裘德》中的淑是一个与游苔莎一样内心充满矛盾的人物。从小说描述的表层看，淑的日常生活形式完全遵循着基督教的标准，单纯追求纯净的精神生活，完全摒弃世俗的肉体欲望；其思想上则充满了异教精神，她拆解《圣经》，关注的是《圣经》里的文学诗歌，而不是宣扬教义的那部分经书，"谁也没有权力把《圣经》歪曲了。那个伟大、热烈的诗歌里所表现的，分明是人对人的欢乐之爱、自然之爱。他们可用宗教的抽象话把它涂饰起来"①。思想与行为的悖谬似乎在淑的身上形成了一种很大的矛盾与张力。但如果我们从深层来分析淑，就会发现其实她身上并不存在什么矛盾。她所选择的生活方式并不是出于忠于基督教的信仰，遵循基督教的禁欲，而是要避免爱情被情欲所奴化、异化。淑所生活的社会环境中，人们的日常生活被情欲所控制，淑要保持自然和纯真，因此她完全摒弃肉体的欲望。她摒弃男女之间的"性"，向往的是男女之间自然、和谐的爱情。她意识到一旦这种爱情掺杂进肉欲的成分，爱情的自然、和谐状态必然变质，爱情会在情欲的巨大力量中迷失本性，由爱情到两性的结合会使爱情成为性的附属品。淑追求的是两性和谐的生活状态。

　　哈代通过作品不但表述了一直生活在威塞克斯世界的土生者自然、和谐的生活方式，而且还通过描述异乡者对和谐的追求更深刻地表达了和谐观念。这种和谐观念的表达，是在对官方文化的颠覆中诞生的新生力量：颠覆等级制，形成人与人之间平等、和谐的关系；颠覆基督教道德，让生命个体从一切压抑人性的束缚中解放出来，自然地享受生命的快乐。古老的威塞克斯世界特有的环境使人们对自己的本能和感官享受自主地控制，不被其异化，带来了生命个体从内在到外在的和谐，这样的生活方式给人们带来心灵的快乐和自由。

---

　　① 哈代. 无名的裘德. 张谷若译. 北京：人民文学出版社，1989 年版，第157 页.

2. 人类与自然的和谐

哈代的小说不但阐释了个体生命在社会语境中和谐的生活方式，而且还超越了对个体生命生存境遇的表现，从宏观上深刻地揭示了人们一直在追求的一种理想的"天人合一"的境界，表现了人类与自然的和谐、统一，而这正是基于古希腊哲学家关于和谐观念的更深层次的表达，也是对哈代民间狂欢理想的展现。

哈代小说把人置于大自然中进行描写，人不再是与自然割裂的、高于自然的有生命、有思想和有意识的生命个体，而是成为大自然的有机组成部分，人被自然化。对人描写的这一独特视角反映了哈代在作品中所阐释的威塞克斯世界和谐观念的另一层次的含义：和谐不但是他们在颠覆官方社会文明时，获得的一种弘扬生命力的生活方式，更是他们一直遵守的天人合一观念的体现。在他们的意识中，自然也是有生命的，他们拒绝基督教的同时，信仰的是万物有灵，认为自然万物皆有灵性，人与自然是和谐有机的统一体。

小说《还乡》中有不少段落展现了人与自然的和谐，第一章对爱敦荒原的描写中，我们可以看到游苔莎的出场附属于对爱敦荒原的景物描写。游苔莎是作为爱敦荒原的一部分而存在的，"那个人形在那站定，跟下面的丘阜一样，一动也不动。那时候，只见山峦在荒原上耸起，古冢在山峦上耸起，人形在古冢上耸起，人形上面，如果还有别的什么，那也只能是在天球仪上测绘的，而不是能在别的地方上测绘的"①。下面这段话更形象地表达了人与自然融为一体，人与自然景物在这里缺一不可，"这片郁苍重叠的丘阜，让这人形一装点，就显得又

---

① 哈代. 还乡. 张谷若译. 北京：人民文学出版社，1991年版，第16页.

完整又美妙，它们所以应该有那样一幅规模，显然就是因为有这个人形。要是群山之上，没有这个人形，那就好像一个圆形屋顶上没有亭形天窗一样；有了这个人形，然后那一片迤逦铺张的底座，才显得没有艺术上的缺陷。那一大片景物，说起来很特别，处处都协调，那片山谷、那个山峦、那座古冢，还有古冢上那个人形，都是全部里面缺一不可的东西。要是观察这片景物，只看这一部分，或者只看那一部分，那都只能算是窥见一斑，而不能算是看见全豹"[①]。其他不少作家也有对自然景物的人性化描写，但还没有一个像哈代一样，把人与自然的和谐写到如此的程度。他们在描写时的立足点截然不同，别的作家在描写自然时，往往是立足于、服务于对人的塑造，把自然景物作为人物内心思想感情的外在表现；而哈代正好相反，他不是让景物作为人物情感表达的形式，而是把对人的描写完全融入景物之中。在哈代的笔下，不是景物为人服务，而是人为景物服务，在一个静态的图画中，有生命的人的加入，使景物也有了灵性与活力。哈代描写景物的独特视角，无疑受到他思想中人与自然和谐的观念影响，他是在用故乡人看待自然和人的方式反映爱敦荒原世界的生活境界，而这也是哈代一直向往和怀念的。

　　哈代不但在描写景物时，让无生命的景物居于中心地位，就是在对人物进行描绘时，也总是给予人物自然化的描写。如对朵荪的描绘，"在她的举动里，在她的眼神里，她都让看她的人想起住在她周围那些长翎毛的动物。要比仿她，要模拟她，总得以鸟类始，还得以鸟类终。她的举动有种种形态，也和鸟儿的飞翔有种种姿势一样。她沉思的时候，她就是一只看

---

① 哈代. 还乡. 张谷若译. 北京：人民文学出版社，1991 年版，第 17 页.

着好像并不扑打翅膀而就能停在空里的小鹞鹰。她在大风地里的时候，她那轻细的身材，就像一只叫风吹向树木或者山坡的苍鹭。她受惊的时候，就像一只一声不响地急投疾抢的翠鸟。她沉静的时候，就像一只轻掠迅飞的燕子"[1]。哈代对朵荪进行了拟鸟化的描写，她的每一个形态通过与鸟的形象比喻跃然纸上。这样的方式也成为表现人物性情与气质的一种手法，对朵荪的如此描绘形象地把一个从小生活在荒原的女子的神态刻画出来。《远离尘嚣》中对剪羊毛的日子和工人庆祝丰收的欢宴的描写也凸显了人与自然的和谐统一。"剪毛工们的下半身浸没在深褐色的暝色中，而头和肩部仍然沐浴着日光，淡淡地涂上了一层纯黄色的异彩，这层光彩与其说是残阳的斜照，倒不如说是他们自身固有的"[2]，接着太阳西沉，暮色将他们完全吞没。虽然从小说叙述的表层看，描写的是收获羊毛之后人们的兴奋与激动，但在人们的这种狂欢之下却蕴涵着丰富的意义，实质上体现的是人类远古以来庆祝丰收的庆典仪式。在古希腊庆祝丰收的庆典上（西方人常常以此作为民间文化的源头），人们常常扮成羊人跳舞。羊人这一形象，深刻地体现了民间文化人类与自然合一的精神。在古老的威塞克斯的庆祝丰收的仪式上，哈代通过这种狂欢式庆典集中表现了在威塞克斯世界中延续下来的民间文化精神。

　　哈代在其他小说中也通过很多场景来表达这种观念。如《德伯家的苔丝》中写到当苔丝被亚雷强暴之后，白天不敢出门，只在黄昏的时候到树林里寻求大自然的抚慰，苔丝整个的身心都融入自然之中。"在这些旷山之上和空谷之中，她那悄

---

　　① 哈代. 还乡. 张谷若译. 北京：人民文学出版社，1991 年版，第 290 页.
　　② 哈代. 远离尘嚣. 陈亦君、曾胡译. 石家庄：花山文艺出版社，1982 年版，第 175 页.

悄冥冥的凌虚细步，和她所活动于其中的大气，成为一片。她那袅袅婷婷、潜潜等等的娇软腰肢，也和那片景物融为一体。"① 苔丝和自然景物之间进行着无言的交流。苔丝所感到的一切矛盾不是她与自然的矛盾，"她不由自己所破坏了的，只是人类所接受的社会法律"②，她本身却和自然的一切和谐。古老的威塞克斯为这里的人们提供了自由、平等、人性可以得到自然发展的生活环境，在这样的环境中人们达到了人与自然的和谐统一。小说中除了描写苔丝这个大自然女儿与自然的关系外，还展现了其他威塞克斯居民与自然的和谐统一。在描写苔丝在牛奶场的经历时，哈代细腻地展现了牧场的优美和纯洁、善良的女工的协调，人与物有机地结合在一起，"女工们都往远处牧场牛群吃草的地方一齐走去，走起来的时候，大大方方，无拘无束，好像一群野兽那样勇猛威武——完全是在无边无涯的大自然里生活惯了的妇女们那种放任随便的动作——她们在大气里逍遥自在，和游泳的人在水里随波逐浪一般"③。《林地居民》中哈代通过基尔斯这个人物细腻地讲述了从小生活在威塞克斯的居民对那片土地和生活环境的深厚感情，与那片土地上一草一木的亲密关系。基尔斯"与这里的一切有着天长日久的联系"④，他与他栽种的树木之间"存在着一种和谐

---

① 哈代. 德伯家的苔丝. 张谷若译. 北京：人民文学出版社，1984 年版，第 130 页.

② 哈代. 德伯家的苔丝. 张谷若译. 北京：人民文学出版社，1984 年版，第 130 页.

③ 哈代. 德伯家的苔丝. 张谷若译. 北京：人民文学出版社，1984 年版，第 263 页。

④ 哈代. 林地居民. 邹海伦译. 贵阳：贵州人民出版社，1988 年版，第 164 页.

一致"，"具有一种使树苗壮生长起来的不可思议的力量"①，因此凡是他所栽种的树木很快就会在泥土中扎根。从小说的叙述看，似乎基尔斯与自然之间有一种神秘感应，其实这种特殊的力量来自人与自然无言的交流对话，深刻反映了人与自然的和谐状态。基尔斯与他生活的环境有机地交融在一起，小说中有一个细节，给予了他自然化的描写："他现在让人看起来、闻起来都正像这秋天的亲兄弟，他的脸被晒成了小麦的颜色，他的眼睛蓝得好像矢车菊的花朵，袖子和护脚上满是水果的污渍，手上粘糊糊的尽是甜苹果汁，帽子上沾着许多苹果籽儿，他全身上下都是苹果酒的气味。"②

　　除了外在表面的对人与自然的描写外，小说还通过自然对于人的影响展现人与自然的水乳交融。一般来说，自然是静态的，在人类的改造和征服中，它只能被动地做一个行为实施的对象；但在哈代的笔下，自然不但具有灵性，还有影响人的能力。就连并不是在荒原上长大的、一心想要离开荒原的游苔莎也受到荒原的影响，"虽然她心里永远和它格格不入，但是它那种郁苍暗淡的情调，却叫她濡染吸收了不少"③。克林从巴黎回来以后，很快融入到荒原的氛围中，当他因为眼睛问题不能再继续读书时，他干起了和其身份截然不同的斫常青棘的工作。在工作中，他丝毫没感觉到孤独，和荒原上的地上爬的、天上飞的小动物成了朋友。对于这种生活，他怡然自得。荒原的这种天人合一的生活使回到荒原的克林坚定了自己不再回巴

---

① 哈代. 林地居民. 邹海伦译. 贵阳：贵州人民出版社，1988 年版，第 81 页。

② 哈代. 林地居民. 邹海伦译. 贵阳：贵州人民出版社，1988 年版，第 274 页。

③ 哈代. 还乡. 张谷若译. 北京：人民文学出版社，1991 年版，第 98 页。

黎的决心。在《德伯家的苔丝》中，对安玑的描写深刻体现了
自然对生命个体的影响。他本出身于一个牧师家庭，因为厌倦
牧师生活的单调和压抑，他选择了更具生命力的农场主作为自
己未来的职业。在各个农场里学习经营的时候，他的性情、心
灵和人格得到自然的熏陶。他"生活于自然之中，寄身于丰
盈、水灵、年华始盛的妇女队里，享受的是这里面目睹心许之
美，异教精神之乐"①；再回到家里的时候，安玑觉得他"不
能像从前那样，和聚在这里的人，水乳一般地交融"。"他家里
那种超脱尘世的希望和梦想和他的比起来，那种不同的情况，
简直和住在另一个星球上的人做的梦一般。"② 此时的安玑已
深深地被自然所陶醉，享受着其中热烈的生命搏动，体验着活
泼的、有活力的人生，"一个咬文嚼字的人见了他，一定要说
他言语粗俗，一个行为拘谨的人见了他，一定要说他举动粗
野。这就是他跟塔布篱那些溪仙林神、狡童牧竖，同住同食、
耳濡目染的结果"③。安玑在自然的熏陶下，越来越觉得他两
个哥哥狭隘，他的心灵变得能容纳更多的东西。也正是自然的
生活使安玑超越了他本阶级的等级界限，毅然选择苔丝做自己
的妻子。自然使安玑的精神境界得到了升华，使他的人格变得
高尚而又充满魅力，可以说在一定程度上，安玑这个人物体现
了天人合一的思想，虽然天道并没有完全扫除安玑心灵中属于
他那个阶级的一切品质，但毕竟让他的人格得到了升华，这就
是人与自然的和谐。和安玑相似的是《林地居民》中出身名门

---

① 哈代. 德伯家的苔丝. 张谷若译. 北京：人民文学出版社，1984 年版，
第 240 页.

② 哈代. 德伯家的苔丝. 张谷若译. 北京：人民文学出版社，1984 年版，
第 241 页.

③ 哈代. 德伯家的苔丝. 张谷若译. 北京：人民文学出版社，1984 年版，
第 241 页.

来到辛托克行医的菲茨比尔斯，虽然他的性格气质、思想观念都是在现代文明的影响和教化下形成的，但是在辛托克的生活也曾经让他的思想在某一时刻有过改变。当他有一天独自在树林中的时候，"他沉浸在梦幻般的遐想中，直到他的知觉似乎已经完全占据了、融合进了周围整个林区的空间为止。简直没有不合谱的景象和声音妨碍他与这个地方的感情实现精神上的结合。抛弃掉所有那些世俗功利的目标，在这里平静满足地生活下去，再也不去带着无限的痛苦煞费苦心地探究各种新观念，而是按照最古老的本能，最朴实、亲切的观念，去接受一种平静的家庭生活"①。哈代小说中展现的自然对人物的影响，主要体现为和谐的威塞克斯对异乡人思想观念、性格气质的影响，这种影响使与自然疏离的现代人实现了与自然的亲和与和谐。

总之，哈代小说中的和谐一方面具体反映在人们的生活方式中，实现人自身的和谐；另一方面又超越了具体的人们在社会语境中对和谐生活的选择，更深刻地表达了人们超越时空一直追求的天人合一的境界、人与自然的和谐。

第三节　艺术中的狂欢化

随着时代的发展，狂欢节不断衰微，狂欢式作为"一切狂欢节式的庆贺、礼仪、形式的总和"，"虽说有共同的狂欢节的基础，却随着时代、民族和庆典的不同而呈现不同的变形和色

---

① 哈代. 林地居民. 邹海伦译. 贵阳：贵州人民出版社，1988 年版，第184 页.

彩"①。狂欢节虽然式微，但狂欢节的世界感受却在各个不同时期的人们心中保留了下来，"狂欢式转为文学的语言，就是我们所谓的狂欢化"②。狂欢化就是这种狂欢节世界感受在文学中的表达。"狂欢化有构筑体裁的作用，亦即不仅决定着作品的内容，还决定着作品的题材基础。"③ 哈代在小说中表达了民间狂欢生活理想，与此同时，在艺术形式上也呈现了独特的狂欢形态。

一、狂欢广场与广场语言

　　哈代小说艺术狂欢形态的最直接表现就是对狂欢广场的勾画。巴赫金认为，狂欢节演出的基本活动舞台是广场，狂欢节也进入民房，实际上它只受时间的限制而不受空间的限制。狂欢节是全民性的、无所不包的，所有的人都参与亲昵的交际，所以中心的场地只能是广场，广场是全民性的象征。狂欢广场，即狂欢演出的广场，增添了一种象征的意味，使得广场含义得到了扩大和深化。在狂欢化的文学中，巴赫金认为，广场具有两重性：一个是随便亲昵地交际和表演的狂欢广场；另一个就是作为情节发展的场所，"就连其他活动场所（当然是情节上和现实中都可能出现的场所），只要能成为形形色色人们相聚和交际的地方，例如大街、小酒馆、道路、澡堂、船上甲

---

① 巴赫金. 巴赫金全集第五卷：诗学与访谈. 白春仁、顾亚铃译. 石家庄：河北教育出版社，1998 年版，第 160 页.
② 巴赫金. 巴赫金全集第五卷：诗学与访谈. 白春仁、顾亚铃译. 石家庄：河北教育出版社，1998 年版，第 161 页.
③ 巴赫金. 巴赫金全集第五卷：诗学与访谈. 白春仁、顾亚铃译. 石家庄：河北教育出版社，1998 年版，第 173 页.

板等等，都会增添一种狂欢广场的意味"①。在哈代的小说中，
描述了大量民间狂欢广场的情况。在这些狂欢化的场景中，等
级秩序被取消，绝对的观念和意识被解构，人们回归到人自
身，自由地享受生命的快乐。

1. 狂欢广场

民间节日带有典型的狂欢节性质。哈代小说中最典型的狂
欢广场就是节日狂欢场景。如《还乡》中的祝火节。小说通过
对小丑形象的描写创造狂欢的氛围。祝火节上在篝火中间疯狂
跳舞的阚特大爷是一个小丑形象。小说详细描述了阚特大爷身
上的小丑特征："他手里拿着手杖，一个人跳起米奴哀舞来；
他这一跳，他背心底下带的那一串铜坠儿便像钟摆一般，明晃
晃地摇摆不已；他只跳舞还不过瘾，嘴里还唱起歌来，他的嗓
音就像一个关在烟筒里面的蜂子一样。"② 后来唱得接不上气
来，阚特大爷才把歌声止住。小说中的圣诞节也是这样的一个
狂欢广场。姚伯太太邀请荒原居民都到她家里来庆祝，大家在
一起吃饭、喝酒、跳舞、看幕布剧。姚伯太太的地位虽然比荒
原居民高，但在圣诞节那天，他们母子亲自伺候这些"平常的
街坊和工人"③，连家里的"女仆也和客人们一样高坐"④。在
这里，身份等级被完全消解。

小说中居民聚集的场所体现着狂欢节的一切特征，它是由
全体居民参加的庆典。《远离尘嚣》中工人下工后常聚的麦芽
作坊就是这样的一个狂欢广场。他们在这里喝酒，而且用一个

---

① 巴赫金. 巴赫金全集第五卷：诗学与访谈. 白春仁、顾亚铃译. 石家庄：
河北教育出版社，1998年版，第169页.

② 哈代. 还乡. 张谷若译. 北京：人民文学出版社，1991年版，第24页.

③ 哈代. 还乡. 张谷若译. 北京：人民文学出版社，1991年版，第185页.

④ 哈代. 还乡. 张谷若译. 北京：人民文学出版社，1991年版，第197页.

杯子轮流喝。喝酒是对生命本能的肯定，是对狂欢世界的独特阐释形式；一个杯子轮流喝，这种形式表明纯粹的平等和共享。喝酒的场面是一个典型的狂欢庆典，外在的简单形式下其实表达的是威塞克斯世界的深层观念。聚集在这里的工人可以不顾礼仪禁忌、辈分年龄而随意交谈。辈分最高的沃伦大爷放下老年人的稳重，在晚辈面前吹嘘着自己的"年高德劭"；晚辈也打破了尊重老辈人的观念，肆意地嘲笑着这个一大把年纪的作坊师傅。《还乡》中这样的狂欢广场出现在乡野舞会上。小说中这样描述人们在舞会上的感受："整个村子的官感情绪，本来四处分散了整整一年了，现在在这聚成了一个焦点，汹涌洄漩了一个钟头。那婆娑舞侣的四十颗心那样跳动，是从去年今日他们聚到一块同样欢乐以后，一直没再有过的。异教的精神，一时又在他们心里复活了，以有生自豪，就是一切一切了，他们除了自己，一概无所崇拜了。"[①] 这种感受正是狂欢节的世界感受，忘乎一切，肆意地享受生命的快乐。《卡斯特桥市长》中的三水手旅馆是小说中的狂欢广场，这里的房客"除了在圆肚窗里的几个专座或临座上坐着的那些体面的大买卖人以外，客人中还包括坐在光线昏暗的尽头里的一些身份较低的人，他们的座位只是些靠墙摆着的条凳，他们喝酒不用玻璃酒杯而用茶杯"[②]。三水手客栈里有身份不同的房客，但在吃完晚饭后的消遣娱乐时间，所有人都坐在底楼宽敞的大厅里，毫无身份差异地谈笑、聊天。受过高等教育的伐尔伏雷给全屋的人唱了一支小曲，大家都沉浸在美妙的歌声中，不论是大买卖人还是坐在屋里阴暗尽头的身份低微的商人都以同样的

---

① 哈代. 还乡. 张谷若译. 北京：人民文学出版社，1991 年版，第 350 页.
② 哈代. 卡斯特桥市长. 侍桁译. 上海：上海译文出版社，2002 年版，第 52 页.

热情赞美着他的歌声。三水手客栈，除了是房客住宿的场所，还是卡斯特桥市的工人们喝酒的地方，这里盛行闹酒的习俗。每个星期天的下午，许多卡斯特桥的日工做过礼拜以后，就到三水手客栈里去喝酒。《林地居民》中最典型的狂欢广场是年轻的姑娘们占卜自己未来伴侣的树林。在仲夏夜的前夜，辛托克的姑娘们"向大森林发出的幻象和咒语求教，那些幻象和咒语会向她们透露关于她们未来生活伴侣的一些情况"①。"她们排成一行搜索队列，慢慢地穿过树林，开始向前走去，每一个人都打算独自一个深入到森林里的一个幽深的角落去。因为这种特殊的妖术要显灵需要洒播大麻籽，所以这些等着听取自己命运如何的少女们，都尽最大的可能采集了许多大麻籽，每个人手里都拿着一大把。"② 接受过现代教育的格雷丝在思想上已经离这样的世界很远了，但在那样的场景中，她完全被眼前姑娘们的活动吸引住了。格雷丝也加入了她们的行列。钟声响过之后，欢乐的姑娘们从树林深处跑出来，投入哪个男子的怀抱，这个人就是她未来的伴侣。在那样一个狂欢的场面中，所有的人从等级界限中解放出来，大家平等地以同样的心情享受着欢乐。《德伯家的苔丝》中的狂欢广场往往是跳舞的场所，从小说开头的马勒村女子游行之后的舞会，到纯瑞脊的乡下人周末的时候在舞场上的狂欢，跳舞对那里的人们就是狂欢节。在这里面最典型的是纯瑞脊乡下人的舞会。他们跳舞的场所非常简陋，是一个草棚子，地下到处都是泥炭和木头渣子，但这丝毫没有影响他们享受生命快乐的兴致。他们不顾一切地尽情

---

① 哈代. 林地居民. 邹海伦译. 贵阳：贵州人民出版社，1988 年版，第 190 页.

② 哈代. 林地居民. 邹海伦译. 贵阳：贵州人民出版社，1988 年版，第 192 页.

跳着，脚底下的粉末被他们的脚步践踏起来，屋子里到处弥漫着雾气。"那种昏暗模糊的光景，使他们变成了一群林神，和一群仙女拥抱；一大群盘恩，和一大群随林回旋；一些娄提，想躲开一些蒲来，却永远办不到。"① 在哈代的笔下，他们恣意享受生命的狂欢，他们成了希腊罗马神话中的神祇。《无名的裘德》中的狂欢广场在城市贫民聚集的娱乐场所，特别是酒馆。小酒馆里聚集着从事不同职业的人，有拍卖行的经纪人、石匠、小伙计、赛马迷、演员、大学生等。他们在一起自由地谈论，"批评基督寺里形形色色的人物"，同时"他们对于学院的学监、管治安的法官以及其他当权的人物所有的短处，表示出于真诚的惋惜，同时大家以宽容豁达的心胸、毫不顾及个人利益的态度，交换了意见，说这班人应该怎样对己，怎样接物，才可以得到他们应得的尊敬"②。这一切正像裘德所看到的，"市民生活里所表现的人生，所有过的历史，要是和大学的生活相比较，那它的搏动更无限地快，它的花样更无限地多，它的方面更无限地广"③。在这里，大学生活代表着与市民生活相对的官方文化。

2. 广场语言

巴赫金认为，广场集中了一切非官方的东西，在充满官方秩序和官方意识形态的世界中仿佛享有"治外法权"的权力，它是为"老百姓"所有的。在广场上，像指神赌咒、发誓、骂人这样的不拘形迹的语言因素已经完全合法化了，轻而易举地

①　哈代. 德伯家的苔丝. 张谷若译. 北京：人民文学出版社，1984 年版，第 97 页.

②　哈代. 无名的裘德. 张谷若译. 北京：人民文学出版社，1989 年版，第 124 页.

③　哈代. 无名的裘德. 张谷若译. 北京：人民文学出版社，1989 年版，第 121 页.

渗透到倾心于广场的节日语言之中。哈代小说中威塞克斯居民的对话体现着鲜明的广场语言的特征，在他们的话语中充满了不拘形迹交往的狂欢因素。

广场吹嘘

哈代小说中的广场语言最直接的体现是威塞克斯居民言语中存在吹嘘式语气和吹嘘式列举的因素。如《远离尘嚣》中年事已高的沃伦大爷在别人问到他的年纪时，"装腔作势地清了清喉咙……才慢声慢气地开了腔"，吹嘘式地列举了自己一生的丰富经历："……在金斯伯尔住了七年，在那我开始干麦芽这个行当。我从那到了诺库姆，在那做了二十二年的麦芽，后来在杜尔诺弗做了四年麦芽……"①《还乡》中的阚特大爷谈到自己年轻的经历时，也以吹嘘的口吻列举："俺当初当过兵，……有一天，俺跟俺们的队伍往蓓口开，那时俺们从大货店的窗户前面冲过去，大家没有不说俺是所有南维塞斯这块地方上头一个漂亮人物的……那时的俺，身量儿像一棵小白杨树那样直，扛着火松，带着刺刀，扎着裹腿，系着又高又硬差不多把脖子都要锯掉了的领子，浑身上下的武装，跟北斗七星一样地耀眼。不错，街坊们，俺当兵那个时候，真值得一看。"②"你们四年上没看见我，真可惜了儿的！"③ 他们对话中的这种吹嘘的口吻和语气，营造了一种诙谐的狂欢氛围。

插科打诨

插科打诨是哈代小说广场语言的一种形态。威塞克斯居民的对话颠覆了被等级束缚的官方话语规范。在他们的交往中，

---

① 哈代. 远离尘嚣. 陈亦君、曾胡译. 石家庄：花山文艺出版社，1982年版，第69页.

② 哈代. 还乡. 张谷若译. 北京：人民文学出版社，1991年版，第195页.

③ 哈代. 还乡. 张谷若译. 北京：人民文学出版社，1991年版，第196页.

人们的行为姿态和语言，完全摆脱阶级、官衔、年龄、财产等
形成的一切等级地位的束缚，做着滑稽怪诞的动作，说着傻里
傻气而逗人发笑的话语，从非狂欢式的普通生活来看，变得插
科打诨而不得体。巴赫金认为，插科打诨，是在人们事业和事
件不可动摇的正面（体面）进程中打开缺口，使人摆脱规范和
束缚，说出不得体的话。如《还乡》中，在威塞克斯居民的对
话中，人们自由、随意地交谈，体现了一种亲昵的交往。阚特
大爷的语言和行为根本不像一个年事已高的人，他的所有言语
就他的身份来说都是非常不得体的。如"俺不管那一套。他妈
的，俺不论干什么都行"①。姚伯太太说阚特大爷："这样一个
看样子像是年高有德的人，可满嘴说这样的浑话。"② 费韦的
言语中也充满着插科打诨的因素。他对阚特大爷说的话里总是
充满不符合他晚辈身份的不得体的嘲笑："凭你这样一个年高
的人，枉活了七十岁啦，自己一个人这样跳来蹦去，不害臊
吗？"③ 对女性，费韦的话也很随便，体现了街坊之间的亲昵
关系。如他对苏珊说的一段戏谑的话："苏珊，亲爱的，咱们
俩跳个舞罢——好不好哇，俺的乖乖呀？虽说是你那个巫婆养
的丈夫把你从俺手里撮走了以后，已经过了这些年了，你的小
模样儿还是一样的俊哪；咱们这阵要是不跳，呆会太黑了，就
看不见你那个仍旧很俊的小模样儿了。"④ 费韦对苏珊说的这段
话是不符合他作为一个男性街坊的身份的，这种插科打诨式的
话语形态体现着对话中的狂欢氛围，在他们的交往中，完全抛
弃了一切隔阂和屏障，建立了人与人交往的亲昵关系。《林地居

---

①　哈代. 还乡. 张谷若译. 北京：人民文学出版社，1991 年版，第 39 页。
②　哈代. 还乡. 张谷若译. 北京：人民文学出版社，1991 年版，第 26 页.
③　哈代. 还乡. 张谷若译. 北京：人民文学出版社，1991 年版，第 48 页.
④　哈代. 还乡. 张谷若译. 北京：人民文学出版社，1991 年版，第 42 页.

民》中麦尔布礼家的雇工约翰和女仆格莱嫫的对话也是一种插科打诨的话语形态。约翰说:"啊哈,格莱嫫·奥利佛,看见一个老太婆像您这么干净利落,忙个不停,可真让我心里痛快,特别是我原来担心,人一过五十岁老得就快了。一年就抵得上过去两年,可您还能这样,真让我佩服。"① 约翰潜在地以格莱嫫年纪那么大了依然那么精力旺盛打趣。他对格莱嫫说出这样的话非常不得体,只是逗人发笑的插科打诨。

降格言语

降格言语是哈代小说中广场语言的独特形态。本书提出的降格言语形态,就哈代小说来讲,是指小说人物的语言中出现的对官方语境中严肃、高贵事物的贬低和降格。虽然巴赫金在分析广场语言时,并没有提出降格言语这样的语言现象,但"不拘形迹的广场语言集中遭到禁止和从官方言语交往中被排斥出来的各种语言现象"②,以及降格言语在诙谐中对官方文化的贬低,鲜明体现了狂欢消解秩序的特征。

哈代小说中威塞克斯原始居民的语言中存在大量的降格言语的形态。对于官方文化中严肃、庄重、高贵的事物,在他们的语言中总是以诙谐的方式进行贬低。基督教在官方文化中无疑是与虔诚、庄重相联系的,和基督教有关的事物也是神圣的。可在威塞克斯居民的言语中,基督教完全丧失了严肃和庄重,如《一双蓝蓝的眼睛》里对做圣坛椅子的描述。这本应该是十分庄重的事情,可在牧师斯旺考特和仆人沃姆的对话中却充满了可笑的喜剧色彩。

---

① 哈代. 林地居民. 邹海伦译. 贵阳:贵州人民出版社,1988 年版,第 31 页.

② 巴赫金. 巴赫金全集第六卷:拉伯雷研究. 李兆林、夏忠宪译. 1998 年版,第 21 页.

"你还记得那个狂风大作的夜晚吗？先生？你在木工房里为圣坛做一张新的椅子，叫俺去给你打着蜡烛。（沃姆）

"记得，那怎么啦？

"俺拿着蜡烛点着；你说，不管是狗是猫，你喜欢有个伴儿——你指的就是俺。那张椅子根本不行。

"啊，我记得。

"——样子倒很漂亮，可是根本不能坐人。你一坐上去，它就七歪八扭，成了一个 Z 字。你看见椅子给俺坐塌了，就说：'起来，沃姆。'你拿起椅子，就像火碰着硫磺那样，一下子把它扔到了木工间对面去了——完全是因为生气。'该死的椅子！'俺说。'我就是这么想的。'你说，先生。'俺从你的脸色看出来了，先生，'俺说，'俺希望你和上帝原谅，俺说出了你不愿意说出的话。'……"①

做圣坛椅子本是很庄重的事情，对椅子也应抱着虔敬。可在沃姆的描述下似乎成了可笑的闹剧，而且圣坛椅子在沃姆的嘴里竟然成了"该死的椅子"。《还乡》中教堂礼拜的庄重、肃穆场面在克锐的言语中完全成了一场闹剧。

"今儿早起，俺们都正在教堂里站着哪，牧师说：'我们要祈祷。'俺一听这话，就心里颤颤啦：'一个人跪着和站着还不是一样吗？'所以俺就跪下啦，不只俺跪下啦，

---

① 哈代. 一双蓝蓝的眼睛. 严维明、祁寿华译. 南京：译林出版社，1994年版，第33—34页.

所有的人也都服服帖帖地听了他的话跪下啦。俺大家跪下了还不过一分钟的工夫，忽然教堂里尖声叫起来，叫得真吓人，像一个人把心揪出来一样。俺大家都一齐跳起来啦，一看，原来是苏珊·南色，用了一个大织补针，把斐伊小姐扎了一下……"①

苏珊·南色用针去扎被称为女巫的斐伊小姐以解除巫术，这是英国乡下人的一种迷信，这样的事情发生在教堂里，对基督教信仰无疑形成了反讽。教堂礼拜庄重的气氛在克锐的描述下被完全贬低到闹剧。他的言语把神圣的礼拜仪式降格到喜剧层面。在事件发生之前，克锐对教堂祈祷仪式的描述："俺就跪下啦，不只俺跪下啦，所有的人也都服服帖帖地听了他的话跪下啦。"② 他的言语体现了令人发笑的喜剧色彩。

小说中人物的语言除了表现出对基督教的降格，还体现了对身份高贵的人物的降格。在官方文化中，贵族和国王身份高贵，具有高高在上的社会地位。可在《一双蓝蓝的眼睛》中的车夫的言语里，他们也没有什么了不起，在他的话语里对他们进行了狂欢式的脱冕。提起勒克西里安勋爵，车夫说：

"俺觉得，他家也不比俺家强。

"按理说，他们不过是些修修树篱、挖挖土沟的农夫。可是，很久很久以前，有一次他们当中有个人在地里干活，和国王查理二世换了衣服，救了国王性命。查理王像个平常百姓那样，走到他的跟前，不拘礼节地说：'穿长

---

① 哈代. 还乡. 张谷若译. 北京：人民文学出版社，1991 年版，第 246 页.
② 哈代. 还乡. 张谷若译. 北京：人民文学出版社，1991 年版，第 246 页.

罩衣的伙计，我叫查理二世，这是一点不假的。把你的衣
服借我穿，行吗？'俺不在乎。'修剪工勒克西里安说；
他们马上换了衣服。'注意，'国王查理二世一面策马离
去，一面像个平民百姓那样说，'哪一天我当了国王，你
就来宫里，敲一敲门，大胆地喊一声：国王查理二世在家
吗？你通报一下名字，他们就会放你进去，我封你当个贵
族。'你看，查理少爷不错吧？

　　……

　　"呃，据说，他登上了国王宝座；几年以后，修剪工
勒克西里安真的去了，他敲了敲国王的门，问国王查理二
世在不在家。'他不在。'他们说。'那么查理三世呢？'修
剪工勒克西里安说。'在，'那里站着一个平民百姓模样
的年轻人，只有他戴着王冠，他说，'我就是查理
三世。'……"①

车夫是威塞克斯的本地居民，在他的话语中贵族和国王都被脱
冕，降格成了平民百姓。

二、狂欢化人物形象

　　哈代小说的人物设置充分言说着哈代的民间狂欢生活理
想。狂欢化人物形象成为哈代人物设置的独特形态。他除了和
其他作家一样塑造许多性格鲜明的独立个体外，还勾画了一些
群体人物，他们作为单独的个体没有自身发展的独立自足性，
常常作为故事发展的背景性群体人物出现。在这些群体人物当

---

　　①　哈代. 一双蓝蓝的眼睛. 严维明、祁寿华译. 南京：译林出版社，1994
年版，第7—8页.

中，哈代还描述了一些小丑型和愚人型人物，这些人物设置充分地表述着威塞克斯世界狂欢节的氛围。

1. 群体人物

群体人物是哈代小说中特有的人物设置。哈代除了在作品中塑造一些性格鲜明的独立个体之外，还勾画了由许多人组成的一个大群体。这个群体中的各个人物失去了存在的独立自足性，他们作为群体而存在，共同表达着群体的生活、性格和观念。许多学者认为群体人物在哈代小说中的出现与古希腊悲剧有关，哈代看待世界的悲观眼光和他对古希腊悲剧的阅读经验，使他在创作时把古希腊悲剧中作为群体出现的"合唱队"移植到小说中，这就出现了他小说中的群体人物。这些人物在作品中的功能和古希腊悲剧中的"合唱队"十分相似：他们或者作为情节的解释者，或者对小说中人物的遭遇和经历发表一些评论，但几乎从不参与情节的发展，他们只是一些旁观者和局外人。把哈代小说中的群体人物和古希腊悲剧中的"合唱队"联系起来，自有其合理性，但这种阐释只是从表层分析了群体人物在小说中的功能，对其文化意义未做任何解释。哈代在小说中安排这样的群体人物背景绝不是偶然的，也绝不只是寻求一种形式上的独特或一种简单的对古希腊悲剧形式上的模仿；这里包含着哈代深层的心理寄托，他要通过这样一个狂欢式的背景，表达对自由、本真的田园生活的回忆和追念，展现狂欢节的世界感受和氛围。

作为狂欢化人物形象的群体人物是哈代小说的独特艺术形态。有些作家在作品中也塑造了和哈代小说中的群体人物外表形象类似的群体形象，如狄更斯在他的《奥列弗·退斯特》中勾画了流浪儿童的群像。对这一群体中的人物，狄更斯只对其中的赛克斯和南茜有比较具体的描述，对其他的堕为小偷的流浪儿则是作为一个整体来塑造的，通过他们的日常生活境况来表现流浪儿的生存境遇。从外表特征来看，狄更斯作品中的群体人物和哈代小说中的群体人物完全相同。但两相对照，就可以发现，狄更斯笔下的群体人物是不具有狂欢特征的，这些群体人物相互之间的关系并不是一种自由、平等的交往关系；与此相反，他们之间常常为了在贼窟里的地位勾心斗角，他们的世界不是平等的乌托邦，而是一个互相争斗的世界。在这个世界中，每个人都试图努力使自己成为中心、主宰，试图以自我为中心建立起与狂欢世界相对立的等级分明的一元世界。和哈代小说中的群体人物最相似的是乔治·艾略特笔下的乡下人群像，之前我们曾经阐释过乔治·艾略特的小说，认为她的小说是不具备狂欢特征的。对于她作品中的群体人物，虽然形式上与哈代的相似，但群体人物世界中人与人之间的关系，并没有抛弃一切束缚来形成平等、和谐的人际关系。在他们的交往中，遵循着他们那个世界的等级规则。如《亚当·比德》中，在亚塔尔的生辰宴会上，对年龄、辈分高的老人，年轻人是不能省略上前问候的礼节的。在作坊里干活的木匠们之间的交往没有俯就的亲昵姿态，而总是想着自己能占上风。如小说中描述的硬汉倍恩因为在争执中、在体力上斗不过别人，就一心想在讥讽本领方面取胜来抵消这种耻辱。他总是恶意地嘲笑别人，让人发窘。而哈代小说中，群体人物之间的交往是狂欢式的。他们聊天的过程中，也有对别人缺点的嘲笑，但这种嘲笑是戏谑和善意的，只为逗笑取乐。如《远离尘嚣》中，对胆小的普尔格拉斯的嘲弄，他们是以一种亲昵的姿态进行的。哈代小说的群体人物赋予威塞克斯世界以全民参与的狂欢式特征。

小说中的群体人物是由土生土长的威塞克斯居民组成的，

他们没有受到现代文明的侵扰，固守着古老的传统，自由、快乐地生活着，哈代通过这些人物表达着威塞克斯民间文化的本质精神。《远离尘嚣》中的群体人物是韦瑟伯利农场的工人，其中包括雅各布、马克·克拉克、简·科根、约瑟夫·普尔格拉斯等，他们生活在一个颠覆官方文化的世界中，过着自然和谐的生活。虽然同为农场工人，他们之间也存在年龄、辈分的差异，但由这种差异造成的等级界限在他们生活的世界被瓦解了，他们亲切地接触和交往。在那里，一方面年龄最大的麦芽作坊的师傅可以被年轻的小伙子取笑，笑声消解了人与人之间的等级关系，形成平等的对话和交流；另一方面一百多岁的作坊师傅没有老年人的古板和架子，相反，言谈之间却表现出年轻人的性情。作坊师傅"年轻与年老"相结合的双重形象也对这种等级秩序进行了自我消解。这双重的解构打破了一切封闭和壁垒，群体人物生活在一个开放、自由，充满无限生命活力的世界。这样的世界就是巴赫金所说的颠倒的世界、翻了个的生活，是人们潜意识中一直向往的从官方文化的压抑下解脱出来的第二种生活。小说对这些群体人物，从没有做单个的描述，他们总是作为一个群体而出现，他们聚集的场所成为狂欢的广场，他们参加的活动成为类似狂欢节的庆典，这一切为威塞克斯世界烘托出一个全民性的狂欢式背景。《还乡》中的群体人物是爱敦荒原的本地居民，其中包括阄特大爷、克锐、苏珊、奥雷、赫飞等。在小说中，这些群体人物和乡间风俗紧密地联系在一起，在他们身上更多地体现了狂欢节的原始内涵。他们就是参加狂欢庆典的全体居民，尽情地在其中享受着生命的快乐和自由。凡是荒原上的节日，他们就是主角。祝火节时，他们来到雨冢点燃篝火，然后跳舞庆祝；韦狄和朵苏结婚时更是少不了他们，他们成群结队地到韦狄家里去闹婚；圣诞节时，他们接受姚伯太太的邀请，在她家里尽情狂欢。从《还乡》之后，哈代性格与环境小说的群体人物发生了一些变化，他们在形式上不再像以前小说中那样常常以群体的形式出现，虽然形式上是分散了，但他们却有着共同的群体性格和观念，过着颠覆官方文化的自由生活，从内涵上阐释着民间文化的狂欢精神。在《林地居民》中，一直生活在辛托克的居民是这部小说的群体人物，其中有麦尔布礼家的长工、基尔斯的仆人克雷德尔、麦尔布礼家的女仆格莱媺等，这些人组成了辛托克古老的民间世界。他们的言谈、行为、思想观念都体现着尊重生命本能的自然与和谐。《德伯家的苔丝》中的群体人物以同和苔丝在亚雷家做工的纯瑞脊的乡下人最为典型，小说描写了那一群人每礼拜六晚上在围场堡的狂欢，他们忘形地喝酒和跳舞，体验生命的快乐。到了《无名的裘德》，此时的群体人物由土生土长的威塞克斯的乡下人变成了城市里的下层市民，虽然人物的身份发生了改变，但边缘世界的狂欢式因素却依然保留下来。城市里下等的小酒馆成为人们狂欢的场所，这个世界是一个自由、开放和人人参与的充满无限生命力的世界，在这里，小说的主人公裘德才发现了真正的生活。

　　哈代小说的群体人物为小说提供了一个具有深刻文化意义的人物背景，虽然他们在作者笔下不是着意刻画的对象，但整个群体却有着栩栩如生的性格，他们的言谈、行为展示的是一个非主流但却表达着狂欢节世界感受的世界，他们充分地体现着威塞克斯全民参与的狂欢式氛围。在狂欢节已经式微的现代社会，他们成为充满生命力的狂欢精神的载体，阐释着威塞克斯民间文化的深邃内涵。

　　2. 小丑和愚人

　　小丑和愚人是民间诙谐文化中的典型人物，他们身上有一些怪癖，与日常生活格格不入，他们的生活是对官方文化的戏谑和嘲笑，是一种颠覆性的力量，体现着日常生活里的狂欢节因素和一种特殊的生活方式。哈代小说中的小丑和愚人往往存在于群体人物当中，群体人物生活的世界是充满狂欢式因素的世界，哈代把他们安排在这一世界中，是用一种夸张的手法表现民间文化的诙谐和对官方文化的颠覆。

　　小丑

　　在狂欢节中，小丑是不可或缺的喜剧性因素。小丑型人物体现狂欢形象的双重性，巴赫金说："狂欢式所有的形象都是合二而一的，它们身上结合了嬗变和危机两个极端：诞生与死亡（妊娠死亡形象），祝福与诅咒（狂欢节上祝福性的诅咒语，其中含着对死亡和新生的祝愿），夸奖与责骂，青年与老年，上与下，当面与背后，愚蠢与聪明。对于狂欢式的思维来说，非常典型的是成对的形象，或是相互对立（高与低、粗与细等等），或者是相近相似（同貌与孪生）……"① "不协调、不合时宜是小丑的典型特征。"② 在《远离尘嚣》中，年过百岁的沃伦大爷是小说中带有喜剧色彩的小丑型人物。当大家在一块喝酒，奥克问他多大年纪时，他"装腔作势地清了清喉咙，把视线延伸到窑炉的最深处……慢声慢气地开了腔"③，开始叙述自己的丰富经历，最后算来算去竟然有一百一十七岁，其实他是把夏天和冬天分开算，当儿子告诉父亲算错了时，沃伦大爷生气地说"这是我的事"④。这种与年龄不相称的性格，使

---

　　① 巴赫金. 巴赫金全集第五卷：诗学与访谈. 白春仁、顾亚铃译. 石家庄：河北教育出版社，1998 年版，第 165 页.

　　② Lucile Hoerr Charles, The Clown's Function, *The Journal of American Folklore*, Vol. 58, No. 227, 1945，p. 28.

　　③ 哈代. 还乡. 张谷若译. 北京：人民文学出版社，1991 年版，第 69 页.

　　④ 哈代. 还乡. 张谷若译. 北京：人民文学出版社，1991 年版，第 70 页.

"年轻与年老"两种异类因素在沃伦大爷身上有机地融合。哈代小说中最典型的小丑形象是《还乡》中的阑特大爷。祝火节那天晚上，阑特大爷第一次出场，看着四处燃起的篝火，他乐了起来。"他手里拿着手杖，一个人跳起米奴哀舞来；他这一跳，他背心底下带的那一串铜坠儿便像钟摆一般，明晃晃地摇摆不已；他只跳舞还不过瘾，嘴里还唱起歌来，他的嗓音就像一个关在烟筒里面的蜂子一样。"① 阑特大爷的奇特打扮和行为举止就他那样年龄的人来说是不合时宜的，在他身上体现了青年和老年的结合。与此同时，阑特大爷的身上还存在着"小丑的荒唐和神圣、崇高的结合"②。"小丑和魔鬼是有相关性的，他们身上都存在两面性。如靡菲斯特是可怕的、令人恐怖的，与此同时他又是一个聪明的理性主义者，是一个敢于向神圣秩序挑战的人。"③ 阑特大爷外在的荒诞表现之下，表达的是他对现实世界清醒的理性意识和他的崇高反叛。"一个人，老让别人像对一个领袖那样仰望，本是一种负担，俺时常觉得那是一种负担。"④ 阑特大爷身上鲜明地体现着狂欢形象正反同体的本质特征。

巴赫金认为，小丑"体现着一种特殊的生活方式，一种既是现实的，同时又是理想的生活方式"⑤。小丑型人物在作品中的功能是通过非正常的观照视角实现对生活秩序的解构，与

---

① 哈代. 还乡. 张谷若译. 北京：人民文学出版社，1991 年版，第 24 页.

② Wolfgang M. Zucker, The Image of the Clown, *The Journal of Aesthetics and Art Criticism*, Vol. 12, No. 3, 1954, p. 315.

③ Wolfgang M. Zucker, The Image of the Clown, *The Journal of Aesthetics and Art Criticism*, Vol. 12, No. 3, 1954, p. 315.

④ 哈代. 还乡. 张谷若译. 北京：人民文学出版社，1991 年版，第 49 页.

⑤ 巴赫金. 巴赫金全集第六卷：拉伯雷研究. 李兆林、夏忠宪译. 石家庄：河北教育出版社，1998 年版，第 9 页.

此同时展现他们所代表的理想生活。从表面看起来，似乎阄特大爷像一个专门逗笑的喜剧演员，其实这正体现了从一切等级、束缚、压抑下解脱出来的生命个体突破一切界限、秩序，打破一切壁垒而实现的理想生活状态。年老的阄特大爷自由地享受生命的快乐，祝火烧完之后，他又嚷嚷着去韦狄家闹婚喝酒："俺自从吃了便饭以后，还没闻到一滴酒味儿哪。人家都说，静女店新开桶的酒，喝着很不坏。再说，街坊们，就算咱们弄得很晚才完事，那算得了什么？明儿是礼拜，多睡一会儿，酒还不消啊？"① 这时一个胖女人责怪阄特大爷一大把年纪说话还很随便，阄特大爷这样回答："俺本来就什么事都随便；俺实在太随便了——俺没有那些闲工夫去讨娘们儿的欢心。喀勒喀！俺只乐俺的！一个没能耐的老头子要把眼都哭肿了的时候，俺只唱俺的歌儿……俺不管那一套。他妈的，俺不论干什么都行。"② 接着他便又唱起歌来。因为阄特大爷的这种与年龄不相称的性情，使他成为一个很好笑的喜剧人物。而我们要注意的是，他与喜剧演员截然不同，他的行为举止并不是为了逗观众笑，不是表演，而是他本真的特殊生活方式。"小丑的行为和动作是在举行一种仪式，他反映了人类试图摆脱束缚的无意识心理，他是站在生命本体的立场上寻求人性。"③

"一般来说，小丑和小丑团体能够在其周围形成一个特殊的世界。这个世界有它自己的游戏规则，享有治外法权，它不

---

① 哈代. 还乡. 张谷若译. 北京：人民文学出版社，1991 年版，第 39 页.
② 哈代. 还乡. 张谷若译. 北京：人民文学出版社，1991 年版，第 39 页.
③ Lucile Hoerr Charles, The Clown's Function, *The Journal of American Folklore*, Vol. 58, No. 227, 1945, p. 30.

受正统的生活规范和规则支配。"[1] 哈代的小丑型人物遵守着他们自己的生存原则，"他将自己从这个稳定有序且等级森严的世界里自我放逐，站到边缘上，成为这个世界的局外人"[2]。在揭示现实世界的时候，提供一种非正常的观照视角。这种视角将世界倒置，解构一切规范和秩序。哈代对笔下小丑型人物的认同和肯定，表现了他消解现实世界等级秩序，建构自由、平等的和谐世界的民间狂欢生活理想。

愚人

小丑和愚人同是民间诙谐文化的典型人物，体现着对现实秩序的颠覆。小丑是对现实世界的自觉逃离，以非正常的视角观照现实；愚人体现的是与现实秩序相对立的生存状态。在愚人的世界中，解构了现实的价值立场和等级规范。"愚人可分为几种类型，其中包括：轻率、鲁莽的愚人，他们往往毫无理性判断能力，冲动，有勇无谋，蛮干；笨拙的愚人，他们做事不得体，毫无处理问题的能力；畸形、变形的愚人，往往身体残缺，或者在装扮上变形，如舞台上的小丑的长脚、高鼻子等；幼稚的愚人，他们头脑简单、麻木、反应迟钝；懦弱的愚人，他们胆子很小，毫无自信。"[3]哈代小说中就存在着这些不同的愚人类型。

懦弱的愚人，如《远离尘嚣》中的约瑟夫·普尔格拉斯虽然是个大男人，却缺少男性的气质。他性格十分腼腆，一和女人说话就脸红，甚至连正眼瞧年轻小姐的勇气都没有。除此之

----

① 王建刚. 狂欢诗学——巴赫金文学思想研究. 上海：学林出版社，2001年版，第97页.

② 王建刚. 狂欢诗学——巴赫金文学思想研究. 上海：学林出版社，2001年版，第97页.

③ Orrin E. Klapp, The Fool as a Social Type, *The American Journal of Sociology*, Vol. 55, No. 2, 1949, p. 158.

外，他的胆子也很小。有一次在森林里迷路了，半夜的时候他听见猫头鹰的叫声，吓得浑身哆嗦起来，忙说："先生，我是韦瑟伯利的约瑟夫·普尔格拉斯。"普尔格拉斯办事也马马虎虎，女主人巴丝谢芭让他把范妮的尸体从卡斯特桥运回来，他却在回去的路上到小酒馆里喝酒，把他的任务忘得一干二净。虽然有这样那样的缺点和毛病，但在作者笔下我们看到的不是对他的否定，作者所描述的关于他的一切，都让人感觉到他的可爱。在威塞克斯世界中，他和其他人一样过着自由的生活，人们并没有因为他的毛病而恶意地嘲笑他、抛弃他。《还乡》中有一个与他十分相似的人物——荒原上的居民克锐。克锐在人们的眼中是一个带有女性气质的男性，声音纤细，胆子很小，干什么都畏畏缩缩地躲在后面。他办起事来糊里糊涂，姚伯太太让他把钱给朵苏和克林两人送去，他却在路上把钱都输光了。克锐虽然有点弱智，但在爱敦荒原上，他的地位和《远离尘嚣》中的普尔格拉斯一样，和人们融合在一起快乐地生活。《林地居民》中的克雷德尔是幼稚的愚人类型，他头脑简单、麻木、反应迟钝。克雷德尔有一个癖好，喜欢收集和战争有关的东西。"要想完完全全地刻画这位克雷德尔，恐怕必须要写一部军事回忆录才能办到，因为他在自己的长罩衫下穿着一件人家丢弃的士兵夹克，这件夹克看来曾御寒顶事儿，夹克的领子露在长罩衫的领口上面；要把他那双偶然拾到的长统鞋包括进去，还得写一部狩猎回忆录呢；航海及海滩沉船编年史也得补充，因为他兜里有一位饱经风霜的海员送给他的一把小折刀。"[①] 在正常的世界中，人们会认为，收集这些和战争、

---

①　哈代．林地居民．邹海伦译．贵阳：贵州人民出版社，1988 年版，第 30 页．

冒险有关的东西肯定是出于对刺激生活的兴趣和爱好。可在克雷德尔的愚人世界中，"虽然到处随身带着这些参加过战争、运动和冒险的无声的证据，却从来不想它们之间的联系或有关它们的那些故事"①。克雷德尔的观念，对事物的不同认识是对现实观念的背离。他在生活规则、对事物的认识等方面缺失理性的价值立场，他不是靠理性而是靠直觉思维解构理性世界能指和所指之间的固定关系。克雷德尔以一种愚人的简单视角来观照现实，在正常人看来，他就显得幼稚可笑。小说中描述他在和别人聊天时，谈起查曼德夫人的丈夫，竟然伤感地流下了眼泪。在招待麦尔布礼一家的宴会上，他没看出这次宴会和平常吃饭不同，竟然"高擎起盛着菜的三腿罐子为大家上菜，把它猛倒进桌上的一个大盘子里，他一边倒一边大声招呼道："往后让一让，先生们，太太们，请让一让！'"②。结果，菜汤飞溅，面对基尔斯的指责，克雷德尔反而莫名其妙地说："这怎么了，他们不在的时候我都要这样倒的呀，少爷。"③ 在基尔斯失去房产无家可归的时候，麦尔布礼把女儿嫁给了身份高贵的菲茨比尔斯，克雷德尔却一直陪伴在他的身边。对克雷德尔而言，基尔斯虽然连住的地方也没有，但还是他心中的"少爷"。克雷德尔这种道德观念，体现了与当时社会金钱价值观念相对立的立场。《卡斯特桥市长》中爱睡懒觉的阿倍尔也是这样的人物。无论亨察尔如何恐吓、威胁他，阿倍尔每天早上上班时还是迟到。以正常理性来看，他无疑有些弱智。哈代笔

① 哈代. 林地居民. 邹海伦译. 贵阳：贵州人民出版社，1988年版，第30页.

② 哈代. 林地居民. 邹海伦译. 贵阳：贵州人民出版社，1988年版，第97页.

③ 哈代. 林地居民. 邹海伦译. 贵阳：贵州人民出版社，1988年版，第97页.

下的阿倍尔没有成为作者批判的对象，与此相反，哈代赋予他美好的品质，在所有人都背离可怜的亨察尔的时候，阿倍尔陪伴在他的身边，直到亨察尔生命终结那一刻。他虽然不聪明、不精明，没有适应生活的能力，但他身上却体现着崇高的情感：对苦难和不幸的人的同情和怜悯。这正与精明的伐尔伏雷形成鲜明的对比，伐尔伏雷虽然接受过先进的现代文明，但他原本柔和的心已经被异化，变得十分冷酷。这种对比是对理性文化的颠覆和嘲讽。

　　哈代小说在描述愚人时亲密、调侃的态度，表现了哈代对愚人生存态度的认同。愚人世界表达着与现实官方世界相对立的价值立场。与小丑型人物一样，哈代对这类人物形象的塑造，体现了哈代对愚人所代表的狂欢世界的认同和肯定。哈代在小说中安排这样的人物类型就是要表达他的民间狂欢生活理想。在威塞克斯的狂欢式世界中，愚人是整个世界中不可或缺的有机组成部分。虽然他们在以理性为价值取向的官方文化中，是受到排斥和被边缘化的，但在狂欢世界中，他们有自己的位置，独立言说自己的价值立场，这种价值立场间接地表达着哈代的理想。

第二章　民间伦理与哈代小说的伦理道德

　　威塞克斯民间文化既包括外在的物质表现形态，如第一章里探讨的威塞克斯民俗，又包括内在的精神构成。伦理观是威塞克斯民间文化内在精神的有机构成部分。探讨威塞克斯民间文化和哈代小说的关系，伦理道德成为非常重要的阐释维度。

　　哈代的伦理道德观念复杂而又充满矛盾，主要是受到当时各种思潮的影响。聂珍钊先生对此作了深刻阐释："基础是达尔文的生物进化论，在此基础上结合了孔德、穆勒、斯宾塞的实证主义伦理学说，18世纪启蒙主义时期的道德观念，康德的道德哲学等学说，并最终形成了自己的人道主义伦理观。"[①]虽然哈代道德观的形成更多受到维多利亚时代哲学思潮的影响，但威塞克斯集体无意识潜在地渗透在哈代的思想观念中，以它的文化精神影响着哈代，成为建构其伦理道德观念的有效因子。

　　民间伦理对哈代的影响，主要表现在社会伦理、两性伦理和生态伦理上。针对现代人不可改变的荒诞生存困境，他从威塞克斯土生居民的生活方式中得到启示，完善了社会向善论的伦理观；针对民间落后的性道德观念对女性的戕害，在对威塞克斯两性伦理进行批判的同时，建构了平等的两性伦理道德观

　　① 聂珍钊. 哈代的小说创作与达尔文主义. 载于《外国文学评论》2002年第2期，第99页。

念；针对现代文明对古老威塞克斯世界人与自然和谐关系的破坏，小说中重新恢复了人与自然亲和关系的生态伦理。

第一节　哈代小说的社会伦理观

哈代小说的社会伦理观指的是哈代小说在描述人与社会的关系中所表达出来的观念。在社会伦理上，哈代受达尔文进化论适者生存观念的影响和威塞克斯居民人生态度的启示，持社会向善论的观点。社会向善论是一种主张人类可以通过自己的努力改善社会的伦理学观点。对哈代而言，他的社会向善论指的是，人类可以通过自己的理性努力改善人与社会的关系。哈代认为，生命个体对社会的态度，要"通过研究现实，随着观察一步一步获得明确认识，着眼于可能的最好结局：简而言之，就是进化的社会向善论"①。即，生命个体应该通过观察现实获得对社会的本质认识，看清自己的生活处境，在相应的不同处境中采取不同的生活态度以实现与社会的和谐，遵循社会向善论。哈代从达尔文进化论中获得社会向善论的基本观念：人类要努力适应环境，实现与环境的和谐，才能获得尽可能好的处境。但采取怎样的态度面对困境以实现人与社会的和谐，改善人的处境，则是哈代从民间伦理观中得到的启示。他认为，威塞克斯人的谦卑、克制、淡泊是改变现代人与环境疏离、冲突的悲剧处境的理想品格。

哈代"社会向善论"的提出基于他对人类悲剧处境的认识。社会发展到 19 世纪末、20 世纪初，人类更加清醒地认识

①　Thomas Hardy, "Apology", *Completed Poem of Thomas Hardy*, R. &P. Clark, 1930, pp. 526—527.

到自己的生存境遇，他们认为人类生活在一个陌生、敌对和荒诞的世界，人与人、人与社会的关系是分裂的。现代主义作品全面揭示了人的这种异化状态。"哈代成为较早的揭示人类悲剧宿命的思想家。"①

一、人类的生存困境

哈代小说描述了人类不可改变的悲剧处境，"从生命本体的角度揭示了人类生存的普遍困境，这种困境与 20 世纪存在主义哲学家阐释的人类荒诞的生存境遇是一致的"②。哈代对人类悲剧性生存境遇的揭示，超越了具体的时代和环境，是对人类本体的认识，认为人类和社会之间充满了注定永远也无法调和、不可改变的冲突和矛盾。

如《一双蓝蓝的眼睛》里，描述奈特在面对死亡的威胁时，就是基于生命本体对人类悲剧处境的认识。《远离尘嚣》中哈代单独用一章来描述范妮孤身一人走向卡斯特桥济贫院的场景，疲惫无力的她从借助树枝的力量，到最后借助一只狗的力量爬到济贫院的过程，富有寓意地展现了人类苦难的人生历程。《德伯家的苔丝》中，哈代通过苔丝和弟弟的对话，也明确提出了人类的生存困境问题。弟弟问苔丝，人们生活在一个什么样的世界上？苔丝回答说，这个世界"是有毛病的"。这个有毛病的世界，是一个与人类对立的世界。如苔丝所说，这个世界上"树木都有眼睛，来叮问你，有没有？……河水也说：——'你为什么拿你的面目来搅和我？'同时好像有好多

---

① Jagdiah Chandra Dave, *The Human Predicament in Hardy's Novels*, London：Macmillan Press，1985, p. 24.

② Jagdiah Chandra Dave, *The Human Predicament in Hardy's Novels*, London：Macmillan Press，1985, pp. 15－16.

好多的明天，通统排成一行，站在你面前，头一个顶大，顶清楚，越站在后面的就越小，但是它们却好像一概都是很凶恶、很残忍的，仿佛说：'我来啦，留我的神吧！'"①。苔丝是"用自己家乡话的字眼，多少再加上一点达到了小学六年级所学来的字眼……把属于这个时代（哈代自己的时代）的心情——现代的痛苦，表达出来的"②。哈代通过苔丝对人类生存处境的认识，向人们揭示了一个具有普遍真理意义的人类生存图景。如戴维断言，"哈代认识到人类在这个世界上的生存，就像这有毛病的星球上被抛弃的流浪者一样失去了活力"③。《无名的裘德》是揭示人类普遍生存困境的典型作品，其中所描述的裘德的命运展现了生命个体与社会环境的不可调和的关系。陷于失望中的裘德在临终时，发出了对生命本体的否定："愿我生的那日和说怀了男胎的那夜都灭没。"④ 小时光老人面对人类无法解脱的痛苦，只得采取逃离的自杀手段。

　　面对这样的困境，人与社会的分裂、矛盾和冲突，哈代受达尔文进化论"适者生存"观念的影响，提出了积极的社会伦理观。他认为，人类在不可改变的困境中要想生存就必须适应环境，通过自己的努力来改善人与社会的不协调关系，改善人的生存处境。虽然哈代社会向善论观念的形成主要是受到达尔文进化论的影响，但如何适应环境、实现人与环境的和谐关系

---

　　① 哈代. 德伯家的苔丝. 张谷若译. 北京：人民文学出版社，1984 年版，第 188 页.

　　② 哈代. 德伯家的苔丝. 张谷若译. 北京：人民文学出版社，1984 年版，第 188 页.

　　③ Jagdiah Chandra Dave, *The Human Predicament in Hardy's Novels*, London：Macmillan Press, 1985, p. 17.

　　④ 哈代. 无名的裘德. 张谷若译. 北京：人民文学出版社，1989 年版，第 424 页.

则是受到威塞克斯居民生活方式中体现出来的民间社会伦理观的启示，民间社会伦理完善了社会向善论的构成。

二、民间理想品格

威塞克斯居民的社会伦理观从他们的生活态度中体现出来，他们认为人和社会之间应该形成一种和谐关系，而不应处于冲突、分裂和矛盾中。面对不可改变的命中注定的生活苦难，他们采取的态度是通过自己的努力改善人和社会的对立关系，获得尽可能好的生活处境。威塞克斯人的社会伦理观并不是他们对人与社会关系的理性认识，只是他们遵循古老生活观念的自发行为，是从他们传统的生活方式中体现出来的。在威塞克斯远古的乡村世界中，自然环境十分恶劣，人们的生活依赖于大自然，而大自然常常变幻无常，它成为主宰人们生活的巨大力量。人们在大自然面前软弱无力，无法控制这一巨大的掌握他们命运的力量，只能受大自然的任意摆布。在那样的环境中，要想生存，人只能改变自己去适应环境，久而久之就形成了威塞克斯居民努力适应社会环境的思想观念和行为。在哈代创作的时代，虽然威塞克斯距离原始社会已十分久远，"但是传统精神依然如故，威塞克斯人不自觉地遵从古老传统的思想和行为模式"[①]。他们面对磨难，从来不是激烈地抗争，而是坚强地忍耐、顺从，化解人和社会环境的矛盾，以克制和淡泊来减轻生命个体的精神痛苦。"古老的威塞克斯的特殊生存环境培养了人的坚韧，建构了人在生存困境中改善人与社会对

---

① 聂珍钊. 托马斯·哈代小说研究：悲戚而刚毅的艺术家. 武汉：华中师范大学出版社，1992 年版，第 84 页.

抗关系的坚韧、克制、淡泊的理想品格"①。

哈代在小说中真实描述了威塞克斯人基于人与社会的和谐信念表现出来的坚忍不拔、克制、淡泊的理想品格。面对生活磨难，他们总是表现出坚韧的态度。如《远离尘嚣》中的奥克本来可以成为一个农场主，正当他租下一片小牧场，借钱购买了一批绵羊为自己的伟大计划而努力的时候，偏偏在暴风雪的晚上，他的羊群被牧羊犬赶下悬崖摔死。这样他还清欠款，又变成了一个和以前一样一无所有的牧羊人。"省吃俭用所挣来的一切在这一击之下全部化为乌有，他那成为一个独立的农场主的希望成了泡影——也许是永远无法实现了。在加布里埃尔一生中的十八岁到二十八岁这几年中，他如此兢兢业业地付出了他的精力、耐性和勤奋才获得了目前这种进展，现在看来这一切也被残酷地剥夺得一无所剩了。"② 随后，奥克所爱的人成为女主人，而他自己无意中成为她庄园上的一名雇工。身份的差异使奥克在失去事业的同时也失去了实现爱情的可能。面对这样的打击和磨难，奥克没有诅咒社会、命运，不是激烈地抗争，而是默默地接受。在他看来，抗争无济于事，不能改变什么，只会加剧人与社会环境的矛盾，使人陷入更大的精神困境中。奥克所要做的是如何在当时一无所有的境地下创造尽可能好的生活。古老的威塞克斯观念和生活模式让他进行了这样的自发选择，坚韧地对待生活中的所有磨难。他的坚韧、对苦难命运的顺从，表现的是他出于本能的对人与社会和谐关系的寻求。《林地居民》中的基尔斯也面临着和奥克相同的生存境

---

① John Rabbetts, *From Hardy to Faulkner*: *Wessex to Yoknapatawpha*, London: Macmillan Press, 1989, p. 98.

② 哈代. 远离尘嚣. 陈亦君、曾胡译. 石家庄：花山文艺出版社，1982年版，第40页.

遇。一开始基尔斯的生活充满希望：他是一个非常有才能的工匠；和那些流浪的雇工不同，他有自己的房子；而且是木材商人麦尔布礼女儿格雷丝的未婚夫。正常情况下，和格雷丝结婚后，基尔斯就会继承麦尔布礼的事业，既有了自己的事业，又实现了向往的爱情。可所有这一切都被打碎。他先是失去房子，成了一个流浪雇工，接着又被格雷丝抛弃。虽然失去了所有一切之后，他只能做一个给人家做苹果酒的流浪雇工，但基尔斯默默承担着生活的艰辛，没有萎靡不振，也没有做无谓的抗争，而是坚强积极地生活在当下状态中。远古威塞克斯居民对待磨难的坚韧态度表现了建立人与社会和谐关系的努力。在他们看来，像《还乡》中游苔莎那样的抗争，无济于事，毫无价值；最后非但不能改善自己的处境，反而会陷入更大的痛苦当中，并且因为内心无尽的痛苦，只能选择结束生命的方式了结她与寂寥荒原的对立。

　　威塞克斯居民的理想品格除了面对磨难的坚韧，更重要的还表现在他们对待生活的达观和淡泊。淡泊的人生态度使生命个体能够克制自己的欲望，改善人与环境的对抗关系。《远离尘嚣》中的奥克就具有这样的品格。小说的女主人公巴丝谢芭曾经这样评价奥克："她在想着有事的时候奥克是用什么办法忍耐的……在他所置身于其中的许多利害关系中，那些影响到他个人利益的事情并不是他心目中所最关心、最重要的事情。奥克悉心思虑着周围的一切，并不特别注意他自己在其中所处的地位。"① 这种观照现实的视角，体现的就是奥克达观、淡泊的人生态度。正是因为看待任何事情时，奥克不把自己放在

————————

① 哈代. 远离尘嚣. 陈亦君、曾胡译. 石家庄：花山文艺出版社，1982年版，第337页.

中心地位，才能超脱于自己得意、失意的处境之上，内心保持安宁与和谐。奥克在面对事业打击的时候，"他的头一个感觉，就是怜悯那些早夭的温顺的母羊和它们那未出生的羊羔"①。之后，是痛苦的麻木。很快"农夫奥克恢复了镇静……竟说出了一句充满感激的话：'谢天谢地，我幸亏没有结婚，在我就要受穷的日子，她该怎么办呐！'"②。奥克看待人生苦难时，并不把自己的利益放在中心，而是更多地想到别人的处境和利益，这种淡泊的人生态度使人与社会紧张的对抗关系得到缓和。奥克的克制和淡泊品格，还体现在对待爱情上。奥克在巴丝谢芭一无所有而自己马上要成为一个农场主的时候爱上了她，但后来两个人的境况发生了很大变化。奥克破产成了一个一无所有的雇工；而巴丝谢芭继承了伯父的财产，成了农场主，之后巴丝谢芭还成了奥克的女主人。面对这样的状况，奥克清醒地认识到自己的处境，克制自己对巴丝谢芭的感情，默默在她身边帮助她。巴丝谢芭的农场几次出现危难，都多亏了奥克的奋不顾身的帮助。奥克虽然不能得到向往的爱情，可他对待情感困境的态度，他的克制、冷静，尤其是对情感失意的淡泊，使奥克超脱于情感痛苦的漩涡之外。他的内心是平静、安宁与和谐的。就连奥克的住处也具有使人心灵安宁的作用。当巴丝谢芭怀疑丈夫和范妮的情人关系，但又不能确定，心里面充满了怀疑、猜测和焦躁时，"她突然感到有一种想要和某个比她更坚强的人谈一谈的迫切愿望，以便汲取到支撑自己的力量，以尊严来对付她这种疑云重重的处境，以坚韧淡泊来扫

---

① 哈代. 远离尘嚣. 陈亦君、曾胡译. 石家庄：花山文艺出版社，1982 年版，第 40 页.

② 哈代. 远离尘嚣. 陈亦君、曾胡译. 石家庄：花山文艺出版社，1982 年版，第 40 页.

除使她备受折磨的疑云"①。她想到的是奥克。可来到奥克门前，她又丧失了敲门的勇气。她从窗户外看到奥克在看书。虽然巴丝谢芭没进去，但奥克住处"周围的气氛给了她平静和满足，使她流连忘返……而她自己的住处却十分可悲地缺少这种气氛"②。哈代赞赏奥克对待生活困境的态度，欣赏努力实现与社会环境和谐的行为。小说最后，奥克得到了渴望的理想爱情。

在这部小说中，和奥克形成鲜明对照的是博尔德伍德，面对生活困境，他的态度与奥克截然不同。当博尔德伍德被巴丝谢芭的瓦伦丁卡片唤起不可控制的爱情时，他沉溺于疯狂的感情当中，追求巴丝谢芭。但是巴丝谢芭一再拒绝，向他道歉说自己只是开玩笑，她并没结婚的打算。面对和奥克一样的情感困境，博尔德伍德没能像奥克一样克制住自己的感情，而是被感情控制，整天沉溺其中，不能自拔，失去了内心的平静。他因为愿望无法满足而更加与命运和社会对立，加剧了和社会环境的对抗关系，内心充满无尽的痛苦。如他对奥克说："我软弱、愚蠢，不知是为什么，我不能摆脱我的悲哀和痛苦……在我失去那个女人以前，我是有些相信上帝的仁慈的。是的，他给我准备了一颗蓖麻，而我就像那位先知那样对他感激不尽，满心欢喜。可第二天，他又弄出了一条虫子，来咬这颗蓖麻，使它枯萎了；我觉得活着还不如死了好！"③被巴丝谢芭第二次拒绝后，他枪杀了特罗伊被关进了监狱，他与社会环境完全

---

①　哈代. 远离尘嚣. 陈亦君、曾胡译. 石家庄：花山文艺出版社，1982年版，第338页。

②　哈代. 远离尘嚣. 陈亦君、曾胡译. 石家庄：花山文艺出版社，1982年版，第338页。

③　哈代. 远离尘嚣. 陈亦君、曾胡译. 石家庄：花山文艺出版社，1982年版，第295页。

决裂。面对困境两人的不同态度，巴丝谢芭有清楚的认识：
"她在想着有事的时候奥克是用什么办法忍耐的。在感情上显
得比加布里埃尔更深沉、更高尚、更坚定的博尔德伍德并不比
她自己强多少，他还没有学会奥克在一举一动中表明他已经掌
握了的那个简单的课程呢，即在他所置身于其中的许多利害关
系中，那些影响到他个人利益的事情并不是他心目中所最关
心、最重要的事情。奥克悉心思虑着周围的一切，并不特别注
意他自己在其中所处的地位。她现在就是想成为这样的人。"①
巴丝谢芭欣赏奥克面对苦难的淡泊，而对自己和博尔德伍德面
对困境的态度则不予认同。面对相同的情感困境，哈代通过奥
克和博尔德伍德态度的对照，表现了在远古威塞克斯居民身上
的民间社会伦理向善论的品质。

　　《还乡》中文恩身上也表现出了克制和淡泊的品格。面对
无法实现的爱情，文恩克制自己的感情，一直默默关心、帮助
朵荪获得幸福。文恩对待爱情的这种态度，像奥克一样，因为
在爱情中考虑的不是自己的幸福和利益，所以心态坦然、
淡泊。

　　《林地居民》中的基尔斯和奥克、文恩一样，具有淡泊的
人生态度。面对格雷丝的抛弃，他并没有怨恨，他尊重格雷丝
的选择，真心希望她能获得幸福。基尔斯克制对格雷丝的感情
而获得心灵的平静，但心中一直保有对格雷丝的深厚情感。在
格雷丝最痛苦的时候帮助她，给她精神的支撑，甚至为了格雷
丝的贞节不顾自己的生命。他身上具有和奥克相似的对人生的
淡泊态度。淡泊观念的形成，就在于基尔斯和奥克在观照现实

---

① 哈代. 远离尘嚣. 陈亦君、曾胡译. 石家庄：花山文艺出版社，1982 年
版，第 337 页.

时，并不把自己置于中心位置。淡泊的人生态度改善人的生存困境，特别是人的精神困境。

土生土长的威塞克斯居民在试图实现人和社会和谐的努力中表现出了他们的优秀品质。"他们通过自身的努力实现人与社会的和谐关系，改善他们的生存困境……他们明智清醒地适应环境的生存以消除面对生存困境的痛苦……他们以自我克制代替自我放任，以克己代替野心，以对环境的顺从代替像小说中悲剧英雄似的对环境的反抗，恢复人与环境的和谐关系。反抗只能加剧人与环境的分裂和人的生存困境。"[①] 哈代十分赞赏威塞克斯居民面对困境表现出的理想品格，认同他们面对困境的态度。

三、社会向善论

哈代从威塞克斯人面对困境的态度和行为中受到启示。他认为，对处于生存困境中的现代人来说，"威塞克斯居民性格中的淡泊、克制、坚韧是解决现代痛苦[②]的最重要的品质"[③]。在此基础上，结合进化论，他提出了努力实现人与社会和谐关系的社会伦理观——社会向善论。"威塞克斯居民的生存智慧建构了哈代社会向善论的哲学。"[④]

完全没有受现代文明影响的威塞克斯人对生活的态度遵循

---

① Jagdiah Chandra Dave, *The Human Predicament in Hardy's Novels*, London: Macmillan Press, 1985, p. 32.

② 哈代在《德伯家的苔丝》中表达了他所认为的"现代的痛苦"的观念，即苔丝所描述的人与社会永远对立的悲剧处境。

③ John Rabbetts, *From Hardy to Faulkner: Wessex to Yoknapatawpha*, London: Macmillan Press, 1989, p. 129.

④ Jagdiah Chandra Dave, *The Human Predicament in Hardy's Novels*, London: Macmillan Press, 1985, p. 32.

着古老的威塞克斯思想观念和行为模式。他们的生活方式中表现出来的努力改善人与社会关系的向善伦理观，是他们不自觉的自发行为，不是理性思考的自觉选择。真正能表达社会向善论思想的人物，是那些自主选择体现社会向善论行为的形象。哈代就是通过描述这些人对生活的态度表达自己的社会向善论伦理观。哈代小说中的人物除了完全没有受到现代文明影响的土生土长的威塞克斯人，其他的人物包括两种类型："一是悲剧英雄，二是英雄。悲剧英雄是那些与环境抗争的人，如游苔莎、苔丝、裘德等；英雄是自主选择顺从命运、乐观创造生活的具有优秀品质的人，如克林、伊丽莎白、埃塞尔贝姐等。"①当然这是从哈代所持的社会向善论的角度来理解的。他的社会向善论注重的是人功利意义上的处境。对他而言，真正的英雄是那些在功利意义上获得幸福和快乐的人；而那些与环境抗争的人，虽然精神可嘉，但是在功利意义上却是悲剧性的。哈代的社会向善论包括三个方面：一是顺从命运的坚韧；二是看待苦难的乐观、达观；三是看待世事的淡泊。

　　顺从命运的坚韧主要是通过对悲剧英雄与环境抗争的生活态度的批判来表达的。哈代社会向善论的核心观念是努力实现与环境的和谐，肯定的是功利意义上改善人与社会环境对抗关系的努力，表现努力过程中的理想品格，为处于痛苦处境中的现代人提供启示，给他们提供摆脱生存困境的理想生活态度。对于小说中与困境做激烈抗争的形象，哈代虽然在人性的意义上，给予了认同和肯定，但从社会伦理的角度，哈代是不予认同的。"人类面对不可改变的生存困境，要么有尊严地顺从，

---

① Jagdiah Chandra Dave, *The Human Predicament in Hardy's Novels*, London: Macmillan Press, 1985, p. 32.

要么去做无力的反抗，哈代倾向于前者。"① 哈代小说中社会
向善论伦理观的表达，就是通过对这些悲剧英雄生活态度的批
判和对小说中真正英雄的生活态度的肯定实现的。

　　悲剧英雄，如《还乡》中的异乡人游苔莎，她从蓓口被抛
到了寂寥的荒原。对于她热烈的性格来说，她与爱敦荒原形成
了激烈的冲突和矛盾。面对不可改变的生活困境，游苔莎进行
了激烈的反抗，采取各种方式逃离困境。游苔莎的抗争态度使
她和荒原的矛盾不断加剧，同时也加深了她自己的精神痛苦。
哈代对游苔莎面对宿命困境的态度是不予认同的。他认为游苔
莎的抗争只能是悲剧性的，虽然抗争的精神和勇气让人敬佩，
但对于改善她的处境却毫无实际意义。所以游苔莎只能成为哈
代笔下的悲剧英雄，而不能成为真正的英雄。

　　《德伯家的苔丝》中的苔丝是受到现代文明影响的威塞克
斯人，她接受过六年的现代教育。这六年的教育虽然在一个人
的人生当中微不足道，但却给了苔丝理性思考的能力。她认识
到他们生活在一个有毛病的世界，在这个世界上什么事情都跟
人作对。她用她仅有的六年级的知识表达了现代的痛苦。苔丝
的理性思考能力，使她在面对生活困难时表现出的态度成为她
自己思想观念的表达，而非遵循古老威塞克斯价值秩序的自发
行为。当苔丝被亚雷奸污并怀上了孩子，遭受到如此巨大的打
击时，苔丝没有顺从命运去嫁给亚雷以使困境得到改善，而是
忠于自己的感情坚决离开。苔丝对苦难不是顺从，而是抗争。
之后她在重新获得爱情又被抛弃的时候，依然坚守着爱情，抗
争命运对她的不公。最后，在家人流离失所、生活毫无保障的

① Jagdiah Chandra Dave, *The Human Predicament in Hardy's Novels*, London: Macmillan Press, 1985, p. 28.

情况下，她又被骗以为安玑已经死了，才为了全家人牺牲了真实的情感和亚雷在一起。苔丝的人生充满磨难，在苦难面前，她表现出激烈的抗争姿态。哈代无疑是认同苔丝的价值立场的，但是对于她无意义的反抗，则觉得没有价值。

《无名的裘德》中的裘德更是一个典型的悲剧英雄。裘德小时候所生活的威塞克斯是一个被现代文明彻底摧毁的世界，裘德的思想观念更多受到现代文明的影响。裘德勤奋好学，喜欢读书，他想通过努力进入梦想的基督寺学院。但现实粉碎了他的梦想，等级秩序把他排除在外，无论他多么优秀也不能进入那所学院。在感情上，裘德开始被艾拉白拉引诱，陷入本能情欲的漩涡。后来理性帮他摆脱了那种生活。可在找寻理想爱情和婚姻的过程中，他又因为违反了当时虚伪的道德观念而受到整个社会的驱逐。在双重困境中，裘德开始时拼命反抗，后来在社会的强大压力下只能无奈放弃而陷入了对生命本身的否定。这是一种对社会更强烈的抗议。哈代对裘德的反抗态度是欣赏的，但现实层面上，裘德只能是悲剧结局。相比较而言，小说中淑的丈夫费劳孙，从最初的反抗到后来的顺从命运，在现实意义上却获得了比较好的结局和生活。哈代小说中悲剧英雄的抗争态度，象征现代人与荒诞社会对立、抗争的悲剧处境，这样的反抗只能加剧矛盾、加深痛苦。哈代对笔下的悲剧英雄充满了同情，通过他们的反抗来批判不合理的社会。但就人生态度而言，他更欣赏在无法改变的困境面前像奥克那样顺从命运的坚韧和在困境面前的淡泊、克制，那样可以实现悲剧英雄所寻求的内心的和谐与安宁，可以把他们从精神困境中解脱出来。

《还乡》中的克林是体现哈代社会向善论思想的英雄，在他身上表现出了达观的积极人生态度。克林是个喜欢读书和思考的人，他从阅读中获得深刻分析环境的理性思考能力。当克林认识到悲剧处境是人类不可改变的生存状况时，"头一回看清楚了一般人生的峻厉严肃"①，依然保持乐观的生活态度，积极寻求生命的意义。面对永恒的困境，克林依然积极、乐观地生活来努力实现人与环境的和谐，改善人的生存困境。他抱着自我牺牲的精神，回到荒原创办学校。虽然在此过程中遭遇了很多磨难，但克林获得了心灵的宁静与愉悦。面对因为熬夜视力受损的现实，克林乐观待之："一种恬然的坚忍之气，甚至于一种怡然的知足之感，控制了他。他的眼睛不至于瞎，那就够了。"② 因为视力受损不能读书，克林做了一个斫常青棘的樵夫。这样的工作，他做得怡然自得，"并且，要不是为游苔莎，无论怎么卑贱的行业，都能使他满意，如果那种行业能够在不论哪一方面合于他的文化计划"③。而游苔莎却觉得这是莫大的耻辱："我这觉得豁着死了也不肯做这种事，你可在那唱歌！"④ 克林面对困境的乐观生活态度，把他从现实人类的生存困境中解脱出来，使他获得了内心的平静。相比较来说，小说中游苔莎的人生态度与克林截然不同。面对生存困境，她总是悲观地诅咒。一开始游苔莎从蓓口被抛到了寂寥的荒原，她热烈的性格和沉闷的荒原产生了冲突。面对这样的困境，游苔莎发出的是对荒原的诅咒。本来以为嫁给巴黎归客克林后，可以有机会离开荒原，可偏偏克林打定主意在荒原创办教育。此时，游苔莎的心里更痛苦了。后来，克林因为熬夜伤了视力，成了一个斫常青棘的樵夫。此时，游苔莎面对这样的

① 哈代. 还乡. 张谷若译. 北京：人民文学出版社，1991年版，第260页.
② 哈代. 还乡. 张谷若译. 北京：人民文学出版社，1991年版，第337页.
③ 哈代. 还乡. 张谷若译. 北京：人民文学出版社，1991年版，第337页.
④ 哈代. 还乡. 张谷若译. 北京：人民文学出版社，1991年版，第342页.

生活，心里充满悲苦。"天哪！我要是像你这样，那我宁肯咒骂，也不肯唱歌。"① 而克林却做得怡然自得。后来游苔莎被克林误解是她把姚伯太太故意关在门外，直接导致了姚伯太太的死亡。此时，游苔莎没有积极想办法向丈夫解释，反而在面对克林的质询时说："我倒愿意你把我置之死地……我对于我近来在这个世界上扮的这个角色，并没有强烈的欲望。"② 游苔莎的悲观和克林的乐观形成了鲜明对照。悲观的观照视角加剧了游苔莎的生活困境，加深了她与环境的矛盾和她内心的痛苦。克林和游苔莎作为受到现代文明影响的形象，他们的生活境遇代表着现代人的悲剧生存处境。哈代肯定了克林面对生活困境的乐观态度，而对游苔莎则给予否定。游苔莎的人生态度只能导致最后的悲惨结局。克林则从事着自己的理想计划，内心充实满足。哈代对克林的生活态度是赞赏的，小说的题目"还乡"，其实就象征着作者对克林回归荒原的认同。这种回归不是简单的物质层面，更多表现了克林思想观念向威塞克斯民间文化的回归。克林回到荒原后所表现出来的生活态度，是他经过理性思考对威塞克斯民间社会伦理观的自主选择。

《卡斯特桥市长》中的伊丽莎白以淡泊的人生态度实现与生活环境的和谐关系。从她的生活经历来看，她的人生充满了磨难。小的时候伊丽莎白过着贫困生活，长大成人后父亲去世，没过多久，母亲又去世。之后亨察尔得知伊丽莎白不是自己的亲生女儿，对她十分粗暴，还把她赶出家门。无家可归的她成为露赛坦的女伴，过着寄人篱下的生活。此时，爱人伐尔伏雷背叛了她，爱上了露赛坦。在他们两人结婚的时候，伊丽

---

① 哈代. 还乡. 张谷若译. 北京：人民文学出版社，1991 年版，第 344 页.

② 哈代. 还乡. 张谷若译. 北京：人民文学出版社，1991 年版，第 432 页.

莎白清醒地认识到，在失去爱人的同时，她也失去了暂时寄居的住所：她必须从露赛坦家搬出来。当然，她的生活中除了苦难，也有辉煌的时候：母亲的改嫁使她成了市长的女儿以及最后和自己爱人的结合。不管人生是得意还是失意，她都淡然处之。"有许多人会无缘无故地兴高采烈或是怅然若失，她却未曾有过这种情绪的大起大落。"① 得意的时候，她从不开怀享乐，总是克制自己。成为市长的女儿后，她本来可以尽情享受豪华舒适的生活，好好打扮自己，但她"没有打扮得花花哨哨，佩戴些零星装饰品，像大多数卡斯特桥女孩子处在她这种境况下会做的那样"②。失意的时候，她总是默默忍受命运的磨难，从不把自己的利益放在心上，淡然接受。在伐尔伏雷爱上露赛坦后，"她认为这是十分自然的事情。她同露赛坦比起来算得了什么"③。她的克制与谦卑使其内心保有以往的和谐与宁静。本来和伐尔伏雷、露赛坦应是对立关系，但在伊丽莎白这样的观照视角下，他们之间关系的矛盾和激烈冲突被扫除了。伊丽莎白的淡泊人生态度，使她在遭受了许多变故后，得到了渴望的爱情和幸福生活。

《贝姐的婚姻》中的埃塞尔贝姐，是主动理性地改善生活处境的人。在她身上，社会向善思想的表现与其他人物不同。前面分析的克林、伊丽莎白，象征的是现代人的生活困境，这种困境是不可改变的。所以哈代认为对处于困境中的现代人来说，改变的只能是面对困境的态度，以此来实现与社会的和

---

① 哈代. 卡斯特桥市长. 侍桁译. 上海：上海译文出版社，2002 年版，第93 页.

② 哈代. 卡斯特桥市长. 侍桁译. 上海：上海译文出版社，2002 年版，第93 页.

③ 哈代. 卡斯特桥市长. 侍桁译. 上海：上海译文出版社，2002 年版，第196 页.

谐。对于埃塞尔贝妲来说，她的生活困境并不是不可改变的。所以，作者通过表现埃塞尔贝妲对生活的积极改造来表达社会向善论。埃塞尔贝妲想通过嫁给有财产的男人的婚姻方式来支撑全家的生活，但在被揭穿身世后，只能无奈地嫁给了蒙特克奈尔勋爵。蒙特克奈尔生性邪恶、狡诈，埃塞尔贝妲面对这样的不幸婚姻，表现出积极的生活态度。她运用自己的智慧，改造了蒙特克奈尔，使他变成了一个好丈夫。这样，埃塞尔贝妲的婚姻状况得到改善，也实现了她在婚姻中的和谐幸福生活。

处于 19 世纪末、20 世纪初的哈代，对现代人生存于荒诞世界的痛苦深有感触。为了给痛苦中的现代人提供一条解脱痛苦的有效途径，哈代受威塞克斯土生居民生活态度的启示，领悟到在他们的生活方式中表现出的建立人与社会和谐关系的努力。哈代认为在努力中表现出的克制、谦卑、坚忍和淡泊成为消除现代人痛苦的理想品质。现代人采取这样的生活态度来面对荒诞的生存困境，可以改善人与社会的对立、分裂关系，建构人与环境的和谐，恢复生命个体内心的宁静，把人们从精神痛苦中解脱出来。这就是哈代处理人与社会关系的态度，也就是他在此问题上所持的社会向善论。

第二节　哈代小说的两性伦理观

哈代的两性伦理观包括三方面内容：一是从社会身份角度探讨男女两性关系，颠覆男权意识，阐释女性伦理；二是通过观照男女两性的情感世界阐释其爱情和婚姻观；三是真实描写生命个体本能欲望，表达性伦理观。哈代两性伦理观的建构受到维多利亚时代两性伦理观念、叔本华的性爱思想和威塞克斯民间两性伦理观念等多方面因素的影响。威塞克斯民间两性伦理观念与哈代的创作之间构成一种互动性的对话和交流，成为阐释哈代两性伦理观的重要维度。对哈代来说，威塞克斯世界一方面充斥着落后、陈腐、教条的两性道德，另一方面又展现了充满生命力的两性关系，主要表现在对生命本能的尊重和认同方面。哈代小说中表达的两性伦理观与威塞克斯民间两性伦理观念构成合理对话：一是解构威塞克斯世界对女性作为第二性身份的本质规定，建构女性伦理；二是合理解构威塞克斯居民建立在冲动之上的爱情和婚姻模式，表达理想的爱情婚姻观；三是解构压制女性的非人性的性道德，肯定民间生活方式中流露出来的对性本能欲望的认同，寻求平等和谐的性伦理。

一、女性伦理观

女性伦理观指的是从女性视角来研究社会生活中的伦理道德问题。这样的女性视角局限在哈代的两性伦理观中，主要指的是对男权思想的解构和女性自我独立人格的实现。关于哈代小说中的女性意识，有很多学者从哈代小说中的新女性形象入手作了分析，但其中缺少了文化的维度，只是单纯阐释文本，使哈代思想的建构缺失了重要的文化视域。笔者认为，哈代女性伦理观的建构与他生活的环境——维多利亚社会和威塞克斯世界有密切关系。

维多利亚时代的女性伦理观主要受到基督教的影响，充满了浓厚的男权意识。女性在维多利亚社会毫无主体意识，她们成为男性的附属品。在男性的眼里，女性本身有很多附属于女性性别特征的弱点和缺陷，如她们往往十分软弱、冲动、愚蠢等。所以，对于女性而言，她们唯一的生活空间是家庭，人生的唯一角色是做顺从丈夫意愿的妻子，这是女性的本分。"维多利亚时代对女性的要求，是做一个驯顺的妻子。女性生活的目的是给予别人无私的爱，坚守贞操，顺从丈夫，料理家务和抚养孩子。"① 女性要成为这样的家庭天使。维多利亚时代的女性身份完全由男权价值观建构，这种女性伦理观体现出男权对女性主体意识和独立人格的压迫。

威塞克斯世界的女性伦理观也受到基督教的影响。尽管人们对基督教并无虔诚的信仰和认识，但"长久以来形成的习俗，使基督教伦理成为他们可以遵守的唯一的生活规范。闭塞的环境使威塞克斯居民除了基督教伦理外，没有其他可以参照的伦理道德标准"②。如此长久的生活习俗，使威塞克斯土生居民毫无异议地相信基督教伦理并机械地遵守，由此形成了与主流意识形态相似的女性本质规定，如威塞克斯人对女性也十分蔑视，认为她们软弱、愚蠢、冲动，缺乏理性判断能力等。这是在男权观照视角下形成的对女性的特征规定。与维多利亚时代主流意识不同的是，虽然威塞克斯人认为女性在智力上是低人一等的，但对女性的身份并没有严格的限制：认为女性只属于家庭。我们从哈代的小说中可以发现，威塞克斯妇女的生活空间并不局限于家庭，相反，小说中更多表现的是农村女性做雇工的社会生活。虽然农村妇女的这种生活状态很大程度上是因为窘迫的经济状况造成的，但却说明了威塞克斯世界对女性社会身份的接受。而在维多利亚主流社会，无论生活多么困苦，女性所能从事的职业就是家庭教师或者女仆，其他的工作是不可能提供给女性的。对于威塞克斯人来说，女性完全可以从事和男性一样的工作，如《德伯家的苔丝》中，在棱窟槐农

---

① Walter E. Houghton, *The Victorian Frame of Mind* 1830—1870, New Haven: Yale University Press, 1985, p. 348.

② Jagdiah Chandra Dave, *The Human Predicament in Hardy's Novels*, London: Macmillan Press, 1985, p. 152.

场，苔丝等女工干着和男人一样的活。威塞克斯乡村世界的女性生活体现了女性在男权压迫下的一定程度的解脱。

　　哈代注意到不论是威塞克斯还是维多利亚主流社会，女性都过着被男性压迫的悲惨生活。立足于对男权的批判和对女性人性的尊重同情，同时受到维多利亚时代女权运动的影响，哈代建构了男女平等的女性伦理观。哈代立足于对两个不同生活环境的男权观念的观察，建构了批判男权思想，表现女性主体意识的角度。对于哈代而言，小说表现出的批判意识是针对主流和民间两个世界的。哈代注意到维多利亚主流社会和威塞克斯女性生活的差异，威塞克斯世界的女性有着相对的形式自由，但两个环境对女性的看法是一致的：如对女性行为举止的规范，对女性智力的蔑视和贬低等。哈代从这两个环境共同的女性观念中获得批判男权的角度；从女权运动中获得不同于传统的看待女性的新立场。因此，哈代在小说中塑造了一些不合威塞克斯世俗观念的新女性，表达了颠覆男权意识的女性伦理思想。

　　维多利亚主流社会和威塞克斯民间社会都认为，女性永远附属于男性，必须服从于男性的意志。女性只能是被男性统治的第二性，女性是毫无独立人格和主体意识的愚蠢的附属品。由此在现实生活中构成了如下对女性的具体身份规定。

　　首先，女性应性情温和，行为举止典雅、庄重。《还乡》中的朵荪和《卡斯特桥市长》中的伊丽莎白是威塞克斯世界的模范女性。在爱敦荒原人的眼里，朵荪是个"安顿、文静"[①]的好姑娘。伊丽莎白性情温和，不论什么时候行为举止都十分得体，对别人总是表现出无私的奉献精神，是符合基督教规范

――――――――――
①　哈代. 还乡. 张谷若译. 北京：人民文学出版社，1991年版，第31页.

的"圣母"形象。与这些形象形成对照，哈代在小说中塑造了许多不符合威塞克斯女性特征的新女性。通过描写她们对女性特征的背离，表现她们强烈的主体意识。如《远离尘嚣》中的巴丝谢芭的性格和行为举止都是当地人所不能认可和接受的。她刚一出场，小说就描写了她作为女性不得体的骑马姿势："她（先是）在马背上平躺下来，躺在马的头尾之间悠然自得……（之后）一跃而起，像一棵弓着腰的小树一样以惯常的姿势坐了起来，周围没有人看到她，这使她相当满意，她就像座下有鞍那样——尽管这对女人来说是一件难事——向着图尼尔磨坊的方向一溜小跑而去。"① 这样的动作连巴丝谢芭也觉得是不符合女人身份的，所以她是在确信周围没有人的时候那样做的。但她没想到被奥克碰巧看到，奥克的反应是出乎意料地惊讶，这代表了威塞克斯人包括巴丝谢芭自己对女性的态度：女性的动作应该是典雅、庄重的。哈代对巴丝谢芭是赞赏的，从她看起来好像不得体的行为中，反映的是巴丝谢芭对女性身份规定的大胆反叛。《还乡》中的游苔莎，性情热烈，经常一个人在爱敦荒原上溜达。她不肯随遇而安，总想反抗命运，为了自己的追求，竟然堂而皇之地不顾女性身份去演幕布剧。在荒原人的眼里，她的性情和行为举止完全不像个女人，而像是性格怪异的女巫。但在哈代笔下，"她那种天性和本能，不大能作一个堪作模范的女人"，倒"很适于作一个堪作模范的女神"②。哈代赋予游苔莎以女神的高贵气质和反叛精神。

其次，维多利亚主流社会和威塞克斯民间社会都认为女性

① 哈代. 远离尘嚣. 陈亦君、曾胡译. 石家庄：花山文艺出版社，1982 年版，第 17 页.
② 哈代. 远离尘嚣. 陈亦君、曾胡译. 石家庄：花山文艺出版社，1982 年版，第 94 页.

智力低下、愚蠢，做事冲动，没有思想主见和理性判断能力等，只能做毫无主体意识和独立人格的男性的附属品。基于这样的观念，我们从哈代小说中看到，当威塞克斯世界出现聪明、有思想、具有主体意识的新女性时，导致的是居民对她们的谴责，甚至攻击。这些新女性传达着哈代强烈的女性意识，他颠覆迂腐观念对女性的压抑，实现了女性的独立和解放。如《远离尘嚣》中的巴丝谢芭，继承伯父的农场成了农场主后，按照当地人的看法，一个女人是不可能自己管理好农场的。她像一个男人一样管理农场的做法让雇工们觉得不可思议。开始，当管家被辞退后，巴丝谢芭宣布不再雇用管家，她要靠自己的头脑和双手管理一切。听到这个，"伙计们声息可闻地惊讶地嘘了一口气"[①]。之后，巴丝谢芭作为农场主亲自出现在交易市场上，在男人中间穿梭。当时，男人们虽然觉得这样一个美貌的女人赏心悦目，可对她的做法男人的反应是不断摇头："她这么任性，真是可惜。"[②] 言外之意不言而喻，他们认为虽然巴丝谢芭勇气可嘉，可凭她一个女人不可能管理好农场。小说中对巴丝谢芭成功经营农场的描写，是对巴丝谢芭能力的肯定。哈代旨在表明女性具有和男性一样的才智，女性和男性是平等的。为了颠覆男权意识，哈代还塑造了一个在智力和才华上远远超越男性的女性形象，即《贝姐的婚姻》中的埃塞尔贝姐。哈代把埃塞尔贝姐置于家庭之外的社会中进行描写。在复杂的社会环境中和许多男人周旋竞争，我们看到的是埃塞尔贝姐超出男性的才华和智慧。她的诗歌创作才能让很多

① 哈代. 远离尘嚣. 陈亦君、曾胡译. 石家庄：花山文艺出版社，1982 年版，第 85 页.

② 哈代. 远离尘嚣. 陈亦君、曾胡译. 石家庄：花山文艺出版社，1982 年版，第 101 页.

男人十分敬佩；她创造的讲故事的崭新艺术形式受到很多人的欣赏和好评；她最后凭着自己的智慧实现了目标，而且还成为男性的改造者。如小说中描写她对蒙特克奈尔勋爵的改造：因为有埃塞尔贝妲，勋爵才不至于破产，而且变成了一个好丈夫和好男人。从哈代塑造的埃塞尔贝妲的身上，我们看到女人具有比男性更强的社会生存能力和智慧。《还乡》中的游苔莎是个有思想、有主见、有自己独立追求的女性。因为她具有强烈的主体意识，常在荒原上溜达思考自己的处境，游苔莎在荒原人眼中成了女巫。和克林结婚后，她依然努力寻求自己独立的理想生活。她具有和男人一样的主体性和对生活的理性思考能力，而不是一个只会服从丈夫意愿的附属品。《无名的裘德》中的淑是哈代笔下追求独立解放的新女性的典型。她对女性独立人格的追求主要通过她的情感生活表现出来。为了追求理想、和谐的两性关系，她不顾世俗反对，和丈夫离婚；宁愿被整个社会驱逐也不愿用契约的婚姻形式毁掉理想的爱情。她不是贤妻良母，而是为追求理想的爱情勇敢地反叛婚姻对女性的桎梏和束缚的新女性。

对新女性的塑造是哈代小说的重要特征。通过描述新女性身上的独立人格和主体意识，哈代表达了颠覆威塞克斯男权意识、建构平等男女两性关系的女性伦理思想。

二、爱情婚姻观

哈代爱情婚姻观的形成与维多利亚时代和威塞克斯世界密切相关。哈代以威塞克斯的爱情婚姻观质疑维多利亚时代情感生活的压抑和教条；与此同时，又对威塞克斯民间爱情婚姻观进行合理的局部解构，建构了自己的理想爱情婚姻观。

1. 爱情观

维多利亚时代受清教禁欲主义的影响，极端压抑个人情感和欲望。它注重的是高尚的理想和追求、崇高的责任和义务，否定人的本能和欲望。由此形成维多利亚时代独特的爱情观，认为真正的爱情不是基于两性的自然情感吸引，而是在婚姻关系中建立起的男女两性情感关系。"维多利亚时代的婚姻不是自由爱情的结合，往往建立在门第财产之上。"① 在这种婚姻关系中产生的男女情感关系与自由爱情对立，更多地体现责任和义务，而不是两性之间本能的自然吸引。因此"维多利亚时代的爱情观念认为爱情是一种温和的感情，而不是强烈的情感，如果过分热烈那就不是爱情而是欲望"②。这种爱情观念否定了爱情产生的自然基础，片面强调爱情的义务和责任，从根本上否定了爱情的性质，导致对生命个体自然情感的压抑。

威塞克斯民间世界不受主流官方观念的控制，更多表现生命个体摆脱束缚后的自由生活状态，彰显人的直觉和本能。哈代小说对威塞克斯土生居民生活状态的真实描写，展现的是生命的力与美。每个生命个体都淋漓尽致地表现了人寻求快乐的生命本能和情感欲望。在威塞克斯的世界中，爱情是基于两性的自然吸引所产生的强烈情感，这种爱情完全建立在人的直觉和本能欲望之上，缺失理性的分析和思考。哈代在维多利亚和威塞克斯的双重文化语境中建构了自己理想的爱情观。他以威塞克斯充满生机的情感生活批判维多利亚时代对个人情感的压抑，肯定威塞克斯世界对人情感本能和欲望的尊重与认同。与

---

① Walter E. Houghton, *The Victorian Frame of Mind* 1830－1870, New Haven: Yale University Press, 1985, p. 382.

② Walter E. Houghton, *The Victorian Frame of Mind* 1830－1870, New Haven: Yale University Press, 1985, p. 341.

此同时，又对威塞克斯世界的爱情观念进行了合理的局部解构。虽然哈代认同威塞克斯世界的爱情观念，认为爱情是两性之间的自然吸引，和责任、义务毫不相关，但对其爱情中过多的本能和欲望因素则持批判态度，认为真正的爱情不是男女两性基于外在形式而产生的盲目的情感冲动，而应该是一种志同道合式的自由爱情，是基于共同的理想和目标而产生的情感和心灵的吸引。在《远离尘嚣》中，哈代描述了理想的爱情观："这种融洽——这种志同道合者之间的情谊——通常是通过追求相同的目标而产生的，不幸的是，它很少附加于两性之间的爱情之上，因为男人和女人不是在他们的劳作中，而仅仅是在嬉笑玩乐中才发生交往的。然而，在欢乐的环境允许其发展的地方，这种浑然一体的情谊就会证明它是一种唯一的像死一样坚强有力的爱情——这是大水扑不灭、洪涛淹不灭的爱情，相比之下，那通常被称之为情欲的东西就像蒸汽那样转瞬即逝了。"① 除此之外，哈代还认为理想的爱情应该是一种超脱于个人情感欲望的高尚感情，爱情的最高境界不是自我情感的满足，而是给爱人以幸福。

　　哈代在小说中通过描写威塞克斯居民的情感生活表达他的爱情观。首先，批判建立在盲目的情感冲动之上的爱情。如《远离尘嚣》中的巴丝谢芭对特罗伊的爱情。小说中，作者认为巴丝谢芭对特罗伊的爱情表现了她性格中的愚蠢成分。"巴丝谢芭是以一种独立自主的女人放弃了她们的独立自主时才会有的爱情去爱特罗伊的。"② 在这样的盲目的爱情中，她丧失

---

① 哈代. 远离尘嚣. 陈亦君、曾胡译. 石家庄：花山文艺出版社，1982 年版，第 450 页.
② 哈代. 远离尘嚣. 陈亦君、曾胡译. 石家庄：花山文艺出版社，1982 年版，第 213 页.

了以往的理性思考能力和判断力。"她的爱情纯然是一个孩子的爱情，它像夏天那样炽热，但又像春天那样生机盎然。她的过错在于，她并未敏锐而又仔细地去探究这种感情的后果，并借此来设法控制自己的情感。"① 她只被特罗伊的外表所吸引，根本没考虑他的品格，更谈不到两人心灵的吸引和志同道合式的情感的建立。结婚后，巴丝谢芭为这样愚蠢的冲动付出了代价。丈夫只知享乐，挥霍她的钱财，根本不帮她管理农场，而且后来在感情上也抛弃了她，给巴丝谢芭带来巨大痛苦。《还乡》中，游苔莎和韦狄的爱情完全建立在欲望之上。韦狄被游苔莎的美貌所吸引；游苔莎和韦狄在一起是为满足自己的欲望。她一开始是为了排遣郁闷的荒原生活，后来和克林情感破裂，被逼无奈之下她选择韦狄，是因为要通过他实现自己离开荒原的愿望。这种完全建立在欲望之上的爱情，最后只能是悲惨的结局。

其次，哈代小说表现基于共同的理想、观念自然产生的理想爱情，这种爱情是心灵的相互吸引。如《远离尘嚣》结尾，经过一系列的磨难和变故后，奥克和巴丝谢芭之间产生了哈代小说中描述的志同道合式的情谊。他们两人的感情是建立在共同的目标，即努力经营农场的愿望和兴趣之上，从而产生的自然情感。《卡斯特桥市长》中伊丽莎白和伐尔伏雷的爱情之所以能经得住考验，是因为他们的人生信念和生活态度十分相似："关于人生和环境，他似乎与她的感受一模一样……他们的见解如此相似，真是奇怪呀！"② 对生活的共同观念奠定了

① 哈代. 远离尘嚣. 陈亦君、曾胡译. 石家庄：花山文艺出版社，1982 年版，第 214 页.

② 哈代. 卡斯特桥市长. 侍桁译. 上海：上海译文出版社，2002 年版，第57 页.

他们理想爱情的基础。《无名的裘德》中裘德和淑的爱情是心灵的互相吸引，是雪莱式①的爱情，"他们的爱里，含有一种异乎寻常的亲密或者同情，几乎把一切粗俗的情况，都铲除干净了。他们最大的愿望，只是要在一块儿——两个互相领略彼此的感情、彼此的幻想和彼此的梦想"②。

再次，哈代小说表现了理想爱情中的无私的自我牺牲和奉献精神，"哈代认为这种感情是对个人情感的净化和升华，是爱情的最高境界"③。如《远离尘嚣》中奥克对巴丝谢芭的爱情体现了无私的奉献精神。虽然巴丝谢芭拒绝了奥克，奥克依然保持着对她的深厚感情，竭尽全力默默帮助她。《还乡》中文恩对朵荪的爱情更多体现了自我牺牲。虽然求婚被拒绝，文恩心里难过失望，但他没有因此怨天尤人，而是在他自己的个人幸福被毁灭之后，竭尽全力帮助爱人获得幸福。虽然撮合朵荪和韦狄的婚事让他心里非常痛苦，但他知道朵荪的希望完全寄托在韦狄的身上。对于朵荪来说，她的幸福就是和韦狄结婚。文恩对朵荪的爱情是深厚、崇高的，里面包含着无私的自我牺牲。这种爱情是游苔莎所不能理解的。在游苔沙看来："自私往往是爱情的主要成分，并且有时还是爱情的唯一成分；但是现在这个人的爱情，却丝毫不含自私的意味，这真的算是异样的爱情了！"④哈代对这种崇高的爱情持赞赏态度，在他看来，"红土贩子的爱情是开朗旷达、高尚豪迈的"⑤。《林地

---

① 《无名的裘德》第 241 页注释：雪莱式指的是心灵相感相通。

② 哈代. 无名的裘德. 张谷若译. 北京：人民文学出版社，1989 年版，第 241 页.

③ Jagdiah Chandra Dave, *The Human Predicament in Hardy's Novels*, London：Macmillan Press, 1985, p. 93.

④ 哈代. 还乡. 张谷若译. 北京：人民文学出版社，1991 年版，第 211 页.

⑤ 哈代. 还乡. 张谷若译. 北京：人民文学出版社，1991 年版，第 118 页.

居民》中基尔斯对格雷丝的爱情也体现了崇高的自我牺牲成分。当格雷丝被丈夫背叛遭到沉重打击的时候，基尔斯给格雷丝以心灵的慰藉。为了维护格雷丝的名誉，基尔斯不顾自己生重病的身体，把小屋让给格雷丝，而他自己住在一个漏雨的破草棚里，结果因受风寒离开人世。为了爱人，基尔斯付出了生命。玛蒂对基尔斯的爱情就像基尔斯对格雷丝一样。玛蒂爱上了基尔斯，但当她知道基尔斯爱的是格雷丝的时候，为了不让爱人痛苦，她尊重基尔斯的感情，一直把爱藏在心里，默默关心他。玛蒂的爱情是深沉的崇高的情感。基尔斯死后，玛蒂和格雷丝两人经常一起去给基尔斯扫墓。但后来格雷丝和丈夫重归于好，此时格雷丝只陶醉在幸福中，把为了自己而献出生命的基尔斯淡忘了，她不再扫墓。基尔斯的墓碑前只剩下了玛蒂一个人，此时玛蒂感到十分满足，因为她觉得现在基尔斯只属于她一个人了。哈代认为玛蒂的爱情中流露出崇高的"净化了的博爱精神"①。

2. 婚姻观

哈代的婚姻观是对维多利亚时代婚姻道德观的彻底反叛。在维多利亚时代，婚姻不是自由爱情的结合，而是建立在门第、财产之上的结合。在此基础上建立起的婚姻关系，对男女两性来说，体现的是责任和义务，由此形成了维多利亚时代的婚姻道德观念。首先，他们认为婚姻是神圣的，必须通过世俗契约的形式固定下来——或者通过法律或者通过上帝，这样的婚姻才是道德的。其次，他们认为，婚姻体现的不是爱情，而是责任和义务。男女两性在婚姻中都应遵从自己的本分：女人

---

① 哈代. 林地居民. 邹海伦译. 贵阳：贵州人民出版社，1988 年版，第495 页.

属于家庭，照顾孩子、丈夫的生活，料理家务，做好母亲和妻子；男人在外边赚钱养家，支撑全家人的生活，做好父亲和丈夫。男女两性各守本分的婚姻是道德的婚姻。维多利亚时代的婚姻观念违背了婚姻的本质，恩格斯指出："只有以爱情为基础的婚姻才是合乎道德的。"① 维多利亚时代的婚姻完全缺失了婚姻的情感基础，它建构在物质、责任、义务和社会契约形式之上，是一种压抑个人情感的教条式婚姻。

这样的婚姻形态与哈代熟悉的威塞克斯世界的婚姻模式大相径庭，威塞克斯世界的婚姻往往完全建立在自然规律之上：一是在两性本能吸引的自然情感基础上的自愿结合；二是由于产生了女方怀孕的后果，被逼无奈而产生的结合。虽然第二种婚姻模式不是自愿的，背离了婚姻的情感基础，但遵循的是尊重生命繁衍的自然规律，而非出于责任的结合。如《无名的裘德》中，淑说："生孩子是自然的法律。"② 威塞克斯的婚姻是遵循自然规律的结合，完全摈除了世俗物质条件的影响。这种婚姻形态和维多利亚时代的婚姻正好相反，一个遵从自然的规律，一个遵从文明社会的物质规律。

哈代婚姻观的形成与两者有密切关系，他认为维多利亚时代主流社会的婚姻观念和在此婚姻道德基础上建立的婚姻生活是对人性的极端压抑，背离婚姻的情感基础，是不道德的婚姻。对威塞克斯世界的婚姻观念，哈代认同其婚姻建立的情感基础，但对情感的盲目和冲动予以批判。哈代认为，理想的婚姻应该建立在理想爱情③的基础上，这种婚姻形态应以基于共

---

① 《马克思恩格斯选集》第 4 卷. 北京：人民出版社，1995 年版，第 81 页.
② 哈代. 无名的裘德. 张谷若译. 北京：人民文学出版社，1989 年版，第 347 页.
③ 哈代的理想爱情观。

同信念产生的自由爱情为基础，以对家庭成员的无私的爱为最高境界。

在小说中他用威塞克斯世界以情感为基础的婚姻形态批判维多利亚时代主流社会的婚姻生活，表达以爱情为基础的婚姻观念。《林地居民》中，格雷丝和菲茨比尔斯的婚姻很大程度上是因为门第和财产。尽管基尔斯对格雷丝怀着真诚、热烈的爱情，但看重门第的格雷丝还是抛弃了没有什么财产、只是个普通工匠的基尔斯，选择了出身高贵的菲茨比尔斯。婚后的生活对格雷丝来说就是一场噩梦，菲茨比尔斯很快背叛了她，成了查曼德夫人的情人。《无名的裘德》是哈代集中探讨婚姻观念的小说。在小说中他通过淑和裘德以爱情为基础的自然婚姻来批判维多利亚时代以契约形式固定下来的法律婚姻。按照维多利亚时代的观念，建构在物质、责任和义务之上，以契约的形式——或者是法律，或者是上帝——固定下来的婚姻才是符合规范的体面婚姻。这样的婚姻形态只注重婚姻的功能形式，背离了真正道德的婚姻的自然情感基础。生活在如此婚姻状态中的人们受到诸多的压抑人性的婚姻责任和义务的束缚，如淑要履行作为妻子满足丈夫本能欲望的义务——和丈夫发生性关系，虽然她心里不爱费劳孙，也非常厌恶性生活。在这样的束缚中，人的心灵受到巨大摧残。淑最初和费劳孙的结合不是出于爱情。为了追求爱情，她勇敢地反叛当时的婚姻道德，打破了按照上帝旨意的神圣结合，离开了费劳孙。淑和裘德像夫妻一样的自然婚姻生活，让淑从中体会到了快乐和幸福，她和裘德的婚姻关系建立在心灵的互相吸引之上，尽管不具有社会认可的婚姻形式，却是真正道德的婚姻。淑的反叛除了追求以爱情为基础的婚姻，更强烈地表现在对婚姻的契约形式的坚决抵制上。因为他们的非婚同居关系，他们到处受到驱逐和非难，甚至没有地方住。裘德和淑本来可以通过法律或教堂结婚的形式把婚姻关系固定下来，以此来改变处境，但淑不愿意和裘德举行结婚仪式，她认为他们的关系不需要契约的形式，因为爱情一旦进入那个社会的婚姻形式就会褪色。"她既然有了以前那番结婚的经验，再把她现在的婚姻放在同那一次一样的范畴里，那他们爱情里的诗情画意，就好像完全排挤干净了。"①当时社会的婚姻道德对人性和美好的爱情是一种残酷的扼杀。美好的爱情一旦进入婚姻的形式，就会被婚姻的责任、义务排除干净。在哈代看来，维多利亚主流社会中的爱情和婚姻是格格不入的。"哈代在自己的作品中从婚姻和爱情的关系入手，分析了婚姻与爱情的强烈对比，指出在旧的婚姻道德禁锢下，人们难以实现自己的爱情理想，因为婚姻是一种社会契约或机制，是与以人的自然本性为基础的爱情背道而驰的。"②

　　哈代在小说里通过维多利亚时代和威塞克斯世界婚姻观念的对照，批判扼杀人性的契约形式婚姻。淑离开裘德后和费劳孙的第二次婚姻，按照维多利亚时代的婚姻观念，他们的结合是道德的、符合规范的，因为他们曾经在上帝面前立下婚约，是按照上帝的旨意固定下来的神圣婚姻。而裘德和淑虽然彼此相爱，而且生了三个孩子，但因为没有进行法律登记或没有举行教堂结婚仪式按照社会契约的形式固定下来，他们的婚姻就是不道德的，因此两人受到主流社会的谴责和驱逐。一个是法律的婚姻，一个是自然的婚姻。淑在受到巨大打击后，完全认同了维多利亚时代的婚姻观，她认为和费劳孙的婚姻"曾通过神圣的仪式，和他做了终身的结合。这是无论什么，都不能变

────────────

　　① 哈代. 无名的裘德. 张谷若译. 北京：人民文学出版社，1989 年版，第 292 页.

　　② 颜学军. 哈代诗歌研究. 北京：人民文学出版社，2006 年版，第 34 页.

更的"①，而她和裘德的夫妻关系是"自然的"。对于这两种不同的婚姻形态，威塞克斯居民艾德林太太以威塞克斯世界的婚姻观念批判了维多利亚时代的神圣婚姻，她劝费劳孙别和淑结婚："那个可怜的小东西儿，她那是硬自己逼自己！你应该劝她，叫她打退堂鼓才好。别的人，自然都要说，你让她回来，是你心好，度量大。但是我——可不那样说。""她一定得说是那个人的，她跟他都生了三个孩子了，他又非常爱她。"②按照威塞克斯世界的婚姻观念，裘德和淑的结合才是真正的婚姻。淑最后选择和费劳孙在一起，是被社会和命运打击下的无奈。在和费劳孙的婚姻生活中，淑忍受着巨大痛苦。维多利亚时代的体面婚姻是对人性的摧残和压抑，像艾德林太太所说："这个年头，结婚简直和殡葬一样。"③ 她以通俗的话语表达了对现代文明婚姻制度的不满，对未受工业文明浸染的威塞克斯世界的婚姻生活的向往。"这会儿，结婚这件事，变得比什么都正经，叫人都不敢结婚了。我年轻那时候，大家都把这件事看得很随便，可是我们也并不见得因为这样就比你们坏多少。我跟我那一口子结婚的时候，我们大吃大喝，整整闹了一个礼拜，把区上的酒都喝光了。我们跟人家借了半克朗钱，才过起日子来。"④

　　艾德林太太的话指明了维多利亚主流社会和威塞克斯民间

---

　　① 哈代. 无名的裘德. 张谷若译. 北京：人民文学出版社，1989 年版，第366 页.

　　② 哈代. 无名的裘德. 张谷若译. 北京：人民文学出版社，1989 年版，第384 页.

　　③ 哈代. 无名的裘德. 张谷若译. 北京：人民文学出版社，1989 年版，第419 页.

　　④ 哈代. 无名的裘德. 张谷若译. 北京：人民文学出版社，1989 年版，第385 页.

社会婚姻的不同本质。维多利亚主流社会的婚姻是建立在物质基础上的形式婚姻；而威塞克斯民间社会的婚姻完全建立在情感冲动和本能之上，十分随便，毫不考虑现实生活的基础，所以才会出现艾德林太太所描述的结婚状况，结婚的时候大吃大喝。对威塞克斯居民来说，结婚和大吃大喝都是本能欲望的满足。而结婚后，正常生活的钱也没有，要靠借债才能过日子。虽然艾德林太太的话是用自己的婚姻来批判淑和费劳孙的形式婚姻，但从她对威塞克斯居民婚姻状态的描述里，我们也可以感受到其婚姻生活的盲目性。哈代敏锐地认识到这一点，因此，哈代虽然认同其婚姻的情感基础，以此来批判维多利亚时代的婚姻观念；但与此同时，又否定冲动、本能、盲目的情感。在这一点上，哈代的婚姻观和爱情观是一样的。如《远离尘嚣》中对韦狄和朵荪婚姻的描写，朵荪只是被韦狄的外貌和不同于荒原人的气质所吸引，根本没考虑到两人的生活观念和理想志趣存在很大差异。虽然结婚了，但他们貌合神离，婚姻的破裂是必然的。巴丝谢芭和特罗伊的婚姻也是建立在外在美的吸引上，这是巴丝谢芭做的愚蠢选择。关于哈代对盲目、冲动情感的否定，这一点上文的爱情观中已经作了论述，在此不再赘述。哈代认为婚姻应建立在这样的情感基础上，这种情感既包含外在美的吸引，还包括内在的需要理性分析的因素，如性格、生活信念、兴趣爱好等，自然吸引加上对诸多因素的理性思考才能建构和谐、美满的婚姻。

哈代的爱情观中赞赏对爱人无私的奉献和牺牲精神，同样在其理想的婚姻观中，哈代认为和谐、美满婚姻的建立也需要这种无私的爱的付出。所以在小说《无名的裘德》中，我们看到，哈代除了赞赏裘德和淑反叛教条婚姻、追求爱情的勇气和抗争精神外，对淑的丈夫费劳孙为淑的幸福所做出的牺牲也是持肯定态度的。费劳孙为了成全淑的爱情，答应和淑离婚。但是他的做法却受到了社会的刁难，因为他同意离婚，他被学校解雇，而且以后没有任何一个正规的学校雇用他，为此连生活都成了问题。虽然哈代不认同淑和费劳孙的婚姻，但对费劳孙在婚姻生活中所表现出的自我牺牲精神是赞赏的，他认为这种无私的爱有助于和谐婚姻的建构。

三、性伦理

性伦理是从男女两性的性别身份视角探讨两性之间的情感关系和性关系。哈代的性伦理观立足于对威塞克斯性伦理中男权意识的批判，肯定威塞克斯世界对本能欲望的认同和尊重，建立平等和谐的两性关系。

哈代对性伦理的关注起因于威塞克斯世界女性的悲惨命运给他留下的深刻印象。哈代注意到，女性的悲惨命运很大程度上是威塞克斯落后的性道德规范造成的。这种性道德的规范完全由男人制定：在情感交往中，女性成为男性的玩偶和满足情欲的对象；在性关系中，男性不合礼法的放荡行为可以得到原谅，而女人一旦失去贞操，不论何种原因，就会被认为是不道德的，会受到严厉的惩处。这种充满男权意识的性伦理使女性命运悲惨，男性可以不合礼法地对待女人，女人却要为不合礼法的关系付出惨重的代价。如苔丝的悲剧就是典型的例子。亚雷强行占有了苔丝，本来她是受害者，可村民们谴责的不是亚雷，而是苔丝，因为她失去了贞操，不管什么原因，她都成了有罪的不纯洁的女人。安玑也以这样的观念看待苔丝，这种性道德造成了苔丝的悲剧。在诗歌《星期日早晨的悲剧》中，哈代描述了一位未婚先孕的女性因堕胎而死的悲剧故事。一个男子使一个女人怀孕，却拒绝和她结婚，为了避免遭到羞辱，女子私自堕胎导致死亡。哈代对威塞克斯世界的女性深表同情，痛恨男权的性道德观念，这形成了哈代在小说中建构性伦理的基础。

哈代离开故乡后，来到伦敦，进入了维多利亚主流社会。在那里，他发现与故乡不同的性伦理，虽然也表现出浓厚的男权思想，但在性生活上，却表现出与威塞克斯世界截然不同的形态。威塞克斯世界的性生活是自由的充满活力的人性本能的自然宣泄，不管是男性还是女性都肆意地享受这种快乐的生命本能。而维多利亚主流社会的人们，他们的性生活是畸形的、毫无生命力的。英国作家劳伦斯在小说中描述了人的这种性生活状态，他认为这种状态是工业文明造成的。威塞克斯世界是自然的世界，尚未被工业文明异化，因此性生活的形态与维多利亚主流社会截然不同。除了不同形态，维多利亚主流社会的性观念和威塞克斯世界也有很大的不同。威塞克斯世界尊重、认同和肯定人的本能情欲。维多利亚主流社会则认为，"性是十分肮脏的，人们要节欲保持纯洁"[①]。因此，他们形成了对性的极端禁忌和隐讳的态度。"他们认为公开谈论性是不道德的"[②]，甚至"对出版物也形成了严格的审查制度，凡是和性有关的描写必须全部删除才能出版"[③]。

哈代基于维多利亚主流社会和威塞克斯世界的性伦理观念，建构了自己的性伦理观。首先，他批判了两个环境中皆存在的性伦理中的男权观念，小说中主要通过解构威塞克斯世界

①　Walter E. Houghton, *The Victorian Frame of Mind* 1830—1870, New Haven: Yale University Press, 1985, p. 354.

②　Walter E. Houghton, *The Victorian Frame of Mind* 1830—1870, New Haven: Yale University Press, 1985, p. 353.

③　Walter E. Houghton, *The Victorian Frame of Mind* 1830—1870, New Haven: Yale University Press, 1985, p. 356.

的男权性伦理来表现。其次，建立平等和谐的性伦理。这种性
伦理体现在两个方面：一是在情感交往中实现男女两性主体意
识的平等。二是形成自然、平等、和谐的性生活形态。

1. 解构威塞克斯性伦理

哈代认为，在威塞克斯世界的两性情感关系和性关系中存
在着浓重的男权意识。在两性交往中，女性总是处于被动的位
置，她们只是男性玩弄的对象，是满足男性欲望的工具。《德
伯家的苔丝》中，牛奶场工人讲的一个笑话鲜明体现了女性的
弱势地位。笑话的内容是讲一个叫捷克·道落的工人曾经欺骗
好多姑娘和他发生关系，后来如何被一个姑娘的母亲修理的喜
剧场面。虽然对这个事件的讲述采用诙谐的方式，但从中可以
体会到在两性交往中，女性被玩弄的悲惨命运。对于周围听故
事的人而言，这只是一件开心的笑谈，但对苔丝来说却触到了
她的痛处。这个故事也暗示出在威塞克斯的世界里，有很多女
人都有和苔丝一样被男人玩弄的悲惨遭遇。如亚雷和在他农场
干活的女工的关系，那些女工稍有姿色就成为亚雷发泄情欲的
对象。在看上苔丝之前，亚雷曾经和另一个女工保持关系。小
说中描写的亚雷对苔丝的感情，看起来好像和对其他随意玩弄
的女工不同，其实实质是一样的。在亚雷的眼里，苔丝更有姿
色和个性，这使他对苔丝产生了强烈的兴趣。他对苔丝的纠缠
只是为了满足自己的欲望和男人的虚荣心而已。整个过程中，
他对苔丝的意愿毫不尊重，也根本不去关心和考虑她内心的感
受，只是以自我为中心采用各种手段满足自己的情感和情欲需
要。至于小说中描述的安玑和苔丝的关系，从表面看，安玑敢
于打破门当户对的婚姻陋习，娶女工苔丝为妻，他对苔丝的感
情像是爱情，其实安玑对苔丝的感情也有大男子主义的自私成
分。安玑把苔丝看成理想的化身，看成大自然的纯洁的女儿，

一旦发现苔丝并不纯洁，在他心中苔丝就失去了价值，在新婚之夜冷酷地把她抛弃。在此之后，为排遣心中的失落和抑郁，安玑远去巴西，无视自己作为丈夫对妻子的责任和义务，从不关心苔丝的生活。安玑表面上突破了等级秩序，娶一个身份卑微的挤奶女工做妻子，实则仍受威塞克斯落后的性道德观念的束缚，在他和苔丝的交往中体现了鲜明的男权意识。《林地居民》中菲茨比尔斯对苏柯态度随便，后来虽然和格雷丝结婚了，却又和查曼德夫人成了情人。《远离尘嚣》中，特罗伊把女性作为满足自己不同时期情感欲望的对象：一开始和范妮发生关系；后来见到美貌富有的巴丝谢芭便把可怜的范妮抛到脑后，用各种手段追求巴丝谢芭；婚后，他又厌倦了巴丝谢芭，重新想起了天真、善良的范妮，最后造成了身怀有孕的范妮悲惨死去的结局。《卡斯特桥市长》中对威塞克斯世界卖妻的陋习通过亨察尔的卖妻行为进行了描述。这种习俗表明在威塞克斯的世界中，男性具有绝对的支配地位，女性毫无独立人格，甚至成了可以任由丈夫拍卖的私有财产。在这种陋习中体现出严重的男权意识。哈代在小说中通过描写女性的悲惨命运批判威塞克斯两性交往中的男权观念，谴责以男性为中心的交往规范。

　　哈代对威塞克斯性伦理的批判还表现为对其落后性道德观念的严厉谴责。首先，女性受到非人性的性道德的压制。威塞克斯世界中，人们的性道德观十分教条，他们只是按照古老传统的观念来评价女性的行为。不管出于什么原因，只要女性在婚前和男性发生关系，失去贞操，那这个女性就是淫荡、不道德的，就被认为是有伤风化的。如《德伯家的苔丝》中，苔丝被亚雷奸污后，本来她是受害者，可苔丝回到马勒村后，却受到村民的谴责。就连苔丝自己也深受这种落后的性道德观念的影响，她甚至不敢出门见人，觉得自己罪孽深重。当安玑知道了苔丝以前的事情时，也认为苔丝不再纯洁，为此把苔丝抛弃。《卡斯特桥市长》中，露赛坦的悲剧就是落后的性道德观念造成的。露赛坦和伐尔伏雷结婚后本来过得很幸福，可后来她以前给亨察尔写的情书被人发现。之后这些人组织了"司奇米特游行"来嘲笑和谴责婚前已经和亨察尔发生关系的露赛坦，露赛坦羞愧难当，心灵受到巨大打击，为此离开人世。她是被落后的性道德观念杀死的。这种性道德观念是对女性人性的摧残和压抑。其次，在性道德规范上，威塞克斯世界对男女两性实行双重道德标准。对女性而言，必须坚守贞操，一旦失去贞操，不管出于什么原因，都被认为是不道德的女人。而对男性而言，即便他和很多女人发生关系也不会被认为是违反道德，顶多被认为是荒唐。典型的例子是《德伯家的苔丝》中苔丝的遭遇。苔丝被亚雷强奸本来是受害者，却受到谴责；而人们对亚雷却根本没有任何指责，认为那只不过是男人的荒唐而已。苔丝和安玑的新婚之夜，安玑坦白了自己以前曾经和一个女人过了二十四小时的放荡生活，苔丝善解人意地原谅了安玑。可当苔丝说起自己以前的事情时，安玑却认为是不能接受的，甚至认为她是一个堕落淫荡的女人。苔丝和安玑的不同态度反映了当时人们对男女两性不同的性道德标准。女人一旦失去贞操，就罪孽深重不可饶恕；而男人只不过是一时的糊涂。哈代在小说中对苔丝的塑造、对她优秀品质的描述是对威塞克斯世界陈腐、教条的性道德观念的颠覆。在哈代的观念中，苔丝不是堕落、淫荡的不道德的女人，而是纯洁的女人。在小说扉页题词上，他表达了自己的观念："可怜你这受了伤害的名字！我的胸膛就是卧榻，要供你栖息。"

　　2. 建构平等、和谐的理想两性关系

　　哈代小说在批判男权性伦理的基础上，建构了理想的性伦理观。哈代认为两性情感交往和性关系中应该是平等、和谐的。

　　首先，哈代解构了威塞克斯性伦理的男权观念，建立了男女情感交往的平等和谐的关系。哈代小说描述了男女两性之间这种平等的情感关系，这主要通过对具有独立人格和主体意识的女性的塑造体现出来。在这些女性的情感生活中，不再以男性为主宰，女性在他们的情感关系中也起着重要作用。如《还乡》中游苔莎的情感生活，她不再是消极、被动的男性情感选择的对象，而是有自己的意愿和主见。一开始，她因为憎恨荒原的寂寥生活选择了韦狄，后来因为要实现离开荒原的愿望，选择了克林。从表面看，好像在游苔莎的情感选择中她似乎代替了男性成为中心和主宰。其实从小说具体描述的关系来看，不管是和韦狄还是和克林的关系中，游苔莎都和男性处于平等的地位。韦狄在和游苔莎交往的过程中并没有成为附庸，而是有自己的独立意志。当游苔莎对韦狄的情感犹疑不定的时候，他转而选择了朵荪。在和克林的关系中，克林和游苔莎都有自己的独立人格和思想，克林并没有因为爱游苔莎而成为她爱情的奴隶，而是坚持自己的理想和信念。游苔莎在和克林的婚姻中也没有因为克林是自己的丈夫而完全抛弃自己独立的思想观念，依然坚持着离开荒原的愿望。所以，游苔莎的情感生活中形成了和男性平等的关系。哈代的理想两性关系既包括平等，还包括和谐。但我们从游苔莎的情感中看到的只是平等和不和谐。虽然哈代所渴望的两性交往的理想关系在这部小说中并没有真正实现，但他在小说中表现了试图建立这种理想关系的努力。按照哈代的愿望，两性关系中除了男女双方必要的主体性之外，还需要在平等的基础上各自放弃一些主体，去尊重对方的意愿和观念，这样才能达到真正的和谐。在哈代看来，游苔莎和克林都过于具有主体意识。哈代理想的两性情感关系的建立体现在小说《远离尘嚣》中。小说最后，经过一系列变故后，巴丝谢芭和奥克终于走到了一起，他们的关系是理想的两性模式。巴丝谢芭具有独立的主体意识，她是自主选择情感的女性。她曾经拒绝了奥克、博尔德伍德，选择了特罗伊。尽管对她来说，选择特罗伊是愚蠢的，但在这当中体现了她在情感交往中的主体意识。经过很多磨难后，她也学会了不以自我为中心，由此具有了放弃主体的牺牲精神。这两方面是形成和谐两性关系的基础。奥克本身就是有着独立主见和牺牲精神的人物。因此，两人之间形成了哈代理想的平等和谐关系。

其次，哈代肯定威塞克斯生活方式中关于人本能性欲望的部分，主张建立两性之间平等和谐的性关系。哈代这种理想性关系的建构受到叔本华性爱思想的影响。叔本华认为，人的本质是生命意志，这种生命意志的主要表现就是人的各种欲望，当然包括人的性本能。性本能是自然存在的。虽然如此，人们对性欲应当采取适度克制的态度，不然就会成为被性欲控制的奴隶。哈代在叔本华性观念的基础上，建构理想性关系。他认为这种性关系的建构，必须摆脱对性欲的压制和束缚，因为性欲是人的自然本能。只有在尊重人的自然本能的基础上，才能真正实现和谐的性关系。哈代强烈批判维多利亚主流社会中人们备受压抑的性生活，谴责其禁欲主义，特别是对女性的禁欲。他从威塞克斯土生居民对性本能的尊重和认同中汲取养分，建构理想的平等、和谐性关系。一方面，哈代肯定人的本能情欲，特别是女性的欲望。如《德伯家的苔丝》中对苔丝本能的描写。安玑追求她的过程中，苔丝因为觉得自己已经不是

纯洁的女人了，没有资格获得安玑的爱情，所以拼命抵制，可
是最后到底是向寻求快乐的人类本能屈服了。"一切有生之物，
都有一种'寻求快乐的本性'，那是一种伟大的力量，凡是血
肉之躯都要受它的支配，好像毫无办法的海草，都要跟着潮水
的涨落而摆动一般，这种力量，不是焚膏继晷写成的那种议论
社会道德的空洞文章，所能管得了的。"①《无名的裘德》中描
写了裘德的情欲本能。艾拉白拉的挑逗激起了裘德的性本能，
"当时好像真正有一只力大无比的手——一种跟以前推动他的
那种精神和影响完全不同的东西，捉住了他，拽着他走。这种
东西，好像对于他的理性和意志，一概都不大在乎；对于他的
所谓高尚愿望，也完全不理会"②。按照维多利亚时代的观念，
人的情欲是丑陋和肮脏的，所以他们从不在公开场合谈性，认
为那是耻辱，是不道德的。在生活中，对性也是极力压抑，言
谈中极力避讳性话题，从没有人敢公开承认性本能。特别是女
性，有这种欲望被认为是不知羞耻的淫荡女人。哈代的《无名
的裘德》之所以受到攻击，和小说中的性本能描写有很大关
系。哈代认为维多利亚时代的性观念是十分可笑的，性本能是
人的自然生理需求，和道德无关。他认为男女两性都有这种本
能和欲望，两性之间的性关系，就是建立在尊重男女两性的性
本能的基础上实现的和谐状态。因此，在男女两性的性关系
中，双方是平等的。另一方面，哈代认为和谐性关系的实现，
除了尊重彼此的本能外，还要对性欲持理性的态度，不能被它
控制而成为性欲的奴隶。哈代虽然认同人的自然本能，但他认

---

① 哈代. 德伯家的苔丝. 张谷若译. 北京：人民文学出版社，1984 年版，第 288 页.

② 哈代. 无名的裘德. 张谷若译. 北京：人民文学出版社，1989 年版，第 41 页.

为："人身上这种动物似的本能必须适当地克制，不能妨碍更高理想和精神的追求。"①《无名的裘德》中描写了裘德作为男人对女性的性本能，哈代虽然认为这是自然的、无法压制的欲望，但对裘德因沉溺于情欲抛却伟大理想的做法则不予认同。哈代认为和谐性关系的建立，不应是对性能力的放纵，而应具有适度的克制。他在裘德和淑的关系中表现了对理想和谐性关系的寻求。淑之所以对性行为持抵制态度，是因为她觉得人一旦进入本能欲望就会失去自制力，往往会成为情欲的奴隶。裘德和淑的两性生活达到和谐状态，在于两人对性行为的适度克制。哈代小说的性伦理观是在威塞克斯世界和维多利亚主流社会双重文化语境中形成的，是基于人性本身的平等、自然、和谐的两性关系的建构。

第三节　哈代小说的生态伦理观

生态伦理探讨的是人与自然②的关系，关于这种关系存在两种对立的观念：一是人与自然是对立的，人高于自然，征服自然，要做自然的主人；二是人与自然是平等的，它们之间相互依存共生。维多利亚社会生态伦理观的主流与第一种观念相契合，认为人类是主体，自然是人类征服和改造的客体，建构人在大自然的主宰和中心地位，这也是文明时代所持的普遍观念。

---

① Jagdiah Chandra Dave, *The Human Predicament in Hardy's Novels*, London: Macmillan Press, 1985, p. 87.

② 关于自然的概念，有狭义和广义之分。狭义的自然指的是人之外的自然环境，广义的自然指包括人在内的整个自然界。后文中狭义的自然称为自然或自然环境，广义的自然称为大自然。

　　哈代的生态伦理观和维多利亚时代主流观念完全不同，他认为，人与自然不是对立的，而是相互平等、相互依存的和谐关系；人在大自然中不是中心、主宰，而是和其他有生命、无生命的物质完全平等，共同构成大自然的有机整体。哈代生态伦理观的建构与达尔文进化论和威塞克斯生态观有关。"达尔文进化论认为，在进化的过程中，人并不处于中心，人类和其他生物完全平等。受此观念的影响，哈代小说解构了维多利亚时代的自我中心观念。"① 表现在生态伦理上，哈代解构了大自然中的人类中心，建构了人类和其他物种的平等关系。在平等基础上，哈代关于人类和自然和谐关系的生态观来源于威塞克斯观念的影响。威塞克斯世界中，人们对待自然的态度依然遵循着传统观念。他们认为人类与自然相互依存，一方面，人类的生活依赖自然；另一方面，自然的发展有赖于人类尊重自然的态度。威塞克斯人的观念中体现出朴素的生态伦理观，建构了人类和自然平等和谐的关系。这种生态观的形成，是基于人类的生存本能而产生的自发意识。在威塞克斯的远古世界中，人们遵循古老的方式生活，生存完全依赖于大自然。如哈代在小说中描述的威塞克斯居民的生存方式：或者像奥克那样做一个牧羊人，通过畜牧业谋生；或者成为农场的雇工；或者做斫常青棘的工人来维持生活等。不管何种方式，对于生活在那里的农民来说，大自然和他们的生活息息相关，大自然中的动物、植物和他们的生存也紧密相连：放牧的人要从动物的身上获得收入；斫常青棘的人要依靠植物维持生活。因此，在威塞克斯居民的观念里，他们对动物和植物常怀着敬畏和崇拜之

---

　　① David Morse, *High Victorian Culture*, London: Macmillan Press, 1993, p. 501.

心。他们认为人类和有生命的动植物、无生命的自然环境之间是一种相互依存的亲密关系，他们之间在精神、心灵和生命意识上是相通的。因此，"当地的风俗、习惯和观念认为人和自然之间是和谐关系。表现在人们坦然接受当地环境赋予他们的生活，包括自然的灾害，从不期望从大自然中得到慷慨的馈赠。威塞克斯居民因持有这样的观念，而获得情感和精神上的充实和满足"①。哈代欣赏威塞克斯居民对待自然的态度，肯定他们和自然建立的和谐关系。受威塞克斯朴素生态伦理观的影响，哈代在建构人类和其他物种平等关系的基础上，描述了人类和自然的和谐关系，主要表现在人类和无生命自然的相互依存以及人类和动植物的亲和关系上。这两方面关系的展现构成哈代小说描写自然的独有形态。很多学者关注到哈代景物描写的独特性，并对其特点作了具体分析和阐释。但这些分析往往只停留在对文本描述的层面，而缺乏深厚的思想基础。其实小说中的自然描写是哈代生态伦理观的载体，通过自然描写的独特形态，我们可以发现哈代生态伦理的观念和构成。哈代解构了人类在大自然中的主宰和中心地位，建构了人类与有生命的动植物、无生命的自然物质之间平等和谐的亲和关系。

一、解构人类中心

哈代小说对大自然的描写，解构了大自然中人的中心地位和主体意识，表现了人与自然的和谐交融。一般作家在描写人物处于其中的自然场景或画面时，景物往往服务于人物，成为人物的点缀，起着投射人物心理和情感的作用。但哈代小说对

---

①　Susan Ann Hyman，Green Fields：The spirit of place in novels and memoris of the Victorian countryside（PhD），Minnesota University，1994，p. 38.

这种场景的展现却具有独特形态，外在的客观景物不再只是人物主体意识的投射，而是和人物一样具有平等的主体性，共同构成画面的整体。如《还乡》中对主人公游苔莎出场的描写，她是作为景物整体的一部分出现在读者面前的。游苔莎站在古冢之上，"那个人形在那站定，跟下面的丘阜一样，一动也不动。那时候，只见山峦在丘原上耸起，古冢在山峦上耸起，人形在古冢上耸起"①，"那一大片景物，说起来很特别，处处都协调，那片山谷、那个山峦、那座古冢，还有古冢上那个人形，都是全部里面缺一不可的东西。要是观察这片景物，只看这一部分，或者只看那一部分，那都只能算是窥见一斑，而不能算是看见全豹"②。在这个画面的描写中，作为人的游苔莎和其他的自然景物处于完全平等的位置，人和自然交融于一体。《远离尘嚣》中对奥克出场的描写也表现了相同的特点。虽然没有直接描写奥克的出现，但奥克吹的长笛声作为自然声响的一种形态和周围的各种声响融为一体。《德伯家的苔丝》中对田里做工的女工的描写："地里的女工，却是田地的一部分；她们仿佛失去了自身的轮廓，吸收了四周景物的要素，和它融化而形成一体。"③在这样的描写中，人不再是大自然的中心主宰，人具有了景物的物化特征而形成了与自然的平等。对人物物化的处理，暗含哈代的生态观念：人的物化特征，使人在面对自然时失去了作为人改造自然的能力和主观能动性，而变成了和自然平等的客体。哈代在小说中以这样的方式，解构了人类在大自然中的中心地位。如小说中对牛奶场挤奶女工的

---

① 哈代. 还乡. 张谷若译. 北京：人民文学出版社，1991 年版，第 16 页.
② 哈代. 还乡. 张谷若译. 北京：人民文学出版社，1991 年版，第 17 页.
③ 哈代. 德伯家的苔丝. 张谷若译. 北京：人民文学出版社，1984 年版，第 134 页.

描写："女工们都往远处牧场牛群吃草的地方一齐走去，走起来的时候，大大方方，无拘无束，好像一群猛兽那样勇猛威武……她们在大气里逍遥自在，和游泳的人在水里随波逐浪一般。"①

二、人类与无生命自然的相互依存

哈代小说中的生态伦理观解构了人类中心后，建立了人类与无生命自然的相互依存关系。这里所指的无生命自然包括人类生活的地理环境、自然气候条件等。哈代认为，人类和无生命自然之间不是对立的敌对状态，而是相互依存的关系。自然的发展和生态平衡需要人类来维护，人类需要通过大自然来获得更好的生存。自然不是人类为了改善处境可以任意利用和改造的客体对象，而是和人类处于平等地位的大自然的有机构成。人类和无生命自然都是大自然有机链条上的环节，每一环节必须各守本分，不可过度，不然就会造成整个生态发展的失衡。基于此观念，哈代小说描述的人与自然的关系不是割裂和对立的，而是相互依存的。体现依存关系的具体形态是描写人和自然的神秘感应。哈代肯定威塞克斯居民对待自然的态度，从威塞克斯土生居民的视角来观照和表达人与自然的这种相互依存关系。

人类和自然相互依存的关系，从本质上说应该放到整个生态循环中来理解，人类尊重和保护自然，也就是尊重保护自己。生态的失衡，会给人类带来巨大危害。哈代小说对人类和自然依存关系的表现，不可能立足于整个生态系统。小说采用

① 哈代. 德伯家的苔丝. 张谷若译. 北京：人民文学出版社，1984 年版，第 263 页.

特殊的方式来表达人类和自然之间的相互依存关系，最典型的例子是小说《远离尘嚣》中对奥克和自然关系的描写。奥克依赖于大自然提供的各种信息生活，是一个完全按着自然规律生存的自然人的形象。在奥克的观念中，自然不是征服和改造的对象，而是他生活的指引者。小说主要描述奥克和自然天象之间的神秘感应来表现他和自然之间的和谐关系。一方面奥克尊重自然，有利于实现自然的生态平衡，从这个意义上来说，自然发展依赖于人类；另一方面奥克因为尊重自然得到自然的馈赠，具有读懂自然暗示的能力，表现了人类发展依赖于自然。

小说一方面描写奥克对自然的态度：他尊重自然规律，按自然规则生活。奥克生活的时间，不是依靠钟表，因为他虽"戴着表……但这东西比奥克的爷爷还要大几岁，兼有走得太快或干脆不走的古怪特点……谁也拿不准到底是几点几分"[①]。而且奥克把表放在拿起来很困难的地方，"掏表的时候，非得把身子歪到一边去不可，由于出力使劲，嘴和脸都挤成了一团，脸挣得通红，就像从井里提水桶似的"[②]。因此，对于奥克来说，表只是一个装饰而已，并不是他了解时间的工具。奥克是通过观察天象来判断时间的，如在诺库姆山上，奥克接生完小羊羔后，"他站在那里，仔细察看天空，从星星的高度来判定夜间的时刻"。奥克一无所有后，睡在一辆车的干草堆里，醒来后，"首先映入他的眼帘的是头顶上的满天星斗。北斗星正在逐渐加强和北极星形成直角，奥克断定，一定是九点来钟

---

① 哈代. 远离尘嚣. 陈亦君、曾胡译. 石家庄：花山文艺出版社，1982年版，第2页.

② 哈代. 远离尘嚣. 陈亦君、曾胡译. 石家庄：花山文艺出版社，1982年版，第2页.

了……对天象的这番小小的推算并不是着意去做的"①。从小说对奥克判断时间特殊方式的描述，我们可以看出他观察时间的方式并不是有意为之，而是自发行为。因此对于奥克来说，遵循自然成为他生活的方式和规则。奥克遵循自然规律的生活，体现了他对自然尊重的态度。这种态度的形成，基于奥克把自然视为和人类平等主体的观念。奥克对自然的态度，哈代是十分赞赏的，他认为这样的态度有助于人和自然和谐关系的建构。和谐是哈代理想的核心理念②。哈代为了表现对奥克的认同和肯定，在小说中还通过其他人物面对相同的自然天象的不同体会和感受来反衬奥克和自然的和谐关系。奥克从星空中读到的是自然的时间暗示，这种暗示有利于人类的生活。而巴丝谢芭从星空中看到的是星星"在太虚的暗影中无声无息地从它们所未察觉到的痛苦中挣扎而出"③。巴丝谢芭不像奥克一样，把自然看成和人类平等的主体，而是更多把它作为客体。她的自然观念使她和自然之间不可能建立一种和谐关系，因此从同样的夜空中她看到的是痛苦和冲突。从两者的对照我们可以发现，只有像奥克那样尊重自然的人，才能获得有利于人类生存的自然暗示，真正建立人类与自然的相互依存。

另一方面小说描述了奥克和自然的神秘感应，他如何读懂自然天象的暗示，避免灾害和不幸。"奥克和自然的关系是务实的，注重实效。"④ 如小说中描述奥克如何读懂暴风雨的前

---

① 哈代. 远离尘嚣. 陈亦君、曾胡译. 石家庄：花山文艺出版社，1982 年版，第 46 页.

② 关于这一问题在第一章里已有论述.

③ 哈代. 远离尘嚣. 陈亦君、曾胡译. 石家庄：花山文艺出版社，1982 年版，第 237 页.

④ Susan Ann Hyman, Green Fields：The spirit of place in novels and memoris of the Victorian countryside（PhD），Minnesota University，1994，p. 50.

兆，挽救了农场的收成。首先，他在回家的路上看见了一只大
癞蛤蟆，"他明白这直接来自于大自然的启示意味着什么（天
将下雨）。不久另一个启示又出现了"①。奥克回到屋里见桌子
上"趴着一只棕色的大鼻涕虫，今天夜里它进屋了，这是自有
其道理的。这是大自然用第二种方式向他暗示，他该为应付坏
天气做好准备了"②。之后，奥克又去看绵羊的反应，它们紧
紧地挤在一起，奥克明白"自然界的各种迹象都在表明要变天
了"③。奥克读懂了大自然的启示，采取了防雨措施，帮巴丝
谢芭保住了麦垛。而与此同时，巴丝谢芭的丈夫特罗伊却在仓
房里和雇工举行婚庆狂欢，奥克去提醒他要下雨了，他毫不理
会。哈代对特罗伊持否定和批判态度，而对于奥克在暴风雨前
和自然的神秘感应则予以肯定。在哈代看来，这正是尊重自然
的奥克从自然中得到的馈赠。

三、人类和动植物的亲和关系

　　哈代小说除了展现人类和无生命自然的相互依存之外，还
表现了生命物种之间的平等和谐，"小说中建立了一个与人类
世界相似的动植物世界，它们和人类相互尊重、合作、忠
诚"④。这主要指人类和动植物的亲和关系。小说对动植物的
灵性描述构成其小说艺术的独有形态。很多学者从此角度来分

---

　　① 哈代. 远离尘嚣. 陈亦君、曾胡译. 石家庄：花山文艺出版社，1982 年
版，第 278 页。
　　② 哈代. 远离尘嚣. 陈亦君、曾胡译. 石家庄：花山文艺出版社，1982 年
版，第 278 页。
　　③ 哈代. 远离尘嚣. 陈亦君、曾胡译. 石家庄：花山文艺出版社，1982 年
版，第 279 页.
　　④ John Rabbetts, *From Hardy to Faulkner*: *Wessex to Yoknapatawpha*,
London: Macmillan Press, 1989, p. 172.

析哈代小说的这一特点，笔者从生态伦理的角度切入，来阐释哈代小说的这一独特表现形态。哈代在小说中把动植物赋予人的生命特征，是要建立人类和动植物生命层面的平等关系，在平等的主体基础上，人类和动植物之间形成亲朋好友般的亲密关系。

在表现人类和动物亲和关系方面，如小说《还乡》中克林斫常青棘时的场景便是一个典型的例子。在这个场景中，所有的动植物都被赋予人的生命意识，克林和动植物成了朋友。"他的熟朋友，只是在地上爬的和在空中飞的小动物，那些小动物也好像把他收容在它们的队伍以内。蜜蜂带着跟他很亲密的神气，在他耳边上嗡嗡地鸣……琥珀色的怪蝴蝶，都随着他的呼吸而蹁跹，往他弯着的腰上落，并且跟他那上下挥动的钩刀上发亮的尖儿逗着玩儿。翡翠绿的蚂蚁，成群结队地往他的脚上跳，落下来的时候，好像笨拙地翻跟头，有的头朝下，有的背朝下，有的屁股朝下，看当时碰的情况；还有一些，就在凤尾草的大叶子底下沙沙地叫着，跟那些颜色素净不作一声的蚂蚱调情。"① 在这个场景中，克林和动物之间建构了一种非常亲密的关系，小动物成了"他的熟朋友"。哈代对这种亲和关系的描述，瓦解了人类在其他物种面前的优越性，实现了人类和动物的和谐关系。

表现人类和植物之间亲和关系的典型例子是小说《林地居民》。小说主要描述了作为自然人形象的基尔斯和植物之间的亲密关系。基尔斯在小说中是农牧之神，"他在那绿茵茵的树冠与棕色的地面之间正在缩小成好像一个农牧之神的背影"②。

---

① 哈代. 还乡. 张谷若译. 北京：人民文学出版社，1991年版，第340页.
② 哈代. 林地居民. 邹海伦译. 贵阳：贵州人民出版社，1988年版，第388页.

"基尔斯和自然的关系是直觉的、神秘的。"① 作为农牧之神的基尔斯和植物之间建立了一种神秘的亲和关系，他们之间不再呈现为具体的像克林和动物之间的亲密关系，而是一种直觉的生命意识的相通。如小说中对基尔斯种树的描写："他具有一种使树苗壮生长起来的不可思议的力量。虽然看起来当他把铲子蹬入大地的时候，常常好像是漫不经心的，实际上他与那些正在栽种下去的枞树、橡树和山毛榉之间存在着一种和谐一致，因而，这些树用不了几天便在泥土中扎下了根。"② 基尔斯与树木之间的关系是神秘的精神感应，因为精神的和谐一致，有农牧之神基尔斯的保护，凡是他亲手栽下的树苗，很快便可以成活。"而与此相反，任何别的短工种下的树，虽然看起来他们的整个种树程序完全和他一样……却有四分之一的树苗活不下来。"③ 玛蒂具有和基尔斯相似的与大自然交往的神秘能力，"正是基于这一点，她曾经成为他在异性中的真正知音，她曾经几乎和他完全一样地生活过，她曾经自然而然地在思想上和他产生共鸣"④。玛蒂对植物具有神奇的能力。如小说中描写基尔斯和玛蒂一起栽树时的场景，玛蒂听到了小树的叹气，之后"她把一棵小松树竖直放在树坑里，举起了她的一个手指，轻柔的音乐般悦耳的呼吸声立即在这棵小树上出现

---

① Susan Ann Hyman, Green Fields: The spirit of place in novels and memoris of the Victorian countryside (PhD), Minnesota University, 1994, p. 50.

② 哈代. 林地居民. 邹海伦译. 贵阳：贵州人民出版社，1988 年版，第 81 页.

③ 哈代. 林地居民. 邹海伦译. 贵阳：贵州人民出版社，1988 年版，第 81 页.

④ 哈代. 林地居民. 邹海伦译. 贵阳：贵州人民出版社，1988 年版，第 444 页.

了"①。玛蒂和小树形成一种神秘的亲和关系。不论是基尔斯还是玛蒂，在哈代笔下都被赋予神秘色彩，通过描述他们与植物之间的神秘关系，哈代要表达的是人与自然相互依存的和谐。"人与人、人与自然的相互依存决定辛托克的生命力。"②

哈代在小说中通过描述人类和无生命自然的相互依存、人类和动植物的亲和关系来展现人与自然平等和谐的生态伦理观。

---

① 哈代．林地居民．邹海伦译．贵阳：贵州人民出版社，1988 年版，第 82 页．

② John Rabbetts, *From Hardy to Faulkner：Wessex to Yoknapatawpha*, London：Macmillan Press, 1989, p. 173.

第三章　民间信仰与哈代小说的神秘性

　　哈代小说充满浓厚的神秘色彩，小说中人物命运的不可捉摸、自然的灵性描写以及神秘恐怖的气氛都具有典型的神秘特征。神秘性成为哈代小说独特的艺术形态。哈代小说中的宿命色彩、自然的灵性描写以及神秘恐怖的气氛等神秘因素受到很多哈代研究者的关注。研究者从不同的角度对其艺术形态进行了分析和探讨。对小说宿命观的阐释，很多学者认为与哈代悲观的人生态度有关。他以悲观的视角来阐释笔下的世界和人物命运，因此才形成了在其创作中带有浓重宿命色彩的普遍特征。通过对小说中自然的灵性描写的分析，学者认为这体现了哈代的博爱思想，他怀着深厚感情去观照大自然，出现在小说中的大自然便具有了人格化特征。至于小说中神秘恐怖的气氛所形成的哥特风格，因在长篇小说中表现得比较零散、琐细，而且这种细节出现较少，其艺术形态被小说整体的现实主义形态所遮蔽，相对来说受到研究者的关注较少。纵览哈代研究的成果，对其神秘性艺术形态的分析缺失一个非常重要的维度，那就是对哈代产生很大影响的威塞克斯民间文化。哈代的祖母对他来说是传递威塞克斯民间文化口头文学的丰富源泉，哈代从小听祖母讲了很多故乡的民间故事、传说、奇闻轶事和民间习俗历史，这一切构成了其小说创作中的民间记忆，哈代在此基础上建构了威塞克斯的理想世界来对抗维多利亚时代的工业文明。作为威塞克斯民间文化重要构成的民间信仰不可避免地成为哈代独特创作形态建构的有效因子，其功能体现在两方面：一是赋予哈代小说以典型的命运特征；二是渲染了哈代小说的哥特风格。

第一节　哈代小说的命运观念

　　哈代小说中充满浓厚的命运观念，宿命色彩构成哈代小说的独特形态。小说中的人物在面对悲剧处境时，总是把一切归结为上天和命运。小说《还乡》中，游苔莎本身体现了追求幸福的坚强意志和追求光明生活的热烈愿望，但是命运决定了她的不可避免的毁灭。作者认为掌管她命运的是一个模糊不清、巨大无比的世事之王。游苔莎总是感觉到世间有一种说不清的力量在和她作对："把我弄到这样一个恶劣的世界上来，有多残酷哇！我本来是能够做好多事情的啊，可是一些我控制不了的事物却把我损害了，摧残了，压碎了！"[①] 为此，她常常哀叹自己的不幸："我都怎么要强来着啊，可是命运又怎么老是跟我作对啊，我就不应该有这样的遭遇。"[②] 克林感叹道："事物不朽不灭的演化，是由不能预知的因素操纵着。"[③] 亨察尔认为，他的失败，是有一个邪恶的精灵一心要折磨他；之所以会招致邪恶的精灵，有的是由于他的错误，有的是由于厄运。裘德与淑认为自己的悲剧是由于命运的力量，他们这样看待自己的悲剧："命运因为咱们听从了自然，认为咱们把她说的都

---

① 哈代. 还乡. 张谷若译. 北京：人民文学出版社，1991年版，第466页.
② 哈代. 还乡. 张谷若译. 北京：人民文学出版社，1991年版，第466页.
③ 哈代. 还乡. 张谷若译. 北京：人民文学出版社，1991年版，第500页.

当了真话，太傻了，所以就在咱们背后给了咱们一刀！"① 可以说，哈代的悲剧主人公总是把自己的不幸和苦难归咎于命运。小说宿命色彩的形成归因于哈代看待人生的宿命观念。他认为人生总是受到某种强大神秘力量的控制和操纵，人生的悲剧和苦难都是命中注定的。哈代宿命观的形成受到英国西南部威塞克斯地区神灵观的影响。

一、威塞克斯的神灵观

威塞克斯地区居民的信仰是民间信仰。民间信仰是"从人类原始思维的原始信仰中不断传承变异而来的民间思维观念的习俗惯例"②，"它几乎是从远古祖先那里继承了全部信仰的思维观念和相当数量的形式"③。他们和处于原始时期的居民一样，认为世间神灵无处不在，它们具有超自然的神秘力量，可以随意驾驭人世间的一切，包括人的命运甚至生命。这种神灵观在多塞特人身上有典型体现。多塞特人持有神灵观，如阿布瑞在他对多塞特郡民俗的考察④中记载了一则多塞特人都相信的真实故事："一天晚上，一个经过草原高地的男人躺下休息的时候，看见一群穿着紧身皮外套的小精灵围着他跳舞。"他们对精灵的存在深信不疑，认为人类生活在被威力强大的精灵——神灵控制的世界。哈代在小说中对神灵观进行了真实生动的描述，如《林地居民》中辛托克广为流传着林地精灵半夜骑马的传说。多塞特的一个当地人，说他自己亲眼见过、经历

---

① 哈代. 无名的裘德. 张谷若译. 北京：人民文学出版社，1989 年版，第 353 页.

② 乌丙安. 中国民俗学. 沈阳：辽宁大学出版社，1985 年版，第 267 页.

③ 乌丙安. 中国民俗学. 沈阳：辽宁大学出版社，1985 年版，第 278 页.

④ Aubrey L. Parke, The Folklore of Sixpenny Handley, Dorset, *Folklore*, Vol. 74, No. 3, 1963, pp. 481–487.

过这样的事情。有一次，他早上去骑马的时候，发现马很疲惫，而且马蹄上满是泥土，他相信昨晚精灵出现了。[①] 神灵观念在多塞特人的生活中以各种不同的形态表现出来：一是占卜和征兆习俗；二是誓言观念；三是巫师和巫术。

多塞特人通过占卜和征兆两种方式来预测未知事物，是基于其神灵观念。他们相信人类受到神灵的控制，在普通的日常生活中人们是无法了解其意志的，而占卜和征兆则暗含神谕，人们可以通过它们解读神灵的启示。他们相信征兆是神灵对将要发生的事情给人类的暗示。占卜者在占卜的过程中，"有些神灵在他们头上飞翔"[②]，占卜的结果也体现神意。哈代在小说中真实地描述了以多塞特人为原型的威塞克斯居民的占卜和征兆习俗。如《卡斯特桥市长》中亨察尔通过占卜的方式预测来年的收成，以此为依据做粮食生意。依赖于占卜做重大决定的生活方式和观念足以说明亨察尔看待世事的神灵观念。《德伯家的苔丝》中苔丝的母亲通过占卜的方式预测女儿的命运。《远离尘嚣》中韦瑟伯利的少女们通过《圣经》和钥匙占卜自己未来的丈夫等。除此之外，他们还非常看重征兆。如《德伯家的苔丝》中，苔丝和安玑结婚的那天，过晌了公鸡竟然打鸣，这被认为是不吉利的征兆，果然苔丝新婚之夜就被安玑抛弃。《还乡》中荒原人认为，出生在没有月亮的晚上是不吉利的，因为克锐出生在那样一个没有月亮的晚上，所以才缺失了男子汉气概。哈代对威塞克斯居民占卜和征兆的生活形态的描写真实反映了多塞特人对神灵的崇拜。

---

① E. J. Begg, Case of Witchcraft in Dorsetshire, *Folklore*, Vol. 52, No. 1, 1941, pp. 70—72.

② 爱德华·泰勒. 原始文化——神话、哲学、宗教、语言、艺术和习俗发展之研究. 连树声译. 上海：上海文艺出版社，1992年版，第 57 页.

　　除了对神灵的崇拜，多塞特人的生活中还体现了对神灵的敬畏，具体表现在他们的誓言观念中，这构成神灵观的第二种表现形态。他们认为"神灵和人是相通的，人的一举一动都可以引起神灵高兴或不悦"①。因此多塞特人对誓言的态度是十分严肃认真的，从不轻许誓言，一旦在神灵面前许下誓言，必须坚守，否则他们坚信发誓人会受到神灵的严厉惩罚。哈代在小说中对此进行了描述。如《卡斯特桥市长》中亨察尔在喝醉酒卖妻女之后，在教堂里许下重誓："在未来二十一年内我决不再喝各种烈性酒……如果违背了我的誓言，叫我受天罚，变成聋子、瞎子和不可救药的人！"② 之后的二十一年，亨察尔一直坚守誓言，从没违背。短篇小说《羊倌所见》中，公爵杀人后被一个小羊倌看见，之后他在古代留下的祭坛遗迹处逼羊倌起誓不让他说出去，羊倌发誓后一直坚守誓言。在他看来，如果不遵守在异教神庙面前许下的誓言，会受到神灵的严厉惩罚。

　　巫师和巫术是体现多塞特人神灵观的第三种形态。在多塞特人看来，巫师不是普通人，他们具有神灵的超自然能力，能通过巫术实现超现实的神秘力量。在多塞特人的生活中，巫师和巫术随处可见。多塞特郡的民俗中记载了很多关于这方面的故事。如阿布瑞在对多塞特郡民俗的考察中叙述了一个女巫的故事。在多塞特边界处有一处林地，这一块林地因强盗科特被绞死在那里而被称为科特的坟墓。可有人说，这个科特根本不是男人。这个人以前曾经见过科特，说她是一个吉卜赛老女

---

　　① 爱德华·泰勒. 原始文化——神话、哲学、宗教、语言、艺术和习俗发展之研究. 连树声译. 上海：上海文艺出版社，1992 年版，第 349 页.
　　② 哈代. 卡斯特桥市长. 侍桁译. 上海：上海译文出版社，2002 年版，第18 页.

人，在两个教区之间流浪。她非常神秘，没有人了解她。在多塞特人看来，科特是一个神秘的女巫。[①] 在一篇集中描述多塞特郡巫术的文章[②]中记载了多塞特的一个当地人讲述的几则关于巫术的传说。在他们的观念里，这些事情虽然非常神秘，但都是真实地在现实生活中发生的。他们认为这些并不是超现实的魔幻因素，而是确有其事。一则是关于一个老女巫施行巫术化身野兔的故事。再有几则故事讲的是关于女巫的诅咒法力，如有一个人和女巫吵架，女巫对他进行了诅咒，第二天，他果真意外死去。哈代在小说《还乡》中描述了巫术流行的状况。苏珊一直认为儿子的生病是因为女巫游苔莎对其施行了法术，因此她制作了游苔莎的蜡像，然后把蜡像融化用以诅咒游苔莎，而游苔莎就是在那一晚死去的。这种暗合体现了巫术的神秘力量。

多塞特人生活中的占卜和征兆习俗、誓言观念以及巫师、巫术的存在流行，表达了其神灵观念。承载多塞特人神灵观的民间习俗在哈代的小说中得到了真实呈现。哈代小说中的威塞克斯世界主要以他的故乡多塞特郡为原型建构，尽管在 19 世纪末的时候，多塞特民间文化的古老形态有很多已经消失，但哈代借助于民间记忆恢复了古老威塞克斯民间习俗的真实形态，在这方面并没有虚构的成分。正如哈代在 1895 年《远离尘嚣》新版的前言中所说："这部小说的大部分情节都发生在一个叫韦瑟伯利的小村子，如果不加指点的话，探索者也许很难在任何现存的地点辨认出这个村子来了，尽管在相对而言算

---

① Aubrey L. Parke, The Folklore of Sixpenny Handley, Dorset, *Folklore*, Vol. 74, No. 3, 1963, pp. 481—487.

② E. J. Begg, Case of Witchcraft in Dorsetshire, *Folklore*, Vol. 52, No. 1, 1941, pp. 70—72.

是较近的年代里，即本书写作的年代，可以很容易找到一些足以和本书描写的情景相符的背景和人物。"之后，哈代在前言中列举了他小说中描述的虽然已经消失但确实存在过的传统习俗，如"用《圣经》和钥匙占卜，把瓦伦丁节礼物作为一片真心的寄托，剪羊毛时的晚餐，长罩衫，收获结束时的欢庆"等。哈代在小说中通过创造的威塞克斯世界再现了古老民间习俗的真实形态，表达了多塞特人的神灵观。

二、哈代小说的宿命论

哈代小说除了真实描述威塞克斯地区的古老习俗，展现其神灵观外，还展现了古老习俗中隐含的神谕和现实生活发生的暗合。如苔丝和安玑结婚那天，出现了午后公鸡打鸣的不祥之兆，之后发生的事情果真像预兆所显示的那样：苔丝在新婚之夜被丈夫抛弃。《还乡》中苏珊对游苔莎施行了巫术，游苔莎就是在苏珊融化其蜡像的那一时刻死去的。因哈代小说主导的现实主义形态，这些细节在现实主义描述的框架下看起来像是巧合，但哈代在小说中设置这种暗合，绝不是偶然的，其中隐含着哈代对威塞克斯地区人们神灵观的认同。如果哈代只是遵循现实主义的创作原则，真实描述威塞克斯地区人们的生活和习俗，那小说中就不会出现古老习俗中的神谕和现实生活的多次偶合。他和故乡的人们一样，相信世间存在某种人的意志无法控制的超自然神秘力量，人们的生活很大程度上要受到这种力量的操纵。哈代也就在其对神灵观认同的基础上，自觉接受了神灵观的影响，建构了看待世事的宿命论。哈代宿命观的思想除了来自他的生长环境，很多学者认为还来源于其阅读经验：古希腊悲剧的命运观对他的影响。但就哈代的阅读经验来看，他之所以对古希腊悲剧感兴趣，花很多时间认真研读古希

腊悲剧作品，而且从中汲取其看待世事的命运观念，其根本的
原因在于那时的哈代已经形成了宿命观，是看待人生的宿命视
角促成了他对古希腊悲剧作品的阅读选择。因此，从根本上
说，哈代的宿命论是在故乡威塞克斯地区神灵观的影响下建构
的。他对古希腊悲剧的阅读经验并没有从根本上建构其命运
观，只是加重了哈代的命运悲剧意识而已。而对于哈代命运观
和民间信仰中神灵观的关系，我们不能简单认为，两者完全是
同一的。哈代虽然在神灵观的影响下形成阐释人生的宿命视
角，但哈代观念中控制人物生活的巨大命运力量和威塞克斯地
区神灵观中各种不同的神灵有很大区别。在哈代看来，命运幻
化为各种不同的形态，他们或以神秘的大自然出场，或以遗传
与因果报应等神秘因素出现，或以某种巧合与偶然因素出现，
随时给人以毁灭性的打击。总之，这种力量不是人的理性所能
控制的，是超乎于人的意志之外的。

1. 自然力量

哈代小说中的大自然让人不可捉摸，其中充满各种神秘力
量。作为宇宙中存在的不可知力量，哈代赋予威塞克斯的自然
世界以特殊寓意，他从广义上把大自然理解为一种力量："他
感到其中有一个幽灵，这幽灵对人类的命运可以同情，可以嘲
弄，也可以保持一个冷漠的旁观者的态度。"① 哈代让大自然
在小说中扮演着命运之神的角色，它"总与个体的努力相对
抗"②，"坚决地干预人们的生活，它有爱也有憎，它进行支持

---

① V. 伍尔夫. 论托马斯·哈代的小说（1928）. 引自《哈代创作论集》. 陈
焘宇编选. 北京：中国社会科学出版社，1992 年版，第 210 页。

② Jeannette King , *Tragedy in the Victorian Novel : Theory and Practice in
the Novel of George Eliot , Thomas Hardy and Henry James* , London：Cambridge
University Press, 1978, p. 22.

也进行惩罚"①。在哈代的笔下，威塞克斯的自然景物具有生命，它仿佛是超脱世间的精灵注视着人类的一切悲剧，随意嘲弄着人类的命运："造物主的脾气并非是诗情画意的，她在某些时候特别偏爱干出某些事情，而她这么干，既没有明显法则加以控制，也不能用季节变化进行解释。她被看成一个脾气古怪的人：她不是交替地、不偏不倚地或井然有序地撒播恩泽和酷虐，而是喜怒无常，时而严厉苛刻到了残忍的地步，时而慷慨大方得叫人难以承受。人的处境总是要么像挥霍无度者的宠儿，要么像守财奴的债户。她在不友好的时候，就似猫耍老鼠一样恶作剧地取乐一番，在吞下猎物之前尽情品尝那种快意。"②

　　在小说中，大自然作为某种强大的不可改变的力量，时刻影响着人们的生活。《远离尘嚣》"牧场的悲剧"一章中，暴风雪以摧毁一切的力量夺走了奥克所有的羊，使他从一个牧主沦为一个身无分文的羊倌，从此以后只能到处流浪、漂泊。冥冥之中的这种大自然力量，使奥克心灵遭受极大的痛苦，"他如此兢兢业业地付出了他的精力、耐性和勤奋才获得了目前这种进展，现在看来这一切也被残酷地剥夺得一无所剩了。他俯身在栏杆上，用手蒙住了脸"③。《卡斯特桥市长》中亨察尔的破产也是由于气候的缘故。他由于相信了气象预言家佛勒的预测，以高价收购了大批小麦，想从中大赚一笔，没想到天气偏偏与亨察尔开了一个很大的玩笑，来年的好天气带来了好收

　　① 苏联社会科学院高尔基世界文学研究所编. 英国文学史. 秦水译. 北京：人民文学出版社，1983年版，第232页.

　　② 哈代. 一双蓝蓝的眼睛. 严维明、祁寿华译. 南京：译林出版社，1994年版，第270页.

　　③ 哈代. 远离尘嚣. 陈亦君、曾胡译. 石家庄：花山文艺出版社，1982年版，第40页.

成，亨察尔高价买进的小麦只得以低价转手，如此一来，便使亨察尔陷入经济的困境，一步步走向悲惨的结局。同时，哈代小说中还描写了许多恶劣的自然现象：萧瑟的寒冬、冰冷的暴风雨、漆黑阴沉的夜晚等。它们常常作为烘托人物的自然场景出现，在无形中扮演着一种特殊的力量干预人们的生活与命运。如《还乡》对游苔莎准备逃离荒原时的描写，暴风雨无情摧打着心中充满悲苦的游苔莎，最后以一种毁灭性的力量夺去了她的生命。还有如《远离尘嚣》中对在漆黑的夜晚，去往卡斯特桥济贫院路上范妮的描写，昏暗的夜晚似乎也扮演着某种特殊的力量，第二天，她就在济贫院死去了。这些自然现象扮演着某种不可知力量，不知何时便给人以毁灭性的打击。

大自然所扮演的命运之神的角色，以《还乡》中对爱敦荒原的描述最为著名。小说开篇对爱敦荒原的描写渲染了浓重的悲剧气氛。爱敦荒原年代久远，但亘古不变，"这一块没经侵扰的广大地区，有一种自古以来永久不变的性质，连大海都不能跟它相比"①。这种亘古不变孕育着危机，"它那样一动不动地等候，过了那么些世纪了，经历了那么些事物的危机了，而它仍旧在那儿等候，所以我们只能设想，它是在那儿等候最末一次的危机，等候天翻地覆的末日"②，荒原本身孕育着悲剧与危机。同时小说还对其凄冷的轮廓进行了刻画，"暴雨是它的情人，狂风就是它的朋友"，冬天"爱敦荒原就变成精灵神怪的家乡了，我们有时半夜作逃难和避祸的噩梦，模模糊糊地觉得四面都是荒渺昏暗的地方"，"它有一副抑郁寡欢的面容，含着悲剧的种种可能"③。它似幽灵一样，在荒原的上空游荡，

① 哈代. 还乡. 张谷若译. 北京：人民文学出版社，1991年版，第9页.
② 哈代. 还乡. 张谷若译. 北京：人民文学出版社，1991年版，第4页.
③ 哈代. 还乡. 张谷若译. 北京：人民文学出版社，1991年版，第7页.

浸染着人们的灵魂。爱敦荒原就是威塞克斯世界的命运之神，它冷漠地注视着在荒原上来来往往的男男女女，随意操纵着他们的命运与喜怒哀愁。它的这种"命运之神"的力量通过小说形象地表现出来："它永远只穿着这样一件令人起敬的衣裳，好像人类在服装方面那样争妍斗俏含有讥笑的意味。一个人穿着颜色和式样都时髦的衣裳，跑到荒原上去，总显得有些不伦不类。大地的服装既是这样原始，我们仿佛也得穿顶古老、顶质朴的衣服才对。"① 这段话象征爱敦荒原与人之间的关系。爱敦荒原本身代表着一种古老的荒原秩序，人们只有与它相称、和谐才能有美满的结局，如和它不协调，发生冲突，则一定会落入悲惨的结局，它神秘地操纵着人的命运。小说中几个主要人物无不体现了这一原则。游苔莎一开始就与荒原不和谐，对游苔莎来说，荒原就是她的"苦难"、她的"冤孽"、她的"追命鬼"，她厌恶荒原的抑郁面孔与寂寥神情，一心想逃离荒原，最后在逃离荒原的晚上溺水而死；克林回到荒原想改变古老的秩序，把外面的现代文明带进荒原，而"文明是它的对头"②，最后克林落得孤独一人在荒原上漂泊的结局；文恩以红土贩子的身份出现，这是一种古老的近乎绝迹的职业，但它与荒原文化相协调，执着的文恩最后得到了一直向往的美满爱情。

2. 偶然与巧合

在哈代看来，命运多体现为一种抽象的、超自然的神秘力量，它往往通过某些具体的细节和事件，特别是通过偶然与巧合来显示自己的意志，生活中的偶然与巧合是命运意志和力量

---

① 哈代. 还乡. 张谷若译. 北京：人民文学出版社，1991 年版，第 8 页.
② 哈代. 还乡. 张谷若译. 北京：人民文学出版社，1991 年版，第 8 页.

的体现。伍尔夫曾对此议论说："更为奇特的是，由于他感到人类是他们身外某种力量的玩弄对象，因而大量地使用了、甚至夸张地使用了巧合。"① 在哈代的小说里，偶然与巧合随处可见，这几乎成为他小说的一大特色。它们从表面看似乎是偶然因素，其实在哈代的小说中"巧合本身并不是原因，它只是作为表现命运力量的形式而出现的"②。偶然事件总是与主人公的命运密切相关。透过它们，不难发现在它们后面的那种无形的决定力量——命运。事件明显的偶然性似乎证明了命运那种变化无常的性质。在这些偶然事件中，一时的疏忽埋下了祸根，人物的悲剧似乎就这样被事先埋伏着的恶的力量决定了。

命运有时会在人物生活幸福的巅峰时刻突然袭击他们，随后灾难接二连三降临，使他们的境遇发生根本变化。如巴丝谢芭寄瓦伦丁给博尔德伍德，本意是开玩笑，不料竟招致了自己的烦恼，引起博尔德伍德的悲剧。亨察尔酒后一时冲动卖妻，竟导致二十年后众叛亲离、一贫如洗的结局。裘德一时冲动娶了艾拉白拉，为自己的一生埋下不幸的根苗。《还乡》的悲剧在很大程度上是由于一系列巧合与误会造成的：首先，姚伯太太叫克锐把分给克林和朵荪的钱给他们送去。路上他遇到一群人要去摸彩，就跟着去了，他中了彩，头脑一热，就同韦狄赌博，把自己和姚伯太太给他的钱统统输掉了。当时文恩在旁观看，把钱全部又赢了回来。不过他却错误地把钱全部给了朵荪，直到姚伯太太和游苔莎后来见面争吵起来才平分，但为时已晚。由于这次争吵，使得游苔莎在姚伯太太叫门时不愿给她

---

① V. 伍尔夫. 论托马斯·哈代的小说 (1928). 引自《哈代创作论集》. 陈焘宇编选. 北京：中国社会科学出版社，1992 年版，第 210 页.

② Joseph Garver, *Thomas Hardy*: "*The Return of the Native*", London: Macmillan Press, 1988, p. 97.

开门。接着又是一个无法相信的巧合：游苔莎听到外间克林在喊"妈"，以为克林已经把门打开，其实他那时是在说梦话，等游苔莎反应过来，姚伯太太已经走了。这时的姚伯太太误认为儿子、儿媳妇不愿给她开门，伤心欲绝，当时正值七月，中午的荒原炎热如火，姚伯太太拖着疲惫的身心在回家途中，被毒蛇咬伤，最后死在荒原上。这一系列由于误会造成的偶然事件直接导致克林与游苔莎的隔阂，成为最后悲剧发生的契机。后来又发生了一些巧合，如克林给游苔莎写信和好，偏巧送去得太晚，又碰巧游苔莎没看见，这才最后导致了游苔莎溺水而死的惨剧。这一次接一次的巧合使人感觉似乎有一种冥冥的力量在把小说推向悲剧，这就是巧合所扮演的命运的无情大手在起作用。《德伯家的苔丝》中，苔丝结婚前给安玑写了一封信，碰巧这封信塞到了毯子底下，安玑没看见，这才发生了新婚之夜苔丝被安玑抛弃一幕。后来苔丝去安玑家寻求帮助的路上，碰巧听到了安玑两个哥哥的谈话，就打消了去找安玑父母的念头，最后因为经济的窘境，只能再次落入亚雷的魔掌。总之，大大小小的偶然事件，正是命运意志的具体体现。人类在此过程中成为命运玩弄的玩偶。

3. 家族遗传与因果报应

家族遗传、因果报应在小说中也是人的意志不能控制的命运力量，它们以神秘的不可改变的力量控制着人物的生活。在《德伯家的苔丝》中，苔丝杀死亚雷，追上安玑之后，有一段安玑心理活动的描写，安玑"打量她，同时心里纳闷儿，不知道德伯氏的血统里，究竟有什么令人不懂的特性，才会让苔丝做出这种离经反常的事来——如果那真能说是一件离经反常的事。他心里有一瞬的工夫，曾经想到，德伯氏马车跟杀人的传说，所以会发生，也许就是因为人家都知道德伯家常干这种事吧"①。哈代借安玑之口道出苔丝之所以会干这种事，绝非偶然，骨子里是因为她血管中流淌着德伯氏家族的血。《无名的裘德》中，裘德父亲、姑妈的婚姻都以失败告终，裘德一生婚姻的不幸也是命中注定的，如老姑太太所言："咱们范立家的人都生来就跟结婚没有缘，结婚跟咱们范立家好像永远有别扭。"② 老姑太太的话像神谕一样控制着裘德的命运，不论他怎样挣扎，都逃脱不了悲惨的结局，因为他血管里永远流着范立家的血，"他的悲剧归因于命运或对家族遗传的诅咒"③。除此之外，哈代还在作品中渗入因果报应的成分，预示人物的悲剧是早就注定了的。苔丝之所以受辱，也许与她祖辈们曾无情对待过昔日农民的女儿有关，"现在这场灾难里，也许含有因果报应的成分在内。毫无疑问，苔丝·德伯有些戴盔披甲的祖宗，战斗之后，乘兴归来，恣意行乐，曾更无情地把当日农民的女儿们同样糟蹋过"④，她的苦难是她祖先罪恶的报应。"《卡斯特桥市长》中的亨察尔最后在荒原上孤独死去的悲剧，也包含着对他当年罪恶的惩罚，只不过这种惩罚推迟了二十年"⑤。

----

① 哈代. 德伯家的苔丝. 张谷若译. 北京：人民文学出版社，1984 年版，第 559 页.

② 哈代. 无名的裘德. 张谷若译. 北京：人民文学出版社，1989 年版，第 69 页.

③ Florence Emily Hardy, *The Life of Thomas Hardy* (1840—1928), London: Macmillan Press, 1962, p. 271.

④ 哈代. 德伯家的苔丝. 张谷若译. 北京：人民文学出版社，1984 年版，第 113 页.

⑤ Jeannette King, *Tragedy in the Victorian Novel: Theory and Practice in the Novel of George Eliot, Thomas Hardy and Henry James*, London: Cambridge University Press, 1978, p. 115.

哈代小说的命运观比威塞克斯人简单建立在神灵观基础上的宿命论有更多的现实内涵。前文分析的体现命运力量的不同形态包含着哈代对生活的理解。哈代把大自然作为命运化身的观念，和威塞克斯人对自然神灵的敬畏是同一的，这种观念得因于农村原始宿命观念的影响；通过偶然和巧合体现命运的反复无常，表现了哈代对人类生活困境的深刻认识，"哈代是最早阐释人类荒诞生活处境的作家"①；把家族遗传和因果报应作为神秘命运的化身，表现了哈代受到达尔文进化论遗传观和进化循环论的影响。

第二节　哈代小说的哥特风格

英国文学发展到 18 世纪末 19 世纪初，哥特小说盛行，"这种小说的发展借助于不断提及峭壁和深渊，折磨与恐怖，巫术、恋尸癖以及令人不安的超自然现象。它充斥于鬼魂出没、突然死亡、地牢、梦境、妖术、幻觉和预言之中"②。超现实的神秘和恐怖构成哥特小说的典型特征，也成为文学作品哥特风格的主要内容。哈代小说中对超自然神秘因素的描写和对恐怖气氛的渲染，构成小说独特的哥特形态。长篇小说的哥特因素常被现实主义艺术形态所遮蔽，零散地出现在文本的叙述中。如《德伯家的苔丝》中关于德伯家四轮马车的传说，这则传说中透着神秘和恐怖。《卡斯特桥市长》中，亨察尔在自杀的时候看到了自己的幽灵从河上浮了上来。还有如《林地居

---

① Jagdiah Chandra Dave, *The Human Predicament in Hardy's Novels*, London: Macmillan Press, 1985, p. 17.

② 安德鲁·桑德斯. 牛津简明英国文学史. 高万隆等译. 北京：人民文学出版社，2000 年版，第 349 页。

民》中关于林地幽灵的传说等。它们在小说中只是作为哥特式手法，为表现主题和塑造人物服务。相比较而言，哥特风格成为哈代短篇小说的典型特征，其主要情节叙述中充满了神秘和恐怖的哥特式因素。如《萎缩的胳臂》中罗达的超现实神秘力量、格特鲁德胳臂的奇怪萎缩以及治疗萎缩胳臂的怪异方法；《格瑞布府上的巴巴拉》中爱德蒙被毁的残缺面容，公爵的残忍折磨，受虐的巴巴拉的不幸；《羊倌所见》中的幽灵、尸体以及恐怖的谋杀等。哈代小说哥特风格的艺术形态既受英国文学哥特小说的影响，还和威塞克斯地区的民间信仰有关。

一、威塞克斯的万物有灵

威塞克斯地区的信仰作为民间信仰，传承了原始信仰的基本观念：万物有灵。万物有灵观"可分解为两个主要的信条，它们构成一个完整学说。其中的第一条，包括各个生物的灵魂，这灵魂在肉体死亡或消灭之后能够继续存在。另一条则包括从各个精灵本身，上升到威力强大的诸神行列。神灵被认为影响或控制着物质世界的现象和人的今生和来世的生活"[①]。由此看来，万物有灵观主要由三个思想构成：一是万物皆有灵魂；二是鬼魂精灵存在的鬼怪观念；三是神灵控制生活的神灵观。万物有灵的这三个观念在多塞特人思想中有鲜明表现。

首先，他们认为人世间的一切都是有灵魂的，因此在他们看来，无论是有生命的动植物还是无生命的大自然都是有灵性的。这在多塞特的"五朔节"风俗中体现出来。人们在五月一日这天举行庆祝活动，就是基于植物有灵的观念来祭祀花果女

---

① 爱德华·泰勒. 原始文化——神话、哲学、宗教、语言、艺术和习俗发展之研究. 连树声译. 上海：上海文艺出版社，1992年版，第349页。

神的。

其次，多塞特人相信鬼魂的存在。阿布瑞的民俗考察①中记载了很多鬼故事，虽然鬼怪是超现实的神秘意象，但在多塞特人的观念中，他们相信鬼怪是真实地在他们的生活中存在的。如其中一则叙述了瑞沃斯小姐女仆的鬼魂出现的故事：这个女仆在附近的树林中上吊自杀后，大家经常看见其鬼魂在那片林地出现。还有一则叙述一个人看见鬼的故事：那天，这个人在路上行走，看见前面有一个身材高大的穿着黑衣服的女人，看起来不像当地的居民。等到走到路的尽头，前面的女人忽然不见了。这个人明白那个女人根本不是人，而是鬼。哈代在《德伯家的苔丝》中对当地人信仰的描述如下："从前在这儿，有让人逐猎的麇鹿，有让人刺扎淹没的巫觋，有绿斑点点、嘲弄行人的精怪，现在这块地方上的人仍旧相信这些东西。"②

再次，多塞特人基于神灵观，相信人世间存在着超现实的神秘力量，如巫师和巫术的神秘能力。在一篇文章③中记载了多塞特的一个当地人讲述的几则关于巫术的传说。在他们的观念里，这些事情虽然非常神秘，但都是真实地在现实生活中发生的。他们认为这些并不是超现实的魔幻因素，而是确有其事。一则是关于一个老女巫的民间故事：这个老太太名叫詹瑞。村上的猎人几次带猎狗打猎，都碰见同一只大野兔，但每次这只野兔总能逃脱，而且总是在这个老太太家附近就消失

① Aubrey L. Parke, The Folklore of Sixpenny Handley, Dorset, *Folklore*, Vol. 74, No. 3, 1963, pp. 481－487.

② 哈代. 德伯家的苔丝. 张谷若译. 北京：人民文学出版社，1984 年版，第 504 页.

③ E. J. Begg, Case of Witchcraft in Dorsetshire, *Folklore*, Vol. 52, No. 1, 1941, pp. 70－72.

了，几个猎人觉得很奇怪。一次，这只野兔在猎狗的追赶下又消失在老太太家附近。猎人去她家一探究竟，开门的是她的孙子。猎人问他刚刚是否见过一只满身尘土的野兔从门缝里挤进来。孙子说没见过，刚刚进来的是他奶奶。奶奶满身灰尘，头发蓬乱，现在正在房间梳洗。猎人冲进去一看，看到的是正在梳洗的老太太，没有野兔。可在猎人看来，她满身灰尘的种种迹象表明，那只野兔就是老太太变的，她施行了巫术。关于女巫詹瑞，还有其他人见过她的巫术。如村里有一个人正在院子里饮马，突然发现外边的马铃薯地里，有什么东西在动，像是野兔。他冲出去一看什么都没有，赶紧骑马追赶，半路见到詹瑞太太。这个人认为，毫无疑问，刚才偷马铃薯的野兔就是这个老太太变的。这两则故事表明女巫詹瑞有变身野兔的神秘能力。还有一则故事讲关于女巫的诅咒法力：有一个人和女巫吵架，女巫对他进行了诅咒，第二天，他果真意外死去。从这些民俗记载中，我们可以看出多塞特人对巫师和巫术确实存在超现实的神秘力量深信不疑。除了巫术中的神秘，多塞特人相信世间任何超现实神秘现象的发生和存在，因为他们认为所有的一切都是由人类所不能认识和理解的神灵控制的。

多塞特人万物有灵的这三个观念共同表达着他们认为人世间有超现实神秘因素存在的思想：万物皆有灵魂的观念赋予无生命的大自然、有生命的动植物以神秘力量；鬼怪观念使现实生活中存在鬼魂、幽灵等超现实意象；神灵观使现实生活中呈现出由神秘力量控制的超现实现象。

二、哈代小说的哥特形态

哈代受到多塞特万物有灵观念的影响，在小说中描述了超自然的神秘因素。对神秘因素的描写除了产生神秘的审美效果之外，有些对神秘因素的展现中还伴随产生了恐怖的审美情感。神秘和恐怖审美效果构成哈代小说哥特风格的主体形态。基于多塞特人万物有灵观三个思想构成的影响，哈代小说的神秘因素相应地体现在以下三个方面。

1. 自然①有灵的神秘

自然的灵性描写，是哈代小说的独特形态。哈代小说对大自然的灵性描写中透露着超现实的神秘。如《还乡》中对爱敦荒原的描写。在哈代笔下荒原具有生命的特征，它"总是一动不动地等候"②，过了许多世纪从来没改变什么。从它的面容来看，"脸上总是流露出寂寥的神情来"，"它有一副抑郁寡欢的面容，含着悲剧的种种可能"③。神秘的荒原本来是无生命的存在，哈代赋予荒原的生命色彩，使荒原变成了一个操纵人类生活的命运之王，因此显得更加神秘。自然有灵的神秘最典型地体现在哈代对人与植物奇特灵魂感应的描写上。如《林地居民》中，基尔斯和小树之间神秘的感应：基尔斯在栽树的时候"常常好像是漫不经心的，实际上他与那些正在栽种下去的枞树、橡树或山毛榉之间存在一种和谐一致，因而，这些树用不了几天便在泥土中扎下了根"④。除此之外，小说还描述了老苏斯和他们家屋前大树之间的神秘联系。老苏斯得了重病之后，总感觉门前那棵树会要了他的命。那棵树被砍掉之后，老苏斯的精神彻底崩溃，当天就离开了人世。在老苏斯看来，那棵伴随他长大的树是有灵魂的，和他本人的灵魂相通，两者之

① 这里的自然包括：自然的客观景物以及动植物等。
② 哈代. 还乡. 张谷若译. 北京：人民文学出版社，1991年版，第4页.
③ 哈代. 还乡. 张谷若译. 北京：人民文学出版社，1991年版，第7页.
④ 哈代. 林地居民. 邹海伦译. 贵阳：贵州人民出版社，1988年版，第81页.

间存在神秘感应。那棵树对老苏斯生命产生影响的神秘力量使小说充满神秘色彩。

2. 鬼魂、幽灵的神秘

哈代小说描写了鬼魂、幽灵的超现实意象，这种意象在小说中往往带来神秘、恐怖的审美效果。如《卡斯特桥市长》中，亨察尔来到一条荒凉的河边，这里一片昏暗。他正要投水自杀的时候，看见河面上漂着一样东西。"起初由于河岸边的阴影，那件东西还不清楚；可是它浮现出来，成了一定的形状，这是一个人的身体，挺直僵硬地躺在河面上。"① 之后，亨察尔看清原来那是自己的幽灵。昏暗的光线下，荒凉的河面上幽灵的出现，让人产生神秘恐怖之感。《羊倌所见》中，在谋杀案发生的地方三巨石门附近，已经死去的谋杀者和被害者的鬼魂经常出现，这些鬼魂不断上演着当年发生的那件凶杀案。

3. 超现实神秘力量

哈代小说有很多体现神秘力量的超现实现象，威塞克斯居民相信这些现象是现实生活中的真实存在。他们之所以出现，是因为他们生活在一个被神灵控制的神秘世界。如《德伯家的苔丝》中，关于德伯家四轮马车的神秘传说如何神秘地在苔丝身上应验的叙述。这个传说和一桩杀人案有关。据说，德伯家从前的一个祖先，在自家的大马车里杀死了一个抢来的美貌少女，犯下了不可饶恕的罪孽。从此之后，德伯家的后人只要看见那辆车的样子，或是听到那辆车的声音，不管什么时候，都预示着将有不吉利的事情发生。苔丝是德伯家的后人，小说中

---

① 哈代. 卡斯特桥市长. 侍桁译. 上海：上海译文出版社，2002 年版，第328 页.

描述了传说里的事在苔丝身上的真实发生，让人产生神秘恐怖之感。如苔丝和安玑结婚那天，苔丝像做梦一样打不起精神来，她看着拉他们回家的马车，觉得很熟悉，而之前她从没有看见过这辆马车。此时，胆战心惊的苔丝确实是看见了他们家族传说中马车的样子。这是不祥之兆，之后便发生了苔丝的婚姻悲剧。苔丝父亲去世后，全家被逼搬家。正当全家人陷入绝境的时候，有一天，亚雷突然骑马来了。亚雷来的时候，苔丝没注意，只觉得仿佛听见"几匹马拉着一辆马车似的"，她"仿佛是在那做梦"①。和上次一样，苔丝在恍惚中听到了德伯家马车的声音，之后就落入了亚雷的魔掌。《魔琴师》中，描写了琴师欧拉摩尔的琴乐对卡罗琳产生的神秘力量。卡罗琳一听到欧拉摩尔的那把琴拉出的音调，就完全失去了自我控制能力。年轻的时候，她被欧拉摩尔的琴声所引诱，从而委身于他，并生下了一个私生女，结果她被欧拉摩尔抛弃。后来，卡罗琳去找自己以前的情人内德，内德接纳了她和孩子。过了几年之后，卡罗琳和丈夫带着孩子回故乡，在靠近故乡的一个小旅店里，卡罗琳又听到了欧拉摩尔的琴声。同样的事情又发生了，卡罗琳在这些熟悉的琴声面前失去了独立意志，她在琴声的驱使下不由自主地跳起舞来。她并不想跳，可琴声不停，她就永远停不下来。欧拉摩尔的琴是一把操纵卡罗琳灵魂和意志的神秘的魔琴。它对人灵魂的控制既神秘，又让人恐怖。

　　超现实的神秘力量还出现在巫师和巫术中。哈代小说中的巫师分为两种：男巫和女巫。从前面多塞特郡那几则关于女巫的民俗记载中，我们可以看出在多塞特人的观念中，女巫是让

---

① 哈代. 德伯家的苔丝. 张谷若译. 北京：人民文学出版社，1984年版，第515页.

人恐怖的神秘意象，这也反映了英国巫术习俗的普遍特征。在英国的民俗中，女巫是黑巫，她们施行的巫术是害人的；男巫是白巫，他们施行的巫术是利人的，施行法术治病通常由男巫来完成。① 因此在多塞特人看来，女巫往往是丑陋、恐怖的人物意象；男巫在缺医少药的农村则代替医生，通过施行法术给人治病。如他们拿刚采下来的一些新鲜植物的茎去接触人身上的肿瘤，然后把这些茎埋葬，肿瘤便会随着茎的死亡而消除。② 这是典型的接触巫术，是"一种利用事物的一部分或与事物相关联的物品求吉嫁祸的巫术手段"③。哈代在小说中描述了威塞克斯世界中存在的这种巫术。如《萎缩的胳臂》中，特伦德法师医治农场主洛奇的太太格特鲁德萎缩的胳臂的方法就是让她"用那条胳臂去接触一下上了绞刑的人的脖子，要在刚从绞刑架上放下来尸体还没有冰凉的时候"④。格特鲁德按照法师的方法去做，果然医治好了胳臂。巫术除了接触巫术外，还有模仿巫术，即"以相似事物为代用品求吉或致灾的巫术手段"⑤。哈代在小说《还乡》中描述了这种巫术。苏珊一直认为儿子的生病是因为女巫游苔莎对其施行了法术，因此她制作了游苔莎的蜡像，然后把它融化来诅咒游苔莎，而游苔莎就是在那一晚死去的。巫术的结果和现实生活的暗合体现了巫术超现实的神秘力量。小说中对神奇巫术的描述，也使小说充

---

①　瑞爱德. 现代英国民俗与民俗学. 江绍原译. 上海：上海文艺出版社，1988 年版，第 165 页.

②　H. Colley March, Dorset Folklore Colleted in 1897, *Folklore*, Vol. 10, No. 4, 1899, p. 479.

③　乌丙安. 中国民俗学. 沈阳：辽宁大学出版社，1985 年版，第 314 页.

④　哈代. 萎缩的胳臂. 张扬译. 出自《罗曼斯和幻想故事——哈代中短篇小说集》. 北京：中国华侨出版公司，1989 年版，第 131 页.

⑤　乌丙安. 中国民俗学. 沈阳：辽宁大学出版社，1985 年版，第 313 页.

满了神秘色彩。

短篇小说《萎缩的胳臂》是体现巫术神秘力量的典型作品，其中描写了女巫诅咒和男巫奇怪的治疗方法，表达了多塞特人"女巫是黑巫，男巫是白巫"的观念。整篇小说充满神秘和恐怖气氛。罗达是一个身份卑微的挤奶女工，十多年前她被农场主洛奇玩弄，生下了一个男孩，最后洛奇冷酷无情地抛弃了罗达。在孩子十二岁那年，洛奇娶了一个漂亮的城里小姐格特鲁德为妻，然后带妻子回到农场。罗达心里恨透了这个美貌的年轻女人，这种嫉恨在罗达的心里越来越强烈。有一天晚上，罗达做了一个奇怪的梦。在梦里，她看见了格特鲁德，她看起来并不年轻，而是变成了一个满脸皱纹、年纪很大的人影。这个人影压在罗达的身上，压得她喘不过气来，她拼命挣扎。"一会儿压在她身上的那个形象退到床角去了，可是仍然死盯着她，随后又逐渐上前来，重新坐在她胸脯上，又像刚才那样晃着左手"①，向罗达炫耀她的结婚戒指。"罗达使劲喘气，最后拼命挣扎，抽出自己的右手，猛地抓住面前这个影子的左臂，迅速把它向后拧，摔到地上。"② 此时，钟正敲两点，罗达从睡梦中惊醒了。本来罗达以为这就是一个梦，可几天后，她见到了格特鲁德时意外地发现，格特鲁德的左臂上"现出几个颜色不大健康的淡淡的痕迹，像是给猛力抓住过而留下的手印"③。罗达问她怎么造成的，格特鲁德说她也不知道怎么弄的，"有天晚上，我睡得很熟，梦见我去一个有些陌生的

---

① 哈代. 萎缩的胳臂. 张扬译. 出自《罗曼斯和幻想故事——哈代中短篇小说集》. 北京：中国华侨出版公司，1989 年版，第 119 页.

② 哈代. 萎缩的胳臂. 张扬译. 出自《罗曼斯和幻想故事——哈代中短篇小说集》. 北京：中国华侨出版公司，1989 年版，第 119 页.

③ 哈代. 萎缩的胳臂. 张扬译. 出自《罗曼斯和幻想故事——哈代中短篇小说集》. 北京：中国华侨出版公司，1989 年版，第 121 页.

地方，突然我的胳膊猛地一疼，疼得很厉害，把我疼醒了。当时钟正敲两点"①。发生这件事情的那天夜晚和具体钟点正是罗达做梦的时间。梦里的事情竟然在现实生活中发生了，罗达的印痕留在了格特鲁德的手臂上。其实这是罗达对格特鲁德的神秘诅咒，罗达是一个能施行法术的女巫。此后，格特鲁德用了很多种办法治疗，可都毫无效果。本来她是不相信乡间巫师治病的迷信方法的，可后来病情越来越厉害，左胳臂有印痕的地方不断萎缩，最后她让罗达陪她去找特伦德法师。特伦德法师一见罗达就以异样的眼神看她，法师看出了罗达的真正身份。特伦德看了格特鲁德的胳膊后告诉她药治不了它，这是一个诅咒，而且施行法术让格特鲁德看到了那个害她的人正是罗达。之后，特伦德法师告诉格特鲁德唯一有效的办法，是"用那条胳臂去接触一下上了绞刑的人的脖子，要在刚从绞刑架上放下来尸体还没有冰凉的时候。它可以调理血脉，改变体质"②。格特鲁德设法在一个犯人被处绞刑后，把萎缩的胳臂贴在死者脖子的一圈印痕上，法师说的"调理血脉"真的出现了。此时，格特鲁德的背后站着罗达和洛奇，他们是来认领儿子的尸体的。这个被处死的犯人恰好是罗达犯了纵火罪的儿子。小说结尾格特鲁德受了刺激，三天后去世。整部小说完全由超现实现象构成，罗达在梦中施行的诅咒魔法，引发一种毛骨悚然的恐怖感；特伦德法师揭示真相的巫术和奇特的治疗方法充满神秘感。从这部小说中，我们可以体会到哈代短篇小说典型的哥特风格。

---

① 哈代. 萎缩的胳臂. 张扬译. 出自《罗曼斯和幻想故事——哈代中短篇小说集》. 北京：中国华侨出版公司，1989 年版，第 122 页.

② 哈代. 萎缩的胳臂. 张扬译. 出自《罗曼斯和幻想故事——哈代中短篇小说集》. 北京：中国华侨出版公司，1989 年版，第 131 页.

　　哈代小说的哥特风格除了建构在威塞克斯万物有灵基础上而表现出的对超自然神秘因素的描写外，还表现出鲜明的对恐怖气氛的渲染和对恐怖氛围的营造。哈代在小说中对恐怖风格的自觉创造，更多受到英国文学哥特传统的影响。英国哥特小说影响很大，虽然从19世纪开始，它在英国的主流文学中逐渐消亡，但"它的影响的余波、它的耸人听闻的手法的重要方面，从勃朗特到狄更斯时期直至当代的英国文学，可以连续地被感受到"①。在哈代生活的维多利亚时代，哥特小说仍然渗透在人们的生活中。"哥特文学并没有消亡，它仍然作为通俗小说拥有大量读者，而且现实主义作家们也没有拒绝使用哥特小说手法，在他们手中，哥特手法正好有助于他们揭露社会罪恶，批判社会现实。"②哈代也受到哥特传统的影响，在小说中自觉地采用了哥特手法。

　　在长篇小说中，哥特因素是零散、片段的，完全被现实主义的艺术形态所遮蔽。哈代在长篇小说中对哥特手法的使用像维多利亚时代的其他小说家一样，只是作为表现现实主题和塑造人物的手段。如《德伯家的苔丝》中对安玑新婚之夜梦游的描写，其中充满了恐怖的气氛。半夜一点，安玑梦游进了苔丝房间。"他眼神怔怔傻傻，茫然直视……走到屋子中间就站住了，嘴里带着没法形容的凄惨伤感，嘟囔着说：'死啦！死啦！死啦！'……"③之后，安玑走到苔丝跟前，看了苔丝一会，嘴里念叨着："死啦，死啦，死啦！"然后用床单把苔丝包裹起

---

　　① 安德鲁·桑德斯. 牛津简明英国文学史. 高万隆等译. 北京：人民文学出版社，2000年版，第349页.

　　② 肖明翰. 英美文学中的哥特传统. 载于《外国文学评论》2001年第2期. 第96页.

　　③ 哈代. 德伯家的苔丝. 张谷若译. 北京：人民文学出版社，1984年版，第367页.

来，抱着她走出了屋子，在漆黑中朝河边走去。苔丝以为他要把她淹死，但安玑并没有那样做，而是抱着她过了河，来到古代的一处教堂的遗址。那里放着一个石头棺材，安玑把苔丝放在了里面，然后沉沉睡去。安玑梦游的场景，充满了恐怖气氛，幽灵般的身影、漆黑的夜晚、湍急的河水、石制的棺材，这一切意象烘托着恐怖的氛围。哈代在小说中设置这样一个恐怖场景，是为表现苔丝对安玑的深厚感情。这个让读者看来恐怖的梦游，苔丝身处其中，却丝毫没有感到任何恐惧，那是因为苔丝对安玑的爱。"她对于他，极端忠心，非常信任，所以不管他是醒着，还是睡着，她对于他，都不会生出戒心来。就是他手里有枪，走进屋里，她也还是要相信他是爱护她的。"[①]

在短篇小说中，恐怖成为很多小说的典型形态。在一些短篇小说的情节叙述中，充满了很多恐怖因素和恐怖气氛。如《格瑞布府上的巴巴拉》，小说的主要情节描写了恐怖的情景和意象。格瑞布府上的小姐巴巴拉和年轻英俊的雇工爱德蒙相爱私奔，可后来两人在外无法谋生，便回到巴巴拉家里。格瑞布夫妇知道一切已无法挽回，为了女儿的幸福，夫妇俩热情地接待了这对新婚夫妇。爱德蒙身份低微，没受过什么教育，为了让他和女儿般配，格瑞布夫妇安排他去国外游历学习。可后来，爱德蒙在意大利住的旅馆发生火灾，善良的爱德蒙为救别的旅客被烧伤。虽然他侥幸活了下来，但却毁了容。以前的爱德蒙非常英俊，现在丑陋的面容却让人恐怖。巴巴拉无法面对那张恐怖的脸，善良的爱德蒙悄悄离开了，没过多久去世。几年之后，对巴巴拉一直有强烈欲望的阿普兰道尔斯勋爵和巴巴

---

① 哈代. 德伯家的苔丝. 张谷若译. 北京：人民文学出版社，1984 年版，第 367 页.

拉结婚，可婚后的巴巴拉依然想着爱德蒙。有一天，巴巴拉接到了一个从意大利寄来的包裹，是爱德蒙没毁容之前请意大利的一个雕刻家雕的大理石像。巴巴拉似乎又见到了英俊的爱德蒙，她把这尊雕像悄悄放到自己房间的壁橱里。每到夜深人静，丈夫睡熟之后，巴巴拉就来到自己的房间打开壁橱，看着、亲吻着爱德蒙的雕像。阿普兰道尔斯勋爵发现后，心里十分嫉恨，于是他想出了一个非常残忍的办法折磨巴巴拉。他特意找到当年陪伴爱德蒙一起出游的导师，让他画出爱德蒙被毁的面容。之后趁巴巴拉不在家的时候，他让人打开壁橱，把爱德蒙雕像的英俊面容，按照他被毁容的样子重新雕刻。那副面容"没有鼻子、没有耳朵，还几乎没有嘴唇"[①]，非常可怕。一天晚上，毫不知情的巴巴拉像往常一样来到房间，打开壁橱，突然之间看到那样可怕的面容，昏了过去。而在此过程中，阿普兰道尔斯勋爵却体会着残忍的折磨人的乐趣。之后为了让妻子彻底忘掉爱德蒙、爱上自己，他不断拿那毁容的雕像折磨她，最后巴巴拉在这种恐惧的折磨中产生了对丈夫不可遏制的疯狂感情。小说充满了大量的哥特因素，被毁的残缺不全的恐怖面容是哥特小说的典型意象，爱德蒙被毁的没有鼻子、耳朵和嘴唇的面容引发人的恐惧感；漆黑的夜晚中巴巴拉突然见到爱德蒙让人恐怖的被毁面容，这表现了哥特小说体验痛苦过程的恐怖。除此之外，哈代对阿普兰道尔斯是按照哥特小说中的暴君形象来塑造的。"这类形象的共同特征是专横残暴、冷酷无情，为达目的，不择手段。"[②] 阿普兰道尔斯就具有这

---

① 哈代. 格瑞布府上的巴巴拉. 出自《哈代文集：中短篇小说选》. 张玲、张扬译. 北京：人民文学出版社，2004 年版，第 338 页.

② 李伟昉. 黑色经典：英国哥特小说论. 北京：中国社会科学出版社，2005 年版，第 132 页.

样的特征。小说描述了他性格中的残忍和不可遏制的欲望。如阿普兰道尔斯要娶巴巴拉的强烈欲望和他的感情毫不相关，完全"是受一个主意的差遣"①。他决定要做的事情就一定要做到，这就是他的性格。后来，阿普兰道尔斯千方百计得到了巴巴拉，却没有得到她的心，这让阿普兰道尔斯心里很不舒服，尽管他对巴巴拉根本就没有爱情。为了让巴巴拉爱上自己，他采用了残忍的办法折磨妻子，从妻子痛苦的恐怖中，他体会到的是施虐的快意。巴巴拉被吓得昏倒之后，他抱着妻子，发出一阵笑声，"这声音混杂着刻薄的讥讽、怪癖的嗜好和兽性的暴虐"②。之后，冷酷无情的勋爵为了达到让妻子爱上自己的目的，继续对巴巴拉施行着残忍的精神折磨。他让人把那尊可怕的雕像放在了他们卧室房间的大柜子里，到半夜的时候，就打开让妻子看，除非巴巴拉爱上他。"巴巴拉吓得直哆嗦，把眼睛挡起来……求他把它搬开，否则它就会把她逼疯了。但是他还是不肯这么办，那口立柜直到拂晓也没锁上。这番情景第二天夜里又重演了一番。他毫不动摇地强行他那凶狠残忍的矫正办法，继续这样办，她的勋爵老爷施行德行高尚的折磨，要让她那颗离他远遁的心重新返回，对他忠贞不二，直到可怜的夫人每一根神经都痛苦地颤抖。第三夜，那情景又像以前那样开场，她躺在那儿睁着神情狂乱的眼睛，惊恐地看着那可怕而又迷人的东西，突然发出一阵不自然的笑声；她盯着那个形象越笑越厉害；后来一边笑一边狂叫，然后安静下来，这时他发

①　哈代. 格瑞布府上的巴巴拉. 出自《哈代文集：中短篇小说选》. 张玲、张扬译. 北京：人民文学出版社，2004 年版，第 307 页.
②　哈代. 格瑞布府上的巴巴拉. 出自《哈代文集：中短篇小说选》. 张玲、张扬译. 北京：人民文学出版社，2004 年版，第 340 页.

现她已经失去了知觉。"① 在阿普兰道尔斯勋爵残忍的折磨过程中，我们感受到的不但是勋爵的冷酷无情、残忍和为达目的不择手段，还可以体会到受虐待的不幸女子巴巴拉的巨大痛苦。"柔弱不幸的少女是哥特小说的典型人物类型，多是或因争夺财产继承权或因维护教义或因疯狂肆虐而成为受害者"②，巴巴拉代表的就是哥特小说中不幸女子的形象。

《羊倌所见》中也描写了恐怖的情境，主要情节就是一桩谋杀案。小羊倌米勒斯在马勒伯瑞草原看羊羔的时候，偶然在古迹三巨石门附近看见一桩凶杀案。公爵残忍地杀死了前天晚上和公爵夫人约会的年轻人。公爵没做调查就以为和公爵夫人私自约会的人肯定是她的情人，没想到回家听夫人一讲才知道，那是从小暗恋她的表弟弗瑞德，公爵夫人只是怕他出意外才去见他的。但是谋杀已经发生。公爵发现小羊倌看到了事情的经过，为了隐瞒自己的罪行，逼他跪地起誓不把这件事说出去。之后公爵按照先前的许诺，给他提供教育的费用，让他长大后成为了上等人。米勒斯没有违背誓言，后来便做了公爵的管家。但是公爵没想到这件事老羊倌也看见了。后来老羊倌去世了，在他去世前向牧师说出了事情的真相，牧师很快就要揭发这件事情。面临当年罪行马上被揭穿的危机，公爵受到很大刺激，并因此去世。米勒斯在牧师说出真相之前说出了当年在马勒伯瑞草原的凶杀案。整部小说对恐怖场景的描写使小说充满浓重的恐怖气氛。如对公爵杀死弗瑞德的场景描写，在漆黑的夜晚，公爵杀死了弗瑞德，然后拖着他的尸体埋在了獾洞

---

① 哈代. 格瑞布府上的巴巴拉. 出自《哈代文集：中短篇小说选》. 张玲、张扬译. 北京：人民文学出版社，2004 年版，第 342 页.

② 李伟昉. 黑色经典：英国哥特小说论. 北京：中国社会科学出版社，2005 年版，第 142 页.

里，尸体在那里慢慢腐烂。二十二年后，当这个秘密快被揭发的时候，一天半夜，米勒斯来到当年凶杀案发生的地方。在苍白的月光下，米勒斯发现现场并不是只有他一个人。"一个穿着白色衣服的身影，正在不声不响地跨着大步在他面前移动。"① 米勒斯认出那是公爵在梦游。"公爵走进那片凹地。他在那里跪了下来，像一只獾似的用双手刨地。过了几分钟，他站起来，沉重地叹了一口气，又循着他来的路回去了。"② 那天晚上，公爵在梦游中回家的时候从楼梯上摔下来死了。梦游的白色身影在苍白的月光下挖腐烂的尸体，这样的情境让人产生恐惧之感。

从上面两个例子可以看出，哈代在短篇小说中自觉使用了哥特式的恐怖意象和恐怖情境，哥特风格成为哈代短篇小说的典型形态。

三、哥特风格的意义

哈代虽然在威塞克斯民间信仰和英国哥特传统的双重语境中建构了小说的哥特艺术形态，但这种艺术形态在哈代小说中的意义和功能已超越了其建构的双重语境。哥特手法在哈代小说中的功能和意义主要表现在两方面：第一方面，表现人物内心的潜意识；第二方面，表现哈代的民间价值立场。

1. 揭示潜意识

哈代生活在 19 世纪末 20 世纪初，其思想受到很多重大思潮的冲击和影响，其中包括弗洛伊德的心理学。弗洛伊德心理

---

① 哈代. 羊倌所见. 张扬译. 出自《罗曼斯和幻想故事——哈代中短篇小说集》. 北京：中国华侨出版公司，1989 年版，第 59 页。

② 哈代. 羊倌所见. 张扬译. 出自《罗曼斯和幻想故事——哈代中短篇小说集》. 北京：中国华侨出版公司，1989 年版，第 60 页。

学的最大贡献是发现了人心理世界中的潜意识领域，哈代受此影响在小说中也描述了人的潜意识。对人潜意识的描写，现代的作家采用了很多不同的技巧和手段。深受民间文化和哥特传统影响的哈代，对潜意识有着独特的表现形式，那就是充满神秘和恐怖色彩的哥特手法。仔细研读可以发现，哈代在小说中运用哥特手法，在一定程度上构成了对人物潜意识心理的隐喻表达。如具有典型哥特风格的《萎缩的胳臂》中，对罗达在梦中对格特鲁德施以巫术的描写，很明显是罗达内心要毁坏格特鲁德美貌的潜意识反应。小说在此之前作了很多说明和铺垫，洛奇带着新婚的妻子格特鲁德回家以后，罗达心里最强烈的感觉不是对抛弃她的农场主洛奇的仇恨，而是对格特鲁德的嫉妒。她几次三番地让儿子去看格特鲁德到底长得什么样，和自己的容貌作比较，最后不得不承认格特鲁德是一个在各方面都远远超过自己的年轻、漂亮、文雅的太太。此时罗达心里充满了对格特鲁德的强烈嫉妒。于是一天晚上她做了一个奇怪的梦，梦中格特鲁德总是压在她身上，几乎让她喘不过气来。最后，愤怒的罗达狠狠抓住格特鲁德的左胳臂把她摔在地上。没想到，梦境变成了现实，格特鲁德左胳臂萎缩了。哈代在这里采用神秘描写的哥特手法，揭示了罗达内心潜在的对格特鲁德的强烈嫉妒。恐怖气氛浓重的《格瑞布府上的巴巴拉》描写了一系列恐怖意象和恐怖情境，小说中的这种哥特艺术形态构成了对阿普兰道尔斯勋爵阴暗、残忍、变态心理的隐喻表现。阿普兰道尔斯明明对巴巴拉没有爱情，却因为一个要得到巴巴拉的心意，就千方百计地让巴巴拉成了自己的妻子。虽然结为夫妻，可妻子的心还在以前的情人爱德蒙的身上。勋爵虽然对巴巴拉没有爱情，可他的自私和嫉妒，也决不允许自己的妻子想着别的男人。于是，当他发现巴巴拉每天晚上都悄悄去看英俊的爱德蒙的雕像时，便开始了对巴巴拉的惩罚和折磨。他精心设计阴谋，把英俊的爱德蒙的雕像变成了爱德蒙毁容后的丑陋恐怖的雕像。当巴巴拉和往常一样在半夜打开壁橱时，漆黑的夜晚加上恐怖的面容把她吓昏过去。此时，阿普兰道尔斯并没有停止他的所为，每天晚上他都强迫妻子去看那尊毁容的雕像，直到妻子答应爱他。小说中的恐怖风格虽然体现在情境上，但本质上形成了对勋爵恐怖内心的隐喻。勋爵给妻子造成的恐怖，恰恰更深刻地揭示了他的残忍、变态和让人恐怖的阴暗内心。除此之外，还有《德伯家的苔丝》中四轮马车的神秘传说在苔丝身上应验的神秘描写，其实是对苔丝潜意识的反映。苔丝和安玑结婚的那天中午，她看到接他们的马车时似乎是看到了德伯家族的四轮马车，这是苔丝内心预感到和安玑婚姻不幸的潜意识描写，因为她知道自己以前的事早晚会被发现。总之，哈代小说的哥特形态总是在一定程度上构成对人物内心世界潜意识的隐喻表达。

2. 坚守民间文化

哈代小说的哥特艺术形态除了构成对人物潜意识心理的揭示外，更重要的是体现了哈代的民间文化价值立场。哈代通过对小说中神秘、魔幻因素的描述，对恐怖气氛的渲染，在作品中颠覆官方文明，建构民间价值秩序。

如具有鲜明哥特风格的短篇小说《萎缩的胳臂》，描写了维多利亚时代乡村世界中有身份的男性随意玩弄女性的现象。按照主流观念，小说描写的这种现象完全符合等级秩序和以男性为中心的官方价值规范，男性的行为不会受到任何谴责。但哈代在描述这一现象时，解构了现实的官方叙事，采用超自然神秘的哥特手法，颠覆了官方的等级和男性秩序，建构了"因果报应"和"善有善报、恶有恶报"的民间价值立场。小说开始讲述了农场主洛奇对挤奶女工罗达始乱终弃后，又娶了一个年轻美貌的妻子格特鲁德，堂而皇之地过起了幸福生活。而受害者罗达却因为未婚生子受到全村人的排斥，只能带着孩子住在村子的边缘过着孤独艰难的日子。两者形成鲜明对照。之后，小说通过对罗达在梦中对格特鲁德施行巫术的描写，用哥特手法在情节结构上摧毁了洛奇的幸福。先是妻子因为左胳臂萎缩对他很冷漠，使他经受很大痛苦；再是当洛奇为了寻求寄托把感情放到和罗达的儿子身上时，儿子却因为触犯法律被绞死；最后，洛奇的妻子也受刺激去世，洛奇过起了孤独凄凉的生活。哈代小说的哥特艺术形态体现了哈代对洛奇激烈批判和对罗达深表同情的民间价值立场。《格瑞布府上的巴巴拉》以恐怖的叙事，颠覆了官方秩序中和谐美满的贵族婚姻生活。哈代在小说中描写了贵族小姐巴巴拉和阿普兰道尔斯勋爵的婚姻生活，其中充满了阴谋和恐怖。阿普兰道尔斯对妻子毫无爱情，为了满足自私和虚荣的心理，他对妻子设计阴谋，并用妻子以前情人毁容后的令人恐怖的雕像对她进行残忍折磨，最后终于以这种方式得到了妻子的爱。但这种爱最后演变成了巴巴拉对丈夫的狂热激情，以至于最后勋爵连人身自由也失去了，因为妻子总是时刻监视着他。小说最后结局的描写，隐含了哈代"善有善报、恶有恶报"的价值立场。在哈代看来，阿普兰道尔斯的这种行为最后必将自食其果。相似的还有《羊倌所见》，小说也用哥特手法解构了贵族婚姻生活的美满。在公爵和哈丽特的婚姻生活中，丈夫对妻子毫无信任。公爵在漆黑的夜晚跟踪哈丽特，把和哈丽特约会的她的表弟弗瑞德当成了她的情人，因此在荒凉的马勒伯瑞草原上误杀了弗瑞德。马勒伯瑞草原恐怖谋杀的情节设置，揭示了贵族婚姻生活的虚伪和恐怖。虽然在事情发生后，公爵怕被人发现千方百计隐瞒，但小说最后这件事还是被揭发出来，正义得到了伸张，这表现了哈代对贵族婚姻生活的批判。

除此之外，哈代还通过超自然神秘因素的描写唤醒人们对神秘力量的敬畏，使人们从机械文明压迫和束缚下的麻木生活状态中解放出来，重新回归原始的本真自我，以此颠覆官方的工业文明，肯定威塞克斯民间社会基于人性的本真、自然的和谐生活。如《林地居民》中，对基尔斯和树木之间神秘感应的描写唤醒了人类对大自然神秘力量的敬畏，把人们从工业文明社会里人类与自然割裂的关系中解放出来，使人们完全摆脱了现实历史文化语境的制约和束缚，重新回归人与自然相互依存的原始状态。在此过程中，哈代颠覆了官方文明人与自然的异化，建构了人与自然和谐依存的民间价值观。《萎缩的胳臂》中对神秘力量的描写，把人从社会等级和性别等级双重压迫下的生活中唤醒，解构了建立在等级和男性中心基础上的官方秩序，建立了回归原始的人际关系的平等。不管是人与自然的关系，还是人与人的关系，哈代认为它们依然在他理想的威塞克斯民间世界中存在。因此哈代小说的神秘描写在唤醒人们对神秘力量的敬畏时，也建构了民间的价值秩序。

第四章　民间修辞与哈代小说的叙事艺术

威塞克斯民间文化对哈代创作的影响不仅体现在思想层面，还表现在小说形式上。本章主要探讨神话传说、民间故事、民谣等民间修辞和哈代小说叙事风格的关系。在这里，"民间修辞"这一概念，指小说文本的具体构建方式，它包括情节设置、形象塑造、表达风格等小说的形式特征。哈代小时候接触过很多多塞特郡的神话传说、民间故事和民谣，这些民间叙事给哈代留下了深刻印象，也给他打开了一个充满想象力的神奇浪漫的世界。在创作中，哈代一方面受到民谣隐喻叙事的影响，在小说中建构了民谣对情节的隐喻叙述；另一方面在传说和民间故事传奇性结构的影响下，哈代建构了小说的传奇叙事形态。

第一节　哈代小说民谣的隐喻叙事

哈代小说中引用最多的民间文学类型是民谣。哈代对民谣的兴趣和特别关注起因于他善于感受音乐的心灵。哈代小的时候，是教堂乐队的小提琴手，经常跟着父亲在节日的时候出去演出，特殊的生活环境使他对音乐非常敏感，终其一生保持着对音乐的兴趣和喜好。多塞特郡的民谣十分丰富，"1905—1908 年，民俗学家戴尼森从英国西南部地区收集了 918 首民谣，其中 764 首是多塞特郡的。这些民谣主要是从哈代的同龄

人和比他们稍大些的多塞特居民那收集的。戴尼森民谣的主要
提供者是罗伯特·巴内特，她比哈代大四岁。哈代曾经听他们
家族的另一个人，安妮·巴内特唱过民谣。哈代自己也曾经收
集过威塞克斯地区的民谣"①。对音乐的独特感悟使哈代深受
当地民乐和民谣的吸引。"在他的小说和自传中，涉及的民谣
多达 48 首。"② 哈代与民谣的密切关系，使他在创作中不自觉
地受到民谣叙事的影响。西方诗学认为，隐喻是诗歌的生命，
是诗歌最本质的表达方式。民谣作为民间诗歌，在叙事上也具
有鲜明的隐喻特征。民谣往往通过对事件片断的表面叙述隐喻
地表达人生情感和价值观念。哈代受到民谣隐喻叙事的影响，
在小说中利用民谣的隐喻功能，建构了民谣对小说情节的隐喻
叙述以表达自己的价值观念。鉴于此，哈代在小说文本中引用
了一些民谣片断。哈代小说中民谣的最重要意义不是对民间文
化的记载，而是哈代表现自己价值立场的隐喻手段。在此意义
上，哈代在小说中建构了民谣的隐喻叙事，民谣或者构成与情
节的暗合，或者与情节形成对话。哈代小说中的民谣按主题可
分为描写爱情、表达人生观念两类。

　　哈代小说中引用的大部分民谣都是描写爱情的。如《远离
尘嚣》中的几首民谣，出自威塞克斯的土生居民科根和普尔格
拉斯唱的情歌。

　　科根的情歌：

我失去了我的情人，我无所谓啊，

---

　　① C. M. Jackson－Houlston, Thomas Hardy's use of traditional song,
Nineteen Century Literature, Vol. 44, No. 3, 1989, p. 310.

　　② C. M. Jackson－Houlston, Thomas Hardy's use of traditional song,
Nineteen Century Literature, Vol. 44, No. 3, 1989, p. 305.

我失去了我的情人，我无所谓；

不久我将找到另一个，

这个比那个更加美，

我失去了我的情人，我无所谓。①

普尔格拉斯的情歌：

我种下了……

我种啊……

我种下了爱情的种子，

那——那是在春天里，

在四月，五月，和阳光明媚的六月，

在小鸟婉转歌唱的时候。

……

哦，柳树弯弯扭扭，

柳树盘盘绕绕。②

这两首民谣语言质朴，格调欢快，隐喻表达了威塞克斯居民淳朴无私的爱情观念。普尔格拉斯的情歌大部分描述的是美好的爱情生活，表达对爱情的憧憬和希望，最后两句暗示爱情的挫折和失败。科根的情歌揭示人们对爱情的态度。面对爱情的挫折失败，威塞克斯居民总是宽容而达观，他们不会为了满足自己的情感去强求别人，也不会因此而丧失重新追求爱情的

---

① 哈代. 远离尘嚣. 陈亦君、曾胡译. 石家庄：花山文艺出版社，1982 年版，第 173 页.

② 哈代. 远离尘嚣. 陈亦君、曾胡译. 石家庄：花山文艺出版社，1982 年版，第 174 页.

勇气和热情。哈代在小说中对民谣的引用，暗含哈代对威塞克斯居民爱情观的认同。这两首民谣在小说的爱情叙事中起着隐喻的功能，小说的爱情或者构成与民谣的同一，或者形成与民谣的对话。首先，民谣对奥克的爱情构成同一的隐喻。奥克怀着美好的憧憬爱上了巴丝谢芭，但他的爱情发展得并不顺利，如民谣中所述"柳树弯弯扭扭，柳树盘盘绕绕"，"柳树在英国民谣中象征爱情"①。之后，巴丝谢芭先是成为农场主博尔德伍德的情人，后来和特罗伊结婚，奥克失去了情人。但他面对爱情的挫败，表现出积极豁达的姿态。他祝福巴丝谢芭，并坚强地开始了新的生活。其次，民谣与博尔德伍德的爱情构成对话。博尔德伍德以前的生活中爱情是完全缺失的。他心中没有对美好爱情的憧憬，现实生活中也没有爱情的经历，一旦对巴丝谢芭产生了爱情，就完全失去理性，不可控制。面对巴丝谢芭并不爱自己的事实，他却千方百计要让她成为自己的妻子。博尔德伍德的爱情生活和民谣完全对立，形成对话。哈代通过对民谣爱情观的认同，表现对博尔德伍德爱情生活和观念的批判。博尔德伍德的生活是不符合人性的病态。再次，民谣与特罗伊的爱情也构成对话。民谣对美好爱情的描写中表达了对爱情的真诚，而特罗伊的爱情则毫无真诚，他凭一时冲动随意玩弄女性的感情以满足自己的欲望。民谣潜在地构成对特罗伊爱情观的无情嘲讽。

　　小说除了引用土生居民的情歌外，还记载了巴丝谢芭在剪羊毛的宴会上唱的一首民间歌谣《阿兰湖畔》。小说文本中引述了其中的片断：

---

① C. M. Jackson – Houlston, Thomas Hardy's use of traditional song, *Nineteen Century Literature*, Vol. 44, No. 3, 1989, p. 316.

一个士兵找她做新娘，

他的嘴甜得像蜜糖；

在阿兰湖畔呵，

谁也比不上她那样喜洋洋！①

这首民谣叙述的是一个士兵和少女之间的恋情：士兵用甜言蜜语骗取了纯真少女的爱情，少女信以为真，沉醉在幸福中。民谣的片断叙述暗示乡村社会女性被男性玩弄的悲惨命运。对这首民谣的选择引用隐含了哈代对男性玩弄女性的批判和对女性悲惨命运的同情。民谣暗含的悲剧主题构成对范妮命运的隐喻，喻指范妮被中士特罗伊玩弄的悲惨命运。小说用了一章对范妮最后的人生片断——如何孤身一人在漆黑的夜晚爬到卡斯特桥进行描写，表现了作者对特罗伊的强烈谴责和对纯真善良的范妮的深切同情。除了对范妮命运的隐喻之外，民谣隐含的母题，也是对之后巴丝谢芭和特罗伊情感关系的最好隐喻和注释。特罗伊使用手段获得了巴丝谢芭的爱情，巴丝谢芭沉浸在幸福中，可最后却被特罗伊抛弃。爱情对特罗伊来说只是情欲的一时冲动而已。哈代借这个民谣片断表达对特罗伊的嘲讽和批判。

《林地居民》中也有对情歌的记载，如麦尔布礼一家参加完基尔斯的宴请，在回家的路上听见同样是参加完宴会回家的两个男人唱起了民谣。文本中引用了其中的片断：

---

① 哈代. 远离尘嚣. 陈亦君、曾胡译. 石家庄：花山文艺出版社，1982 年版，第 176 页。

……那时她说：

"从今以后我再也不是姑娘了，

除非苹果在橘子树上生长！"①

　　这个片断描述的是少女失去贞操，叙述中隐含着女性被男性践踏的不满。在小说中这个民谣片断构成对格雷丝和苏斯爱情生活的隐喻，喻指格雷丝和苏斯被菲茨比尔斯引诱失去贞操的命运。对于苏斯而言，她成了菲茨比尔斯的情人，只是失去了贞操。对于格雷丝而言，受到菲茨比尔斯的引诱使她离开了善良真诚的基尔斯，所以她失去的不仅仅是贞操，还有她幸福、快乐的生活。哈代通过民谣的隐喻对菲茨比尔斯进行了批判。

　　《还乡》中引用的描写爱情的民间歌谣，多描述了复杂的三角关系。一是祝火节上阚特大爷唱的英国民间歌谣《爱琳王后的忏悔》：

一人、二人、三人，依次分队，

国王宣召满朝中的亲贵；

我要前去听王后的忏悔，

侍从大臣，你作我的伴随。

侍从大臣忙在地上跪倒，

恩典、恩典不住声地求告，

无论王后说出了什么话，

_____

　　①　哈代. 林地居民. 邹海伦译. 贵阳：贵州人民出版社，1988 年版，第101 页。

只求王上千万不要计较。

你快披上行乞僧服，

我也和你一样装束，

就像同门师兄师弟，

齐向王后参拜敬礼。

……

国王扭转头，从左往后看，

满腹的怒气，满脸的怒颜，

若非我誓言已经说在先，

卿家你难免绞架身高悬。①

二是阙特大爷在给刚结婚的朵荪和韦狄闹婚时，也唱了一首民谣：

他对伊说，世界上只有伊能给他快乐。

伊要是点了头，他们就作终身的结合。

伊没法拒绝，两个就进教堂把礼行过。

小维已被忘却，小苏心满意足地快活。

他把伊放在膝盖上，把伊的嘴唇吻着。

普天下的有情人，谁还能比他情更多。②

第一首民谣"里面说爱琳王后病重，依习惯召僧人来举行忏悔。国王偕侍从大臣假扮行乞僧，王后不辨真假，尽情吐露

———————————

① 哈代. 还乡. 张谷若译. 北京：人民文学出版社，1991 年版，第 24、25、26、39 页.

② 哈代. 还乡. 张谷若译. 北京：人民文学出版社，1991 年版，第 64 页.

私事，自供现在的王子，是她和侍从大臣所生，并及其他隐情"①。这首民谣主要叙述了爱琳王后和国王以及侍从大臣的三角关系，表现了她对婚姻的不忠诚。第二首民谣表现的是和第一首相似的主题，表现男主人公在结婚前有其他的情人，也反映了男主人公和三个女性之间的关系。两首民谣的叙述中暗示相同的价值观念，爱琳王后和第二首民谣中的男主人公对爱情婚姻的态度是该受到批判和谴责的。它们出现在这部小说文本中不是随意和偶然的。因为小说对爱情的描写就是通过复杂的三角关系展现的，哈代在小说中引用这两首相关主题的民谣就是要构成对小说主要人物两性关系的隐喻揭示，并表达自己的两性价值观念。在对婚姻的态度上，哈代是认同民谣表现的价值立场的，即要真诚地对待婚姻。首先，民谣构成对韦狄和朵荪婚姻的隐喻。韦狄就像民谣中的爱琳王后一样，在和朵荪结婚之前是有私情的，游苔莎是他的情人。而这件事朵荪并不知道，韦狄欺骗了朵荪，背叛了婚姻的真诚。民谣隐性的价值判断构成了对韦狄行为的批判。其次，民谣也构成了对游苔莎和克林婚姻的隐喻。游苔莎在和克林结婚之前，和韦狄有私情。哈代虽然赋予游苔莎女神色彩，但在游苔莎的一些做法上并不认同，如在和克林的婚姻上，游苔莎是受到谴责的。最后，小说描写了朵荪和文恩的关系，它与民谣形成对话，代表了哈代的理想两性关系。

哈代小说中的民谣除了描写爱情外，还有一些表达人生观念，如《远离尘嚣》中科根在小酒馆里唱的一首民谣。小说引用了其中的片断：

---

① 哈代. 还乡. 张谷若译. 北京：人民文学出版社，1991 年版，第 25 页注释.

明天，明天！

当我的餐桌上一片平静，佳肴丰美，

心儿没有痛苦和悲哀，

我和朋友们今朝有酒今朝醉，

明天的宴席让他们摆开。

明天，明天——①

这首民谣片断表达了威塞克斯居民的现世观念，他们只注重当下和现世的生活，对未来和来世则毫不关心、在意。民谣的隐含价值观反映了哈代的价值取向，在哈代看来，现世比虚幻的来世更重要。民谣的隐喻价值在小说叙事中构成对特罗伊行为的讽刺。范妮被特罗伊玩弄后凄惨而死，在范妮生前特罗伊待她十分冷酷无情，可在范妮去世后，特罗伊却表现出了对范妮的一片痴情。他给范妮竖了很好的墓碑，而且经常守在她的墓旁，还在她的墓前种上鲜花。对范妮来说，特罗伊在她死后所做的一切，她根本感觉不到，因此毫无价值。民谣的隐喻构成了对特罗伊无情的嘲讽。《德伯家的苔丝》中也引用了民谣的一个片断，苔丝和安玑结婚前，安玑送给苔丝一件结婚礼袍。苔丝穿上后站在镜子前面，忽然想起母亲对她唱的一首民谣，歌里提到一件神秘的长袍：

做过了一回错事的妻子，

———————

① 哈代. 远离尘器. 陈亦君、曾胡译. 石家庄：花山文艺出版社，1982 年版，第 330 页.

永远也穿不了这件衣服。①

　　这首民谣被称为《幼童和斗篷》，"见于培随的《英国古诗歌钩沉》，内言一童献袍于阿绥王，袍可试女人是否忠于丈夫。王后昆尼夫，因不忠，著袍后，袍变色"②。虽然整首民谣通过叙述女人对丈夫的背叛，隐含妻子应该受到批判、谴责的价值判断，但小说中引用的这两句脱离了整首民谣的框架，蕴含着哈代对失去贞操的价值取向。苔丝在穿上安玑送的礼袍后，忽然想起关于神秘长袍的民谣，民谣对苔丝失去贞操构成隐喻，表现了包括苔丝在内的威塞克斯世界人们迂腐的贞操观念。不管什么原因，只要做了一回错事，就永远失去纯洁。苔丝之所以想起这首民谣就是受到这种观念的影响，于是心中才充满担心和恐惧，怕被安玑发现。其实在这个民谣片断中隐含的哈代的价值取向不是对苔丝的批判，而是对苔丝和威塞克斯世界迂腐贞操观念的谴责。民谣中隐含的价值观构成与小说威塞克斯世界贞操观念的对话，因此哈代在小说中把一个失去贞操的女人塑造成具有优秀品质、富有光彩的正面形象，以此解构迂腐的贞操观。

　　由上可见，哈代小说中的民谣并不是对威塞克斯民谣的文学记载，而是哈代价值观的隐喻表现。哈代运用民谣的隐喻功能，建构民谣和小说情节的暗合或对话，构成民谣在哈代小说中的隐喻叙事。

---

　　①　哈代. 德伯家的苔丝. 张谷若译. 北京：人民文学出版社，1984 年版，第 311 页.

　　②　哈代. 德伯家的苔丝. 张谷若译. 北京：人民文学出版社，1984 年版，第 311 页注释.

第二节　哈代小说的传奇叙事

哈代小说情节跌宕起伏，充满巧合、悬念和超现实的神秘因素，故事性很强，引人入胜。长篇小说的情节结构多通过巧合实现情节的戏剧性突转，与此同时还设置了超现实的情节模式和人物类型，如《还乡》《德伯家的苔丝》等。中短篇小说绝大部分都具有独特的故事叙事，这些故事明显地具有虚构的成分，悬念巧合是组织情节的核心，如《汉普顿郡公爵夫人》《萎缩的胳臂》《待用的晚餐》等。巧合、悬念以及超现实理想化的情节设置构成哈代小说情节叙事的典型形态，这样的情节叙事颠覆了人们的日常生活经验逻辑，使小说情节悬念奇异，具有神秘传奇色彩，从而形成了哈代小说的传奇叙事特征。

哈代小说的传奇叙事与威塞克斯的神话传说和民间故事有关。哈代从小听祖母和母亲讲过很多多塞特的传说和故事，其中的故事性和传奇色彩给哈代留下了深刻印象。哈代在小说文本中记载了一些当地广为流传的民间传说和故事。如《德伯家的苔丝》中关于白鹿苑的传说："历来相传，都说国王亨利三世（1216－1272）的时候，有一只美丽的白鹿，亨利王追上了没舍得杀害，却让一个叫塔姆·德·拉·林得的杀害了，因此受了国王的重罚；由于这个稀奇的传说，从前管这个谷叫白鹿苑。在那个时代，并且一直到离现在比较近的时候，这块地方，还到处都是葱茏茂密的树林。"① 传说中的白鹿为感恩，一直让布蕾谷葱葱绿绿，保持水草丰美，成为那个地方山林的

---

① 哈代. 德伯家的苔丝. 张谷若译. 北京：人民文学出版社，1984 年版，第 22 页.

守护神。这则传说叙述了白鹿化身精灵的神奇故事。除了布蕾谷的神秘浪漫传说，小说中还贯穿着德伯家族的古老故事。德伯家族四轮马车的传说展现了超现实的神秘力量。除此之外，小说还通过对德伯家族历史、老宅、墓地等零散、片断的描写，实现了对古老德伯家族的潜在传奇叙事。

民间传说和民间故事的主体审美功能不是认识和教育，而是给人提供娱乐，如恩格斯所说："民间故事书的使命是使农民在繁重的劳动之余，傍晚疲惫地回到家里时消遣解闷，振奋精神，得到慰藉，使他忘却劳累，把那块贫瘠的田地变成芳香馥郁的花园。"① 因此，民间文学的核心目的是满足读者在惯常审美之后求新求异求变心理的要求。基于此，民间文学总是通过巧设结构，创造离奇神秘的审美效果；通过对生活的夸张变形，创造超常规的传奇世界。民间叙事的神秘传奇特征给哈代创作带来很大的影响。哈代的中短篇小说很大一部分都是哈代根据民间传说和故事加工创造而成的。"《威塞克斯故事集》，顾名思义，系中古为威塞克斯王国领土即英国西南部地区民间故事汇集。其余三部，曰《贵妇群像》，曰《人生的小嘲讽》，曰《浪子回头》，其中作品，亦多以作家耳熟能详的故乡民间传奇为梗概。"②哈代长篇小说虽不像中短篇小说那样，主体情节完全建构在民间传说和民间故事的基础上，但在小说的叙事上也受到民间叙事的影响而具有鲜明的传奇特征。民间叙事的传奇特征包含两个层面：一是艺术手法上的"有意为奇"："传奇所追求的就是'奇异'二字：立意奇异而不落俗套，故事奇

---

① 马克思、恩格斯. 马克思、恩格斯论艺术（四）. 北京：中国社会科学出版社，1985 年版.

② 张玲.《哈代文集：中短篇小说选》前言. 出自《哈代文集：中短篇小说选》. 张玲、张扬译. 北京：人民文学出版社，2004 年版.

异而可示人，情节奇异而曲折多变，笔法奇异而婉转有致"；①
二是内容上的传奇，如人物的非凡性、人物命运的超常性等超
出日常生活经验的或理想化的虚幻情节。建构在民间叙事基础
上的哈代小说的传奇叙事相应地也体现在两个方面：一是小说
的传奇结构；二是小说的传奇情节。

一、传奇结构

哈代小说的传奇结构，主要表现在小说情节结构中巧合和
悬念的设置上。巧合和悬念使小说的情节发展奇异，充满想
象，超出人们的经验世界，具有传奇的鲜明特征。

1. 巧合

哈代通过巧合来反映人类充满偶然性的生活境遇，这种不
确定的生活境遇为传奇的产生提供了基础和条件。情节结构中
的巧合，使小说情节的发展突破读者原来的预想框架，颠覆了
人们的日常生活经验逻辑，实现了戏剧性突转，产生了传奇的
艺术效果。

如《还乡》中的一系列不可思议的巧合。姚伯太太一开始
不同意儿子克林和游苔莎的婚事。两人结婚后，姚伯太太见已
成了事实，也就接受了这门婚事。她想和儿子、媳妇和好，冒
着荒原七月的酷暑到儿子家。按照读者的预想，姚伯太太的主
动完全可以使这个家庭恢复和睦。可当她敲儿子门时，却发生
了巧合。她明明看到儿子在前面进了家门，可怎么敲都不见有
人开门，姚伯太太以为儿子和媳妇不愿和她和好，伤心欲绝，
在回家的路上被毒蛇咬伤而离开人世。其实姚伯太太敲门时，

---

① 陈惠琴. 传奇的世界——中国古代小说创作模式研究. 北京：北京师范
大学出版社，1999 年版，第 7 页.

克林睡着了，游苔莎正在后窗上和韦狄聊天，她本不愿给婆婆开门，所以在最初听到敲门声时不予理会。后来听到第二遍敲门声，她正要去开门，听见克林在前面喊"妈"，以为克林开门了。可过了一阵又没有动静了，游苔莎到前面客厅一看，才明白原来克林一直在睡觉，刚才根本没有听见敲门声，他喊"妈"是在说梦话。小说中的巧合使整个情节发生逆转，直接导致了游苔莎和克林感情的破裂以及游苔莎最后的死亡。整个事件中几个巧合竟然碰在了一起，这样的情节设置完全超出了人们的生活经验，产生了独特的艺术效果。《德伯家的苔丝》中，苔丝被安玑抛弃的婚姻悲剧，如果不是因为巧合也许就不会发生。结婚前，苔丝不想欺骗安玑，便把自己以前的事写了封信，从门缝里塞进了他的房间。可安玑并没有看到那封信，后来苔丝发现信塞在了房间的地毯下面。安玑如果婚前看到这封信的话，可能就不会和苔丝结婚，也就不会有新婚之夜对苔丝冷酷无情的抛弃，苔丝也就不会受到那么大的伤害。长篇小说中尽管充满了巧合，但这里需要指出的是，传奇结构在哈代长篇小说中只呈现出一些断片，这些断片置于现实主义创作原则中，成为哈代表达人生观念的手段和技巧。从根本上来说，其传奇的艺术效果已经完全被现实主义艺术形态所遮蔽。因此，我们在看哈代长篇小说时，虽然对巧合印象深刻，但会更多地把巧合和哈代对生活的悲剧理解联系起来。在哈代创作的现实主义框架之下，巧合总是导致悲剧的发生，它成为哈代表现人们命运无常的悲剧处境的手段。

与长篇小说相比，哈代中短篇小说的情节结构具有鲜明的传奇性。小说的主体结构完全建构在出人意外的巧合之上，颠覆了人们的日常生活逻辑。巧合在中短篇小说中的设置，给读者以意想不到的奇异情节。如《待用的晚餐》中，年轻英俊的农民朗和农场主的女儿埃弗拉德相爱。可由于两个人身份悬殊，后来并没有结婚。朗离开故乡到国外游历，十五年后，朗回来发现初恋情人还是单身一人，她的丈夫很多年前外出游历，之后便杳无音讯。正当朗喜出望外，要和埃弗拉德结婚时，埃弗拉德失踪多年的丈夫却带来消息，说自己马上要回来了。这样的巧合完全出乎读者的意料，埃弗拉德的丈夫失踪了那么多年，很多人都以为他早已经死了。可就在埃弗拉德结婚的前一天晚上，正当她按照礼节满心欢喜地准备晚餐要招待朗时，有人却送回了丈夫的行李和他马上到家的便条。这一情节的逆转使小说充满戏剧性。更具传奇色彩的是下面的情节：埃弗拉德等着要回家的丈夫，可一连等了十五年，丈夫也没回来。原来，丈夫在十五年前那天晚上回家的路上，不小心掉到河里淹死了。可怜的朗和埃弗拉德本该举行的婚礼因为巧合被取消。《萎缩的胳臂》中，格特鲁德依照特伦德法师的建议，终于得到了一个可以接触到刚被处决的犯人尸体的机会来治疗自己萎缩的胳臂。可当她把胳臂放在犯人的脖子上时，背后有人发出一声尖叫。来人不是别人，正是格特鲁德的丈夫洛奇和洛奇以前的情人罗达，他们是来收尸的。原来被处决的犯人不是别人，恰巧是洛奇的私生子。格特鲁德因此受了很大刺激而去世。小说之前对于这个私生子的生活状况几乎没做任何介绍和描述，巧合的突然出现赋予小说传奇的艺术效果。《晚到的骑兵》中，塞利娜与骑兵克拉克相爱，几乎快要结婚。但克拉克突然接到命令要上前线，她父亲反对他们匆忙结婚，说等他回来再说。克拉克一去就是几年，后来塞利娜得知他阵亡，绝望中和另一个追求她的男人米勒订婚。可就在她和米勒要结婚的时候，克拉克却意外回来了，原来他并没有死。那天晚上塞利娜和克拉克十分高兴，两个人跳舞的时候，克拉克心脏病发作，突然去世。小说情节变化急剧，跌宕起伏。按照读者的预想，塞利娜应该按原来的计划和米勒结婚，可塞利娜之后的生活选择完全偏离了人们的生活逻辑。她自此之后便以克拉克夫人自居，过起了寡妇的生活。小说最后的结尾极富戏剧性，塞利娜经常去给丈夫扫墓，这天她见到有人把她在坟头种的花都给拔了，原来这个人是克拉克离婚的妻子。

　　2. 悬念

　　哈代小说的传奇结构除了体现在变幻莫测的情节上之外，还表现在小说情节结构中悬念的设置上，悬念使小说情节充满神秘色彩，塑造了一个想象力丰富的奇异世界。

　　如《三怪客》便是一个典型的例子。羊倌芬内给刚出生的孩子举行洗礼，邀请很多乡邻来参加宴会。那天晚上外边下着很大的雨，相继来了三个陌生人避雨。第一个人坦然地坐在壁炉旁边喝酒，第二个人来了之后坐在第一个人旁边，两个人说说笑笑，一块喝酒。聊天的过程中，第二个陌生人说他是处决犯人的刽子手，正要赶去处决一个犯了偷盗罪的犯人。一会来了第三个陌生人，这个人探头往里一看，脸色煞白，慌忙离开了。小说对陌生人的背景没做任何介绍，只是描写了他们的言行举止，给读者留下了无穷悬念，最后一个陌生人的反应尤其提供了一个充满想象的空间。之后的情节在揭开悬念的同时，向读者描述了一个奇特的事件。第三个陌生人神色慌张地离去后，屋子里的人都想知道是怎么回事。突然城里响起了警笛声，是监狱里的犯人逃跑了。所有的人都联想到刚才神色慌张、匆匆离去的第三个陌生人，判断他肯定是越狱的逃犯。警察来了，根据屋子里的人提供的信息，他们抓住了第三个陌生人。可他并不是逃犯，而是逃犯的弟弟。真正的逃犯是堂而皇之坐在要处决他的刽子手旁边的第一个陌生人。这部小说以悬念的设置描述了超越现实生活的奇特事件，具有鲜明的神秘色彩和传奇特征。小说《待用的晚餐》中，埃弗拉德的丈夫让人运回了行李并带来便条，说自己马上就到家。可埃弗拉德一直等了十五年，丈夫也没有回来，也没有丈夫的任何消息。小说结尾悬念揭开，原来丈夫在十五年前回家的那天晚上就掉到河里淹死了。《汉普顿郡公爵夫人》描述了教区长的女儿埃默琳和副牧师埃文之间的奇妙恋情。埃默琳和埃文相爱，可父亲却逼着她嫁给了当地地位显赫的汉普顿郡公爵。埃文无奈离去，离开前他和埃默琳见了一面，埃默琳恳求他带自己走，可被遵守道德的埃文拒绝。埃文一人坐船去国外，在船上因为他是唯一的牧师，给一个患热病去世的女子主持了丧礼。之后，埃文在国外待了很多年，一次偶然看报纸，得知汉普顿郡公爵去世的消息。埃文回国去找昔日的恋人，却被告知埃默琳很多年前就和自己的情人私奔了。埃文心中充满疑惑，多方打听才得知，原来自己在船上主持的就是埃默琳的葬礼，那天她悄悄和自己上了同一条船。小说的悬念和巧合巧妙交织，悬念揭开的同时，提供给读者的是巧合构造的奇特事件。《神魂颠倒的传道士》描述了青年牧师斯托克达和纽伯瑞太太之间的爱情。纽伯瑞太太的生活在斯托克达的观照下，十分神秘，充满悬念。斯托克达在刚到村子的时候，听人说纽伯瑞太太是个性格古怪的寡妇。他以为那肯定是个老太太，可后来完全出乎他的意料，纽伯瑞太太竟然是个美貌年轻、举止优雅的少妇。斯托克达预想和现实的落差，构造了小说对纽伯瑞太太描写的第一重悬念。之后，纽伯瑞太太和磨坊主奥利特的神秘交往，引发了斯托克达同时也是读者的第二重悬念。他们总是凑在一起秘密地谈论一些事情，而且奥利特还把一些大桶放在纽伯瑞太太家。斯托克达和纽伯瑞太太成了情人后，斯托克达问她和奥利特之间的关系，纽伯瑞太太说他们只不过是邻居，奥利特在做走私生意，她帮忙而已。可之后，斯托克达又注意到一些奇怪的事情，形成第三重悬念。纽伯瑞太太的起床时间毫无规律，有时候早上起，有时候中午十二点才下楼来，而有的时候要到下午三点才见她起床。和斯托克达一起散步的时候，她也常常是哈欠连天。斯托克达问她怎么回事，纽伯瑞太太说自己有失眠的毛病。一天晚上一点钟，斯托克达有事去找纽伯瑞太太，他使劲敲门，把纽伯瑞太太的母亲都吵醒了，也不见她来开门。斯托克达觉得纽伯瑞太太肯定不在家，可她母亲却说女儿正在睡觉没听见。半夜一点，一个少妇不在家，而家人又极力掩饰，这让斯托克达更加疑惑。几天后，奇怪的事又发生了，出现了第四重悬念。斯托克达在自己的房间里看到了一套男人的衣服：一件厚大衣、一顶帽子和一条马裤。女仆以为是斯托克达的，因为家里只有他一个男人，所以送到了他的房间。但这些东西不是他的。"在一个寡妇家里发现这样的衣物，如果是干干净净的，或者给虫蛀过，或者有油腻，或者搁的时间太久发了霉，本来也算不上值得大惊小怪的事儿；可是衣物上面新溅上了泥，这就让斯托克达大伤脑筋了。"[①] 读者会像斯托克达一样有这样的猜测：是不是纽伯瑞太太私底下还有情人？纽伯瑞太太对斯托克达解释说，那些衣服是他死去的丈夫的，有时她把它们拿出来晾一晾。斯托克达惶惑不安，但事情并不像斯托克达担心的那样。穿那些衣服的不是另一个男人，而是纽伯瑞太太自己。在这里，出现了最后一重悬念。有一天晚上，斯托克达见她穿着死去丈夫的衣服出门了。"斯托克达多

---

① 哈代. 神魂颠倒的传道士. 出自《哈代文集：中短篇小说选》. 张玲、张扬译. 北京：人民文学出版社，2004年版，第41页。

少松了一口气，知道没有其他人闯进这桩公案里来，但是他依然感到诧异。"① 于是，斯托克达紧随而去。后来他发现，原来纽伯瑞太太在和奥利特合伙做违法的走私生意，那样的生意怕被别人发现，只能在晚上进行。奥利特是纽伯瑞太太的表兄。至此，在斯托克达的观照下，纽伯瑞太太的神秘生活完全揭开。小说采用悬念叠加的方式来设置情节，引人入胜，使小说具有了很强的故事性和传奇色彩。

　　总之，哈代小说的传奇结构中，巧合和悬念并不是完全分离的，两者常常交织在一起，这样才能创造出跌宕起伏、引人入胜的故事情节和出奇制胜的叙事效果。

二、传奇情节

　　小说的传奇叙事，除了表现在艺术手法上，更重要的还表现在文本内容上。西方的传奇传统中，"传奇情节的主要成分是冒险。就其最质朴的状态而言，传奇是一种永无穷尽的形式，其中心人物从不发育也不衰老，经历一次又一次的险遇，直到作者本人耗尽最后一点精力为止"②。传奇情节是对常规生活的超越。

　　哈代深受民间传说传奇叙事的影响，其传奇情节在小说中主要体现为超现实的冒险奇遇。如《女奶工的浪漫奇遇》主要描写了一个挤奶女工的奇遇。挤奶女工玛杰莉一次为了抄近路回家，穿过附近的一座古老庄园。本来她以为庄园里没有人，可在经过亭子的时候，玛杰莉突然看到有一个表情很痛苦的男

---

① 哈代. 神魂颠倒的传道士. 出自《哈代文集：中短篇小说选》. 张玲、张扬译. 北京：人民文学出版社，2004年版，第43页.

② 诺思罗普·弗莱. 批评的解剖. 陈慧、袁宪军、吴伟仁译. 天津：百花文艺出版社，2006年版.

人坐在那里，而且手里还拿着一把手枪。这个男人是到这里度假的外国男爵，他租下了这座庄园。玛杰莉看到他的时候，他因患有严重的抑郁症正想要自杀。没想到玛杰莉的偶然惊扰反而挽救了男爵的生命。男爵向玛杰莉许诺要报答她，玛杰莉可以提任何要求，他都会满足。玛杰莉说她想去参加舞会。之后，神秘的男爵便满足了玛杰莉的愿望，给玛杰莉准备了漂亮的舞衣，带着她参加了一个上流社会的舞会。小说描述的玛杰莉的奇遇，俨然是传奇故事的翻版。只不过传奇中的超自然的神灵被换成了神秘的男爵而已。除此之外，小说《一八四零年传说》也描写了主人公的一次奇遇。所罗门·塞鲁比小的时候，有一天晚上在山上放羊，竟然看见了前来侦察的拿破仑将军。

　　除此之外，哈代小说的传奇情节还体现在对传奇语境的营造上。哈代小说传奇语境的形成，主要来自小说对古迹、古老民俗的描写。虽然那只是一些意象，但每一个古老的意象都隐含着一段古老的传说，这些古老意象在小说中形成潜在的传奇叙事。如《还乡》中的祝火节和远古时代驱赶严寒、祈求温暖光明的古老仪式紧密相连；古冢隐含着凯尔特人的古老传说；圣诞节的幕布剧叙述着圣乔治的英雄故事。《卡斯特桥市长》中描写了很多罗马古迹，"卡斯特桥的每一条街、每一道巷、每一个区，都呈现出古罗马的景象。它外貌像罗马，陈列着罗马的艺术，掩埋着罗马的故人。不论市镇上的田野还是花园，只要掘下去一两英尺深，便不可能不碰到罗马帝国时代的高大士兵或别样的人，他们在默默无闻的安息中，躺在那里，已有一千五百年了……卡斯特桥街上的孩子或大人，他们每逢路过这种地方，便要转过脸来对这一惯常景象注视片刻，眼里流露出神奇的揣测"①。其中罗马竞技场是小说中的一个典型意象，也是小说主要情节发生的背景地点。这样的描写使卡斯特桥和罗马的传奇历史紧紧联系在一起，营造出小说富有传奇色彩的历史文化语境。《德伯家的苔丝》中，中世纪德伯家族的古老历史形成小说潜在的传奇叙述。小说详细描写了德伯家的老宅，墙上挂着德伯家祖先的画像；与此同时，还描述了德伯家的墓地以及四轮马车的传说等。尤其是苔丝身上表现出来的德伯家的性格和行为，把小说情节置于德伯家族传奇的历史中。

三、传奇叙事的文化隐喻

哈代在小说中对传奇结构的设置、传奇情节的描写，虽然受到民间叙事的影响，但哈代传奇叙事的意义并不是像民间故事和传说那样产生娱乐的审美功能，而是要通过传奇叙事表述哈代对人生和现实的理解。

1. 传奇叙事隐喻现实

哈代长篇小说和中短篇小说在表现形态上有很大差异。长篇小说完全是现实主义，中短篇小说则淡化了现实的历史语境，完全是传奇叙事。表面看起来，似乎中短篇小说离现实很远，像哈代自己所认为的，它们不是小说，"小说是科学，这门科学可以尊而称之为按事物之真实面貌而制定的事物法则"②。而中短篇小说则完全背离了现实，只能称之为"故事"，哈代把短篇小说的代表作称为《威塞克斯故事集》。其实哈代的中短篇小说虽然完全是传奇的艺术形态，但这种传奇叙

---

① 哈代. 卡斯特桥市长. 侍桁译. 上海：上海译文出版社，2002 年版，第 74 页.

② 哈代. 小说科学. 张玲译. 出自《哈代精选集》. 朱炯强编选. 济南：山东文艺出版社，1998 年版，第 685 页.

事却实现了对现实人生的隐喻。哈代以和长篇小说截然不同的形态来反映现实，是为了表现威塞克斯瑰丽多彩的民间传说和民间故事的传奇魅力，其中包含着他对威塞克斯民间文化的深深眷恋。传奇叙事对现实的隐喻主要体现在哈代的中短篇小说中，可分为两个方面：一是对现实的反映；二是对人生的理解和对人性的剖析。

对现实的反映，如《萎缩的胳臂》中，小说虽然只是描述了一个奇幻的世界，农场主洛奇新娶的太太如何被罗达在梦中施以巫术，造成左胳臂萎缩的故事；但从这件神秘事情的叙述中，我们可以体会到其中隐含的对农场主洛奇玩弄女性的批判，对被抛弃的女工罗达的深切同情，洛奇太太萎缩的胳臂就是洛奇对罗达"始乱终弃"的报应。小说虽然在情节描写上完全背离现实，描述了超现实现象在现实生活中真实发生，却深刻揭示了哈代生活的时代现实生活中女性被男性玩弄的悲惨命运。《三怪客》以奇异的情节设置，表现了当时社会法律的严酷和人们生活的艰难。第一个怪客因为生活太过艰难，被逼无奈偷了别人一只羊，因犯偷盗罪被抓进监狱，要处以绞刑。结果这个囚犯逃跑了，最后警察也没抓住他。当地的老乡都认为"施加的刑罚和所犯的罪行极不相称"[①]，所以对他深深同情。在老乡的帮助下，最终他逃脱了法律的严厉惩罚。《神魂颠倒的传道士》以悬念的方式展现了纽伯瑞太太经营违法走私生意的神秘生活。在这样引人入胜的传奇叙事中，哈代揭示了现实社会中农民生活的艰难。不是他们愿意干这样的违法生意，实在是因为境遇艰难、活不下去，只得铤而走险。纽伯瑞太太告

---

① 哈代. 三怪客. 出自《哈代文集：中短篇小说选》. 张玲、张扬译. 北京：人民文学出版社，2004 年版，第 172 页.

诉斯托克达她只能靠干这个来维持她和母亲的生活。这部小说是对威塞克斯地区人们生活的真实写照，哈代小时候，周围的很多人都干走私生意，包括他的父亲。除此之外，哈代的一些短篇小说还描写了乡村社会中不同等级的人们之间的爱情。虽然小说对爱情的描写表现出传奇叙事的形态，但传奇叙事中隐喻着对等级制度和等级观念的严厉批判。如《悬石坛侯爵夫人》中描写的贵族小姐卡若琳和她父亲土地经管人的助手之间的秘密爱情和婚姻。卡若琳一时冲动爱上了一个和自己身份并不相配的村民，并且秘密结为夫妻。激情过去之后，卡若琳十分后悔嫁给了这么一个平民。在大家还都不知道两人的夫妻关系时，有一天晚上，两人偷偷幽会，卡若琳的丈夫在离开时，突然心脏病发作去世。由于担心这段门不当、户不对的秘密婚姻有损自己的名誉和体面，卡若琳想方设法制造假象来掩盖。她让一直爱着丈夫的伐木工的女儿米丽代替了自己的角色，不但成为那个已死的年轻村民的妻子，而且还成为他们孩子的母亲。这样就维持了卡若琳的名誉和体面。后来卡若琳嫁给了悬石坛侯爵，把儿子几乎完全忘了。侯爵去世后，卡若琳也老了，她和侯爵没有孩子，这时她想向米丽要回自己的儿子，但得到的是儿子冷冷的拒绝。小说通过对这件奇特事情的描写，表达了对贵族等级观念的无情嘲讽和批判。小说《待用的晚餐》里，埃弗拉德和农民朗之间的恋情，也表现了当时社会的等级制度。埃弗拉德是农场主的女儿，朗却是一个普通的村民，两个人的婚事遭到埃弗拉德父亲的强烈反对。就连埃弗拉德自己也像卡若琳一样，激情过去之后有时也后悔，觉得凭自己的身份怎么能嫁给一个平民呢？所以之后才有了朗的出行和久久不归，朗看穿了埃弗拉德的心事。《格瑞布府上的巴巴拉》中描写了贵族小姐巴巴拉和平民爱德蒙之间的爱情，爱德蒙要配上巴巴拉，就要出去游历提高学识和修养。这样的情节中隐喻着森严的等级界限。哈代的中短篇小说虽然从叙事形态上看，完全超越现实，具有浓郁的传奇特征，但小说表现的主题却是十分现实的。相比较而言，哈代的长篇小说却给予威塞克斯农村社会以一抹浪漫色彩。如婚姻、爱情中等级关系的淡化，苔丝和安玑的结合是挤奶女工和农村的上等人牧师儿子的结合，两人之间的等级界限十分淡化。牧羊人奥克和农场主巴丝谢芭最终也超越了等级结合在一起。哈代的长篇小说中，威塞克斯更多是作为工业文明的对立面出现的，威塞克斯代表着哈代的民间理想，是他的精神家园。因此在对古老威塞克斯的描写中，哈代淡化、模糊了威塞克斯世界农民的艰难生活、等级界限等现实历史语境，主要描写威塞克斯和工业文明的对立。而哈代的中短篇小说往往只是对威塞克斯世界的单一展现，其中很少涉及古老威塞克斯和工业文明的冲突。因此它虽然受民间叙事的影响，更多采用了传奇形式，但却深刻揭示了威塞克斯的现实语境。

哈代中短篇小说在反映对人生的理解方面，典型代表如《待用的晚餐》和《晚到的骑兵》。两部小说中，巧合成为情节发展的基础和动力，小说充满戏剧性。两部小说相似的巧合设置，表达了相似的主题，同样描述了人们悲剧性的生存境遇。《待用的晚餐》中的埃弗拉德因为一系列巧合，最终没能和爱人朗结合。《晚到的骑兵》中，塞利娜因为对克拉克心存内疚，在克拉克突然心脏病发作去世后，俨然以克拉克夫人自居，坚守着对克拉克的爱情，虽然他们并没有真正结婚。小说结尾合法的克拉克夫人的出现，是对塞利娜爱情的无情嘲弄。不论是埃弗拉德还是塞利娜，在现实生活中都无法找寻到真正的爱情和婚姻，这表达了哈代对人生的悲剧性认识和理解。对人性的剖析，如《女奶工的浪漫奇遇》中，描写了玛杰莉自从被男爵带着参加完上流社会的舞会后，就产生了极大的虚荣心。她期盼自己也能过上那样的生活，而对自己的情人——一个普通的烧炭工萨姆则充满了厌倦和蔑视。小说采用传奇的叙事，深刻揭示了人性的弱点。《换妻记》中，描写了两个好朋友各自带着未婚妻去参加舞会。跳舞的时候，他们交换了舞伴，和另一个女人在一起令他们都感觉到特别新鲜和刺激。于是在回家的路上，两个好朋友决定他们要互换未婚妻。结果结婚后，两对夫妻都发现他们犯了很大错误，因为他们突然的决定是在一时冲动之下做出的。小说通过两个好朋友离奇换婚的描写，揭示了人性深处猎奇的心理。

2. 传奇叙事隐喻民间立场

哈代小说在威塞克斯民间叙事的基础上建构了传奇叙事形态，这不但体现了哈代对古老民间叙事魅力的认同和对民间文化的坚守，还体现了哈代的民间价值立场。他通过传奇性的民间叙事描述威塞克斯现实构成与官方叙事的对抗，以此表达自己的民间立场，主要表现在以下几方面。

对农民破坏社会秩序、违反法律的描写。如《三怪客》，若以官方叙事来描述，那个偷了羊、被抓后又越狱的逃犯必定是个品格卑劣、猥琐的反面人物形象。但在哈代的笔下，这个人却被塑造成一个机智勇敢的正面人物。他堂而皇之地坐在要去处决他的刽子手的旁边，和他一起聊天、喝酒；等到听到警笛的时候，他又巧妙地鼓动大家去追他的弟弟，而自己却趁此机会逃跑了。对此事件的传奇叙事与官方叙事形成鲜明对抗，其中表现了作者哈代的民间价值立场。哈代认为，虽然那个偷羊贼扰乱了社会秩序、触犯了法律，但罪并不在他，而是当时的社会，是社会造成了农民生活的艰难，农民被逼无奈才会发生这样的事情。人触犯了法律是该受到惩罚，但当时的法律毫无人性，严苛冷酷。偷了一只羊就要被处以死刑，这是违背人性的。哈代在小说中以传奇叙事的形式表达自己的民间价值立场，颠覆了官方秩序和观念。《神魂颠倒的传道士》与这篇小说异曲同工。小说采用悬念叠加的方式，通过牧师斯托克达的视角描述纽伯瑞太太干违法走私生意的神秘生活。斯托克达代表的是官方秩序，纽伯瑞太太代表的是民间立场，小说中通过斯托克达和纽伯瑞太太的情人关系，形成了对走私生意的双重价值观照，构成官方秩序和民间立场的对话。在斯托克达的观照下，纽伯瑞太太从事的是亵渎神明的违法生意；而在纽伯瑞太太看来，这样的生意虽然违反法律，但她是被逼无奈，与此同时这种生活对她来说也是无聊、沉闷中的消遣。虽然小说提供了双重秩序，但哈代的传奇叙事形态表明了他和纽伯瑞太太相同的民间立场。我们从小说中看到，哈代很明显是站在做走私生意的人一边的；小说对斯托克达观念的描写，充满了戏谑，讽刺了他的迂腐。小说最后一个戏剧性场景描写了缉私队长提拉默带着队员搜捕村子中走私人员的过程，在这个过程中缉私队员们受到了很多愚弄，缉私队作为官方秩序中的正面形象在这里变成了小丑。小说中的这些描写表明哈代与官方秩序截然相对的民间价值观，哈代通过传奇的叙事表达他对走私生意的认识。他认为，这种生意虽然触犯法律，但也给农民枯燥的生活以消遣和快乐。正如纽伯瑞太太所说："它可以让一个人枯燥的生活活泛起来，带来兴奋。"① 哈代的观念表现了他以人性为中心观照现实的民间价值立场。

---

① 哈代. 神魂颠倒的传道士. 出自《哈代文集：中短篇小说选》. 张玲、张扬译. 北京：人民文学出版社，2004 年版，第 79 页.

对爱情、婚姻的描写。爱情婚姻是哈代小说的主题，哈代在其传奇叙事中言说着民间价值立场。如《悬石坛侯爵夫人》中描写了贵族小姐卡若琳和一个青年农民带有传奇色彩的婚姻。身份悬殊的两个人秘密结为夫妻，还没有公开，丈夫却突然去世。卡若琳为了维护自己作为贵族小姐的荣誉、体面和虚荣，让米丽代替自己成为死去的丈夫的公开的妻子和他们儿子的母亲。小说离奇的情节，表达了哈代对贵族恶劣品质的批判，对普通农民美好品质的肯定和赞颂。哈代是站在民间的价值立场上叙述这一事件的，小说的传奇叙事对官方秩序中的贵族形象进行了解构。相似的还有《格瑞布府上的巴巴拉》，小说描写了贵族小姐巴巴拉的情感生活。最初巴巴拉和英俊的乡村青年爱德蒙相爱结婚，由于身份差距，爱德蒙被安排出国游历，以丰富他的学识和修养。没想到在游历途中，爱德蒙遇到火灾，为救人他被火烧伤，容貌被毁。巴巴拉无法面对丈夫恐怖的面容，善良的爱德蒙考虑到妻子的处境，自己悄悄地离开了。之后，巴巴拉嫁给了阿普兰道尔斯勋爵，但心还在爱德蒙的身上。嫉妒的勋爵用爱德蒙被毁容后的雕像残忍地折磨妻子，直到妻子在巨大的精神恐惧中产生对他病态的狂热激情。小说以传奇手法描述了巴巴拉的两次婚姻，爱德蒙的意外毁容和阿普兰道尔斯的变态残忍，均是传奇的叙事形态。哈代采用这种叙事形态把巴巴拉的两次婚姻呈现在一部小说中，使它们之间形成鲜明对照，从而表明哈代对官方秩序中贵族形象的解构，同时表达了对平民爱德蒙高尚人格的赞颂。

总之，哈代小说的传奇叙事形态具有重要意义。它不仅是哈代对威塞克斯民间文学叙事形态的借鉴，更重要的是表明了哈代对民间文化的坚守以及在此基础上形成的民间价值立场。

结　论

　　威塞克斯作为哈代的成长环境，对哈代小说的诗学生成起着重要的作用。哈代在小说中以故乡威塞克斯为原型建构了他的文学世界，小说的思想内容和艺术形式均不同程度受到威塞克斯民间文化的影响。

　　民间文化从广义上来讲，其范围大体相当于广义民俗学研究里的范畴。钟敬文先生在《民俗学概论》里，把民俗学的研究范畴分为物质民俗（包括生产、商贸、饮食、服饰、居住、交通、保健医药等方面的民俗）、社会民俗（包括社会组织、社会制度如习惯法和人生仪礼、岁时节日、民间娱乐等方面的民俗）、精神民俗（民间信仰、民间巫术、民间艺术、民间哲学等）和语言民俗（谚语、谜语、歇后语和神话、民间传说和民间歌谣等）四个部分①。相应的，本书从民间文化的民间习俗、民间伦理、民间信仰、民间文学四个方面探讨了威塞克斯民间文化语境对哈代小说的诗学建构所起的作用。首先，民间习俗作为民间文化最外在的表现形态，给予哈代最直接的印象和感染，因此哈代也从对民间习俗最直接的感性体验中建构了小说的狂欢特征：一方面表达了民间狂欢的生活理想，另一方面赋予小说以狂欢的艺术形态。其次，民间伦理道德代表着威塞克斯民间文化的价值秩序和立场，它作为重要的文化构成也

---

① 钟敬文. 民俗学概论. 上海：上海文艺出版社，1998年版，第4—5页.

不可避免地对哈代小说价值立场的建构起着十分重要的作用：汲取威塞克斯社会伦理观的合理成分，哈代小说中建构了实现人与社会和谐关系的社会向善论；在威塞克斯两性伦理观的影响下，哈代小说颠覆了维多利亚时代的男权观念和对性本能的压抑，建构了男女平等的两性伦理观与和谐的性理想；在威塞克斯人与自然相互依存关系的影响下，哈代小说解构了"人类中心"，建构了人与自然和谐共存的生态伦理观。再次，哈代小说还受到威塞克斯民间信仰的影响：威塞克斯的神灵观使哈代小说充满浓厚的命运观念；威塞克斯万物有灵的远古信仰建构了哈代小说独特的哥特艺术形态，哈代通过哥特艺术形态表达自己的民间立场。最后，民谣、民间传说、民间故事等口头叙事文学的民间修辞也对哈代小说的叙事形态产生了很大影响：哈代借用民谣的隐喻功能在小说中建构了民谣对情节的隐喻叙事；民间故事和传说的传奇结构曾经深深吸引哈代，哈代受此影响，在小说中建构了传奇叙事，以此表达自己对现实、对生活、对人生的理解，并表明民间价值立场。综上所述，从威塞克斯民间文化语境对哈代小说创作的影响来看，其对哈代小说创作的最大意义是从不同方面建构了哈代带有乌托邦性质的理想民间文化形态，在小说中对抗主流的官方工业文明。威塞克斯不仅是他成长的环境，更是他创作中理想世界建构的原型和基础。

　　当然，在哈代的小说研究中存在众多不同的阐释角度，本书只是用文化批评的方法探讨了威塞克斯民间文化语境下哈代诗学的生成。威塞克斯对于哈代及其创作的重要意义给我们探讨此论题提供了很大的阐释空间，也具有重要的学术价值和意义。相信从这一角度对哈代小说的阐释，将有力挖掘哈代小说潜藏的文化意义，为哈代的小说研究提供新的有效景观。

参考文献

英文文献：

1. F. B. Pinion, *A Hardy Companion：A guide to the works of Thomas Hardy and their background*, London：Macmillan Press, 1968.

2. Roger Ebbatson, *Hardy：The margin of the unexpressed*, Sheffield：Sheffield Academic Press, 1993.

3. F. B. Pinion, *Hardy the Writer*, Basingstoke：Macmillan Press, 1990.

4. Peter J. Casagrande, *Hardy's Influence on the Modern Novel*, Basingstoke：Macmillan Press, 1987.

5. Dennis Taylor, *Hardy's Literary Language and Victorian Philology*, Oxford：Clarendon Press, 1993.

6. Desmond Hawkins, *Hardy's Wessex*, London：Macmillan Press, 1983.

7. Charles P. C. Petit edited, *New Perspectives on Thomas Hardy*, New York：St. Martin's Press, 1994.

8. Jim Reilly, *Shadowtime：History and Representation in Hardy Conrad and George Eliot*, London：Routledge Press, 1993.

9. Richard Little Purdy and Michael Millgate edited, *The Collected Letters of Thomas Hardy*, Oxford：Clarendon

Press，1978.

10. James Gibson edited，*The Complete Poems of Thomas Hardy*，London：Macmillan Press，1976.

11. Jeannette King，*Tragedy in the Victorian Novel：Theory and Practice in the Novels of George Eliot，Thomas Hardy，and Henry James*，Cambridge：Cambridge University Press，1978.

12. Dale Kramer edited，*The Cambridge Companion to Thomas Hardy*，Shanghai：Shanghai Foreign Language Education Press，2000.

13. Geoffrey Harvey，*The Complete Critical Guide to Thomas Hardy*，New York：Routledge Press，2003.

14. Michael Millgate，*Thomas Hardy：His career as a novelist*，London：Macmillan Press，1994.

15. Ralph Pite，*Hardy's Geography：Wessex and the Regional Novel*，London：Macmillan Press，2002.

16. Florence Emily Hardy，*The Life of Thomas Hardy 1840—1928*，London：Macmillan Press，1962.

17. Hermann Lea，*Thomas Hardy's Wessex*，London：Macmillan Press，1925.

18. John Rabbetts，*From Hardy to Faulkner：Wessex to Yoknapatawpha*，London：Macmillan Press，1989.

19. Simon Gatrell，*Thomas Hardy's Vision of Wessex*，London：Macmillan，2003.

20. Bjork Lennart edited，*The Literary Notes of Thomas Hardy*，London：Macmillan Press，1985.

21. Jagdiah Chandra Dave，*The Human Predicament in*

Hardy' s Novels, London: Macmillan Press, 1985.

22. Walter E. Houghton, *The Victorian Frame of Mind* 1830 — 1870, New Haven: Yale University Press, 1985.

23. David Morse, *High Victorian Culture*, London: Macmillan Press, 1993.

24. Joseph Garver, *Thomas Hardy*: *"The Return of the Native"*, London: Macmillan Press, 1988.

25. Thomas Hardy, *Under the Greenwood Tree or the Mellstock Quire*: *A rural painting of the Dutch school*, London: Macmillan Press, 1989.

26. Pamela Horn, *The Changing Countryside in Victorian and Edwardian England and Wales*, London: Athlone Press, 1984.

27. Pamela Horn, *The Rural World*: 1780—1850 *social change in the English countryside*, New York: St. Martin' s Press, 1981.

28. Jean Robin, *Elmdon*: *Continuity and change in a north-west Essex village* 1861—1964, Cambridge: Cambridge University Press, 1980.

29. Howard Newby, *Country life—A social history of rural England*, London: Weidenfeld and Nicolson Press, 1987.

英文论文：

1. Marion Wolcott, The Folk and Folklore in Hardy' s Prose Fiction (PhD), the University of Chicago, 1927.

2. John B. Humma, Language and disguise: the imagery of nature and sex in "Tess", *South Atlantic Review*, Vol. 54, No. 4.

3. Michael Arthur Zeitler, Thomas Hardy's Wessex and Victorian Anthropology (PhD), The Johns Hopkins University, 2003.

4. Shirley Sike Garrett, Thomas Hardy and his Wessex country—folk: A study of the use of folklore in "Tess of the d'Urbervilles" and "Jude the Obscure" (MA), Texas Woman's University, 1991.

5. Gayla Ruth Steel, Sexual tyranny in Wessex: Hardy's witches and demons of folklore (PhD), Northern Illinois University, 1991.

6. William Lawson Young, The use of the Gothic in Thomas Hardy's "The Return of the Native" (MA), the University of South Alabama, 1988.

7. Carol Reed Andersen, Time, Space, Perspective in Thomas Hardy, *Nineteenth Century Fiction*, Vol. 9, No. 3.

8. William Mistichelli, Androgyny, Survival, and Fulfillment in Thomas Hardy's "Far from the Madding Crowd", *Modern Language Studies*, Vol. 18, No. 3.

9. George S. Fayen, Hardy's The Woodlanders: Inwardness and Memory, *Studies in English Literature*, Vol. 1, No. 4.

10. H. Colley March, Dorset Folklore Collected in 1897, *Folklore*, Vol. 10, No. 4.

11. James F. Scott, Thomas Hardy's Use of the Goth-

ic: An Examination of Five Representative Works, *Nineteenth Century Fiction*, Vol. 17, No. 4.

12. G. W. Sherman, Thomas Hardy and Agricultural Laborer, *Nineteenth Century Fiction*, Vol. 7, No. 2.

13. Robert Squillace, Hardy's Mummers, *Nineteenth Century Literature*, Vol. 41, No. 2.

14. David J. de Laura, "The ache of modernism" in Hardy's later novel, ELH, Vol. 34, No. 3.

15. William J. Hyde, Richard Jefferies and the naturalistic peasant, *Nineteenth Century Fiction*, Vol. 11, No. 3.

16. John Paterson, "The return of the native" as antichristian document, *Nineteenth Century Fiction*, Vol. 14. No. 2.

17. Jan B. Gordon, Origins, history, and the reconstitution of family: Tess' journey, ELH, Vol. 43, No. 3.

18. Jerome Blum, Fiction and the European peasantry: The realist novel as a historical source, *Proceedings of the American Philosophical Society*, Vol. 126, No. 2.

19. Howard Babb, Setting and theme in "Far from the Madding Crowd", ELH, Vol. 30, No. 2.

20. Lucile Hoerr Charles, The Clown's Function, *The Journal of American Folklore*, Vol. 58, No. 227.

21. Christine Winfield, Factual source of two episodes in "The Mayor of Masterbridge", *Nineteenth Century Fiction*, Vol. 25, No. 2.

22. U. C. Knoepflmacher, Hardy ruins: Female spaces and male designs, PLMA, Vol. 105, No. 5.

23. Rachel Hollander, Ethics of representation in novels by George Eliot, Thomas Hardy, and Joseph Conrad (PhD), The State University of New Jersey, 2004.

24. C. M. Jackson－Houlston, Thomas Hardy's use of tradition song, *Nineteenth Century Literature*, Vol. 44, No. 3.

25. Wolfgang M. Zucker, The Image of the Clown, *The Journal of Aesthetics and Art Criticism*, Vol. 12, No. 3.

26. Orrin E. Klapp, The Fool as a Social Type, *The American Journal of Sociology*, Vol. 55, No. 2.

27. Susan Ann Hyman, Green Fields: The spirit of place in novels and memoris of the Victorian countryside (PhD), Minnesota University, 1994.

28. Aubrey L. Parke, The Folklore of Sixpenny Handley, Dorset, *Folklore*, Vol. 74, No. 3.

29. E. J. Begg, Case of Witchcraft in Dorsetshire, *Folklore*, Vol. 52, No. 1.

30. Jane C. Beck, The white lady of Great Britain and Ireland, *Folklore*, Vol. 81, No. 4.

中文文献：

1. 陈焘宇. 哈代创作论集. 北京：中国社会科学出版社，1992 年版.

2. 张中载. 托马斯·哈代：思想和创作. 北京：外语教学与研究出版社，1987 年版.

3. 聂珍钊. 悲戚而刚毅的小说家——托马斯·哈代小说研究. 武汉：华中师范大学出版社，1992 年版.

4. 吉丁斯. 哈代. 殷礼明译. 台北：名人出版社，1980年版.

5. 张玲. 哈代. 北京：华夏出版社，2006年版.

6. 祁寿华、摩根. 回应悲剧缪斯的呼唤：托马斯·哈代小说和诗歌研究文集. 上海：上海外语教育出版社，2001年版.

7. 杨瑞仁. 沈从文·福克纳·哈代比较论. 北京：中国文联出版社，2002年版.

8. 颜学军. 哈代诗歌研究. 北京：人民文学出版社，2006年版.

9. 哈代. 一双蓝蓝的眼睛. 严维明、祁寿华译. 南京：译林出版社，1994年版.

10. 哈代. 远离尘嚣. 陈亦君、曾胡译. 石家庄：花山文艺出版社，1982年版.

11. 哈代. 还乡. 张谷若译. 北京：人民文学出版社，1991年版.

12. 哈代. 卡斯特桥市长. 侍桁译. 上海：上海译文出版社，2002年版.

13. 哈代. 林地居民. 邹海伦译. 贵阳：贵州人民出版社，1988年版.

14. 哈代. 德伯家的苔丝. 张谷若译. 北京：人民文学出版社，1984年版.

15. 哈代. 无名的裘德. 张谷若译. 北京：人民文学出版社，1989年版.

16. 哈代. 意中人. 祁寿华译. 南京：译林出版社，1998年版.

17. 哈代. 贝姐的婚姻. 于树生译. 昆明：云南人民出版

社，1981 年版.

18. 哈代. 哈代爱情小说. 刘荣跃、蒋坚松译. 北京：文化艺术出版社，2004 年版.

19. 哈代. 罗曼斯和幻想故事——哈代中短篇小说集. 北京：中国华侨出版公司，1989 年版.

20. 哈代. 哈代文集：中短篇小说选. 张玲、张扬译. 北京：人民文学出版社，2004.

21. 哈代. 哈代精选集. 朱炯强编选. 济南：山东文艺出版社，1998 年版.

22. 哈代. 哈代：乡土小说. 张玲编选. 上海：上海文艺出版社，1997 年版.

23. F. E. 霍利迪. 简明英国史. 洪永珊译. 南昌：江西人民出版社，1985 年版.

24. 勃里格斯. 英国社会史. 陈叔平译. 北京：中国人民大学出版社，1991 年版.

25. 钱乘旦、陈晓律. 英国文化模式溯源. 上海：上海社会科学院出版社，2003 年版.

26. 亨利·斯坦利·贝内特. 英国庄园生活——1150－1400 农民生活状况研究. 龙秀清等译. 上海：上海人民出版社，2005 年版.

27. 刘金源、洪霞. 潮汐英国人. 成都：四川人民出版社，2001 年版.

28. 瑞爱德. 现代英国民俗与民俗学. 江绍原译. 上海：上海文艺出版社，1988 年版.

29. 苏联社会科学院高尔基世界文学研究所编. 英国文学史. 秦水译. 北京：人民文学出版社，1983 年版.

30. 巴赫金. 巴赫金全集第六卷：拉伯雷研究. 李兆林、

夏忠宪译. 石家庄：河北教育出版社，1998 年版.

31. 巴赫金. 巴赫金全集第五卷：诗学与访谈. 白春仁、顾亚铃译. 石家庄：河北教育出版社，1998 年版.

32. 程正民. 巴赫金的文化诗学. 北京：北京师范大学出版社，2001 年版.

33. 王建刚. 狂欢诗学——巴赫金文学思想研究. 上海：学林出版社，2001 年版.

34. 本尼迪克特. 文化模式. 何锡章、黄欢译. 北京：华夏出版社，1987 年版.

35. 爱德华·泰勒. 原始文化——神话、哲学、宗教、语言、艺术和习俗发展之研究. 连树声译. 上海：上海文艺出版社，1992 年版.

36. 钟敬文. 民俗学概论. 上海：上海文艺出版社，1998 年版.

37. 邓迪斯. 世界民俗学. 陈建宽、彭海斌译. 上海：上海文艺出版社，1990 年版.

38. 吕微、安德明. 民间叙事的多样性. 北京：学苑出版社，2006 年版.

39. 乔治·艾略特. 织工马南传. 曹庸译. 杭州：浙江人民出版社，1982 年版.

40. 乔治·艾略特. 亚当·比德. 张毕来译. 贵阳：贵州人民出版社，1987 年版.

41. 杜隽. 乔治·艾略特小说的伦理批评. 上海：学林出版社，2006 年版.

42.《马克思恩格斯选集》第 4 卷. 北京：人民出版社，1995 年版.

43. 乌丙安. 中国民俗学. 沈阳：辽宁大学出版社，1985

年版.

44. 罗素. 西方哲学史. 何兆武、李约瑟译，北京：商务印书馆，1997 年版.

45. 安德鲁·桑德斯. 牛津简明英国文学史. 高万隆等译. 北京：人民文学出版社，2000 年版.

46. 李伟昉. 黑色经典：英国哥特小说论. 北京：中国社会科学出版社，2005 年版.

47. 马克思、恩格斯. 马克思、恩格斯论艺术（四）. 北京：中国社会科学出版社，1985 年版.

48. 陈惠琴. 传奇的世界——中国古代小说创作模式研究. 北京：北京师范大学出版社，1999 年版.

49. 诺思罗普·弗莱. 批评的解剖. 陈慧、袁宪军、吴伟仁译. 天津：百花文艺出版社，2006 年版.

50. 彼得·伯克. 欧洲近代早期的大众文化. 杨豫、王海良等译. 上海：上海人民出版社，2005 年版.

后 记

  对哈代的喜欢是从读硕士的时候开始的，因为陶醉于哈代小说中威塞克斯的美妙绝伦，硕士论文便以哈代为题。后来读了博士，对哈代的喜欢依然。如今博士毕业已经许久，哈代似乎从我的生活中消失了。在课堂上不再讲哈代，他的书被我束之高阁，落满了厚厚的灰尘，他的威塞克斯也好像随之逐渐远去。殊不知，正是因为我对他太过喜欢才不愿轻易打开那份田园间诗情画意的美好，唯恐他被世间的喧嚣惊扰。那个理想的、自然的、真实的、有生气的澄澈世界已经被满满地放在了我的心里。如今，眼前的这本小书就是对哈代喜欢的一份纪念。

  本书论题的提出主要受到巴赫金狂欢化诗学的启发，巴赫金在论述狂欢诗学时，阐释了民间文化的狂欢特征。他认为民间文化是蕴涵狂欢精神的文化形态。由此我想到哈代小说和威塞克斯民间文化的密切关系。仔细研读文本，确实在哈代的小说中发现了很多具有狂欢特征的民间文化形态。后来经过和我的导师王志耕教授的探讨，确定了"民间文化视域下的哈代小说研究"的论题。本书的写作历经坎坷，在写作过程中，我时常会陷入疑惑和迷惘，每次都是王老师以其开阔的学术视野和深厚的学术积淀解去我学术研究中的困惑。王老师的指点对我学术研究能力的提高起了重要作用。除此之外，王老师谦和豁达的人生态度也给予我很大的人生启示，是他教会我如何把握和定位自己的人生。与此同时，还要感谢王立新教授，他对本书的写作提出了很多中肯、有价值的建议，他的无私帮助让我感动，在此衷心感谢。

最后，要感谢我的家人，首先是我的父母，他们给了我无私的帮助和关爱，帮我照料儿子，如果没有他们，我想本书是不可能完成的。还要感谢我的爱人，他承担了很多家庭的责任，让我信任和依赖，给了我一个温暖的家庭港湾，让我可以踏实地完成写作。最想感谢的是我的儿子，谢谢他对我的无条件的爱和真心的陪伴。

在本书出版之际，还要特别感谢南开大学出版社及本书的责任编辑吴中亚老师。没有他们的辛勤付出，就没有本书的顺利出版。同时，特别感谢天津市社科基金对本项目的资助。

滕爱云

2016 年 8 月